ハヤカワ文庫JA

〈JA1275〉

BLAME! THE ANTHOLOGY

原作：弐瓶 勉

九岡 望・小川一水・野﨑まど・西島伝法・飛 浩隆

早川書房

7979

扉イラスト／弐瓶 勉
『BLAME！』（新装版全6巻、講談社）より引用

目　次

BLAME! THE ANTHOLOGY

まえがき

早川書房編集部

デビュー以来一貫してSFコミックを描き続けている弐瓶勉氏の初期傑作『BLAME!』（新装版全六巻、講談社刊）のノベライズアンソロジーをお届けします。

物語の舞台は、無秩序かつ無限に増殖を続ける遠未来の巨大階層都市。過去に起きた災厄後、都市を管理する「ネットスフィア」に人類がアクセスする権利は失われ、いまや正規の端末遺伝子を持たない人間を排除するセーフガードや、人間から端末遺伝子を奪おうとする珪素生物によって、人類は駆除・抹殺される存在となっていた。

そんな世界で、探索者の霧亥《キリイ》は、生電社の研究者・シボらの協力を得て、ネットスフィアの「支配レベル」である統治局へ再アクセスするために必要な「ネット端末遺伝子」を探して、孤独で危険な旅を続けている——。

その圧倒的な描写とハードSF的な展開から、同作はコミックファンのみならず、SF読者から熱狂をもって迎えられ、連載開始から二十年を経て、二〇一七年に待望の劇場アニメ化を果たすことになりました。
セリフを極力排除して描かれた傑作コミックのノベライズを手がけたのは、九岡望、小川一水、野﨑まど、酉島伝法、飛浩隆という日本SFを牽引する五人の作家陣。膨大な時間、想像もつかない巨大な構造物、その片隅に生きる人間、そして霧亥……各作家が自らの想像力と『BLAME!』の世界観を組み合わせて生み出した傑作全五篇を、ぜひお楽しみください。

このような機会をいただいた弐瓶勉氏と、本企画実現に向けてご尽力いただいた講談社〈月刊少年シリウス〉編集部の仲間圭吾氏に感謝申し上げます。

※なお、原作の世界観を題材としていますが、小説で描かれている内容のすべてが公式設定というわけではありません。

※扉ページに引用している『BLAME!』掲載ページと各短篇の内容は関係ありません。

はぐれ者のブルー

九岡 望

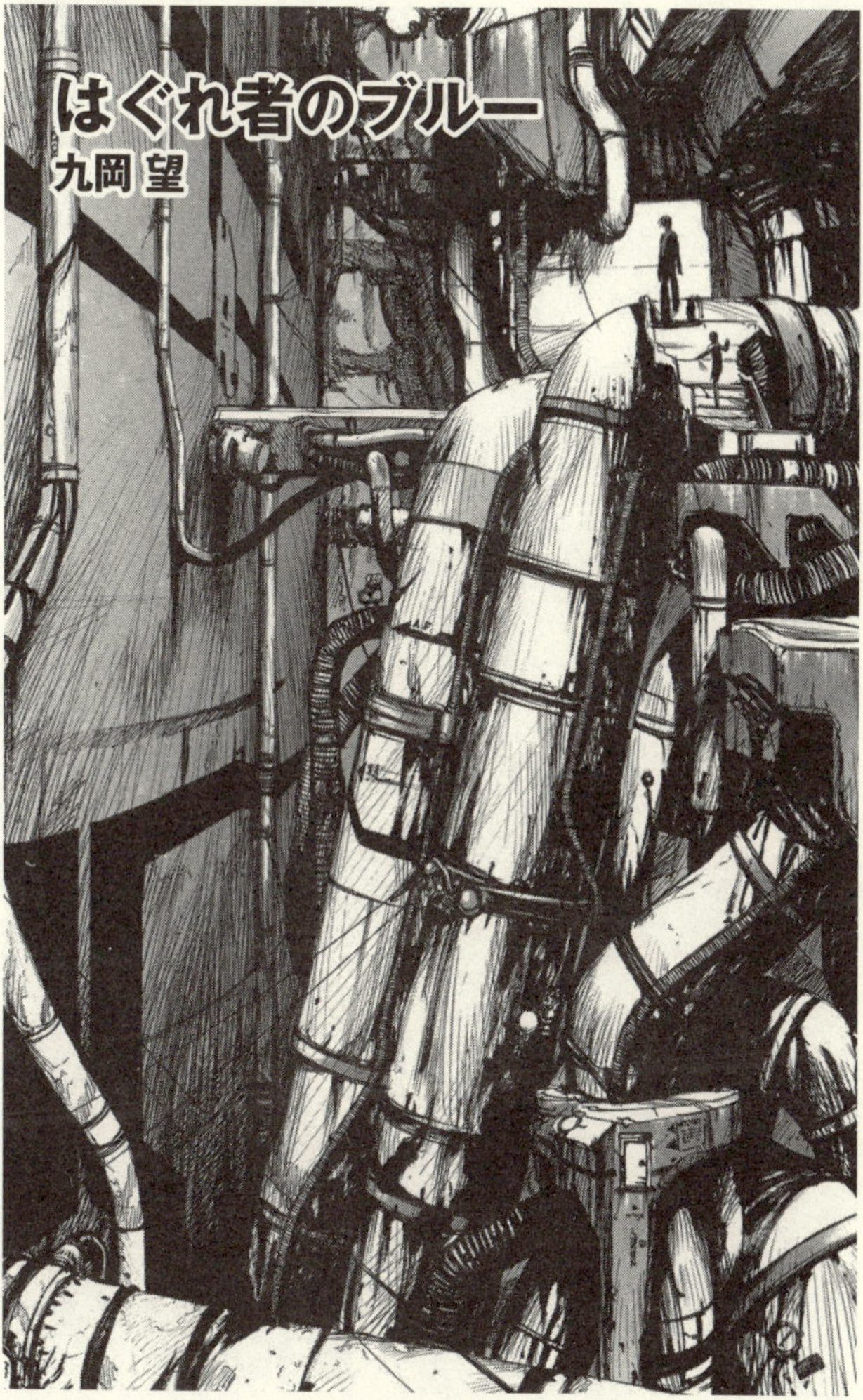

電基漁師の鈍丸は、食料よりも塗料探しを優先するため、仲間から疎まれていた。その日も一人で出歩いて迷ったうえ、見つかったら命はないと言われている存在「死体拾い」に遭遇してしまい……

九岡望（くおか・のぞむ）

1988年、熊本県生まれ。2011年、『エスケエプ・スピキド』で第18回電撃小説大賞〈大賞〉を受賞してデビュー。コールドスリープから目覚めた少女と、《鬼虫》と呼ばれる超高性能戦略兵器である少年の交流を描いた同シリーズで一躍人気を博す。他の著作に『ニアデッドNo.7』など。

《▼遺言――録音スタート》

前略、親父とおふくろ、マサル、あとお隣の坊主。

おれは多分、もう村に帰れねえと思う。

今いるのは村からそう遠くはねえはずだけど、建設者の連中がルートいじくってやがるから細かいところはわからねえ。どれくらい粘れるかもさっぱりだ。バッテリーの残りも少ないんでいつまで動けるやら。

けどやっぱり、やれることはやっておこうと思う。

あいつらはまだ外にいる。もうしばらく様子を見たら出発する。

あと、そうだ、それから――

1

間抜けの鈍丸《にびまる》もいよいよ進退窮《きわ》まったらしい。

空圧寝袋にくるまりながら、黴《かび》臭い闇の中でたった一人まんじりともせずにいる。

そもそも鈍丸には「追い手」がいない。階層都市を探掘する時は最低でも「追い手」と「引き手」の二人一組、理想を言えば四人以上のチームで活動するのが倣《なら》いだが、彼はいつも一人だった。

別に彼が特別優れた電基漁師というわけではなく、より勇敢な奴も鼻が利く奴も村にはたくさんいる。モリ銃の扱いだって人より長じたつもりはないし、一人分より多い働きができるほど器用でもない。

ではなぜ一人かというと、単に彼の追い手になりたがる漁師がいないからだ。間抜け呼ばわりにも相応の理由というものがあって、仲間はみんな「こいつに付き合ってると命がいくらあっても足りん」と口を揃えて言うのだった。

村近くの齧《かじ》り回廊から転落したのが運の尽き、逃げに逃げ続けてもう五日になる。

ここは予定ルートからずいぶん下の泥船《どろぶね》空洞か、さもなくば朽果《くちはて》楼閣の近くだとは思うのだが確証がない。どうも建設者が付近のエリアを巡回したようで、景色がすっかり様変わりしてしまっていた。

空圧寝袋から這い出てボタンを押すと、特殊繊維の生地が一瞬で真空圧縮された。続いて野営用の銀色の天幕を片付ける。これは畳むと雑嚢《ざつのう》にすっぽり収まるが、広げると大人二人が手足をいっぱいに伸ばせるほど大きくなる薄く強靭な金属布だった。

　奴はどこだろうか。

　今いる旧高架自動車道は正気を疑うほど長く、吹き抜ける風が錆《さび》臭い。崩れた防風壁から顔を出すと、都市の混沌が眼下いっぱいに広がっていた。遠雷が聞こえる。

　黒い繭は、一時間前よりわずかに北へ移動しているようだった。

　巨壁にへばりついて、亀裂の中を探っているのかもしれない。さっきよりこちらのいる場所に近い。多分、まだ獲物を諦めていないのだろう。

　しかし「死体拾い」が本当にいるなど思いもしなかった。

　曰く、十も階層を下った場所に、黒い繭のような塊がある。それは都市のあちこちをがさ移動しながら死体を拾い集めており、見つかったら取り込まれて自分も死体になってしまうのだ――という話だ。

　村に伝わる怪談はいくつかあって、たとえば「腐れ祠《ほこら》の女の声」や「肋岬《あばらみさき》の首吊りの塔」などが有名だが、件《くだん》の話は中でも新しいほうだ。鈍丸は根本的にそういうものを信じておらず、ビビった誰かの見間違いが関の山とばかり思っていたが、こうなっては信じざるをえない。一丁事を構えることになると腹を決め、最後の仮眠を取ったのが今だ。

　雑嚢の中を検《あらた》める。天幕一枚、手書きの地図と古いコンパス、分子ガムテープが一巻き、行動食の固めたドロドロ一食分、折り畳みシャベル一本、携帯コンロ一つ、お守り一つ、

「ガイコツ」の予備蓄電池が二つ。そして「モリ銃」一挺。
鈍丸はヘルメットのバイザーを下ろし、うなじにある起動スイッチを押した。

☆ヨウコソ☆
【東亜重工製・都市開発作業用外殻「宙鳶《ソラトビ》」起動】／本製品ハ15歳以下ノオ客様ニハゴ利用頂ケマセン。／付属品甲「磁速ネイルガン」並ビニ乙「荷電金属溶断機」丙「ヨ型プラズマ発破装置」丁「回転式十徳レンチ」ノ安全装置ハ装用者ノ倫理トリガート量子接続サレテオリマス。／本製品ノ仕様外ノ装用・犯罪行為ヘノ使用ニハ重罰ガ科セラレマス。
※パフォーマンス低下中※現在26%※至急正規メンテナンスヲ受ケテクダサイ※
（右下の警告表示が点灯する・赤↓朱↓黄↓……）
☆ミンナデ作ロウ、無事故ノ現場☆

HUD《ヘッドアップディスプレー》に投影されるおびただしい文字列を読める奴は誰もいない。電基漁師が「ガイコツ」や「モリ銃」と呼ぶものにはそれぞれ本来の名称があり、元は都市構造体や大型船舶の整備に用いる工具である。モリ銃——磁速ネイルガンは早い話が釘打ち機で、離れた位置から手早く部材を固定する便利な道具だったが、今はそんなこと誰も知らない。

セーフティロック解除、やるべき仕事《タスク》を頭の中で順序立てる。
1．死体拾いを倒すか、殺せずともどうにかかする。

2. 村へ続くルートを見つけ出す。
3. 資材庫へ行って、目的のものを回収する。
全ての起動シーケンスを終え、べょんっという電子音と共に警告表示の色が変わった。赤から黄色、そして青へ。鈍丸は読めない文字に頼らず、色や形で表示の意味を判断する。

この手の装備を使う上で「何がどう作用して、具体的にどう動いているのか」を把握できている人間はいない。ただし「どこをどうすれば、こう動く」という経験則は口伝されていて、代々の電基漁師は先達のそうした教えを守りながらガイコツを纏《まと》うものだ。

たとえば一つ、何をするにも守るべき絶対の法則がある。

すなわち、「赤は止まれ」「青は進め」だ。

＊

鈍丸にとって必要なものは、村にとってはまったく役に立たないものだった。

「違うよ、マサル。おれは好きでやってんだ。誰かに言われたわけじゃねえ」

幼馴染のマサルはよく鈍丸を叱ることがあって、この狩りの前夜もそうだった。招魂酒《ふぬけ》をがぶりと呑んでマサルはため息をついたものだ。

「だから問題なんだろうが。働きざかりの漁師がだ、自分《てめぇ》の満足ばっかり考えてどうするよ。俺達がやんなきゃならねえこと、わからんはずもあるめえ」

若く健康な男というのはそれだけで貴重な人的資源だ。二五〇年以上も前に植民者《プランター》が拓いたこの村は幸いまだセーフガードに見つかっていないが、籠っているだけで飯が食えるほど都合よくはない。だからガイコツの訓練を受けた者達が都市を探索し、装備や食糧を持ち帰らなくてはならない。漁師とは代々そういうものである。

「ドロドロや道具も、持てるだけ持ち帰ってるだろ。おれはそれでなんとか食ってる」

「それがもったいねえって話だ。もし妙なこだわりを捨てたら、おめえの雑嚢にもドロドロの缶詰四つは余分に入る。五つといやぁ切り詰めたら一週間は食ってける量だ。確かにひでえ味だが、それくらいのもんを持ち帰らずにおくってのは惜しかねぇか？」

あちこちのチューブから湧き出るペースト食糧の本当の名前は謎だ。缶に詰めれば日持ちするし比較的手に入りやすい半面とにかく不味《まず》いという欠点があって、よく喩えられるのは液漏れした電池の味だった。が、それとて貴重な食糧だということには変わりなく、昔に比べて見つかる物資は明らかに目減りしてもいる。遠からず来るジリ貧をどう切り抜けるかが、村全体の目下の課題だった。それはよくわかる。しかし。

「……ドロドロも大事さ。けど、アレはそれより貴重だ」

何が貴重なものかよ——幼馴染のそんな顔も、見慣れたものだった。

食堂にはもう人も少ない。小窓から見下ろす村は、それぞれの部屋から漏れるオレンジの光に染まっている。マサルは頭をごりごり掻き毟《むし》り、

「……なあ、俺はなにもおめえが嫌いで言ってんじゃねえのよ」

「知ってる」

「無茶な下り方で監視塔に引っかかりかけたことも一度や二度じゃねえだろ。いっぺんセーフガードにめっかったら、どんな腕利きでも終《しま》いなんだぞ」

「この辺りの監視塔がどこにあるかは、みんな知ってるだろ」

「監視塔だけじゃねぇ。道を外れてどっかに落ちたらどうする？　外は回廊をひとつ回り道するのだって苦労するようなとこだ。磁気嵐が来たら？　建設者の都市弄《いじ》りに巻き込まれたらどうだ？　食いもん拾って帰りゃいいところを、いやに粘って寄り道なんて馬鹿な話だぜ」

「かもしれねえ」

「な？　だから俺とか、さもなきゃ灰汁《あく》の隊にでも入ってだ、きっちり仕事をだな」

「でも、それくらいしなきゃ見つけらんねぇもの」

　マサルがついに業を煮やした。

「あのなぁ、益体《やくたい》もねえ絵遊びも大概にしろ！　塗料なんて役に立たねぇもんを後生大事に抱えてどうなるってんだ!?」

　卓を叩く音が大きく響いて、近くを歩いていたヒシワの婆が腰を抜かした。

　断言できるのは、マサルに悪気は欠片《かけら》もないことだ。むしろ鈍丸のやり方に対しては一番優しいほうだと言ってもいい。

　結局のところ「間抜け」の由来はそこにある。

鈍丸はいつも塗料を探しているのだった。色は青。蛍光成分はいらず、混ざりものが少なければ少ないほどよい。しかもちゃんと密閉容器に収まって乾燥していないものとなれば、場合によってはドロドロよりも見つけづらい代物だ。食えもしないし役にも立たない青の塗料を探し求め、しなくていい寄り道をたった一人で繰り返す鈍丸は、確かに誰が見ても頭の鈍りきった間抜けなのだろう。

「――こんなことにガイコツを使ってんのは、悪いとずっと思ってるよ」

「いや、そういうことじゃねぇ。俺が言いてぇのは、もっと立ち回りを……」

「すまん。迷惑はかけんから、見逃してくれ」

いらないものをわざわざ探し回るなとマサルは言い、塗料はいらないどころか不可欠だと鈍丸は言う。両者は決定的に平行線だった。

それでも、もっとちゃんと説明できれば、まだしも理解はされたのかもしれない。けれどそこまで弁の立つ鈍丸ではなかったし、そもそも説明してまで賛同が欲しいと思ったことなど一度もない。

翌日の出発は早い。去り際、背中にマサルの声がかかった。

「大人になれ、鈍丸。俺らが気張らにゃ、村が危ねぇんだ」

彼は正しい。そんなことは百も承知である。

だけど、正しさだけでは済まないこともあった。

そんなだからこういう目に遭うのだ。

マサルとの会話をいささか自嘲的に思い出しながら、鈍丸はモリ銃のトリガーを絞った。

一発目を外してしまった。磁気加速された銛は長く青色のスパークをまたたかせ、ターゲットの遙か後方に消えていった。死体拾いは黒い繭状の何かをがちゃがちゃ鳴らしながら、巨壁の上から物凄い速さで這い下りてくる。

引きつけてもう一発。白い銃身《バレル》に電流が走り、次なる銛が射出される。

相手は弾かれたように反応して右に避けた。わずかに掠めた銛は繭の一部を削り取ったようだが、スピードは落ちない。キュ、という空破音が響いたのは一瞬遅れてのことだった。

「くそっ」

モリ銃は本来なら同口径の釘穴に打ち込むための工具。精密照準はお手のものだが、一方で動体目標に当てることは想定されていない。すかさず両脚の電力アシストを有効化《アクティブ》、崖の向こうの橋梁《きょうりょう》に飛び移る。死体拾いは巨壁から下りきって鈍丸を追おうとするが、目の前に深い地割れが横たわっていると知って動きを止めた。大きなジャンプはできないらしい。

今のうちに次弾を装填しておく。長い銃身をくの字に折ると、水平二連の装填口がばしゃりと開いた。腰の筒から銛を摑み出して二本滑り込ませ、戻せば銃身横のＬＥＤランプが赤から青へ点灯する。

近くで見ても遠くで見ても、死体拾いは黒い塊以外の何ものでもなかった。直径五メートルはあろうそれが生き物の肌ではなく、何かの集合体らしいことは見当がつく。ぞわぞわ蠢《うごめ》いている。ヘルメットの光学レンズによる解析結果が投影される――「不規則集合体」「構成素材ノ統一性ナシ」「腐敗有機物検知」「中心ニ熱源反応アリ」――鈍丸はマーカーの数や色から「とにかく何かが沢山くっついていて、動いている」程度の理解を得た。

その時、塊が大きく身をたわめ、直後「ばうッ」と跳ね上がった。

「！」

跳んだのではない。塊の中から四筋のワイヤーアンカーを放ち、橋の柱に打ち込んだのだ。アンカーが一気に巻き取られ、巨大な塊をまるで釣り上げるように宙に浮かせた。地割れを越えてくる。そう判断した鈍丸が駆け出すのと、塊が橋上に降り立つのはほぼ同時だった。

電力アシストを可能な限り最大限に、鈍丸は一目散に逃げた。人工筋肉の力を上乗せされた脚力が、総重量一五〇kgを超える体を風のような速さに導く。右手だけを後ろに伸ばしてもう一発射撃。直撃するとは思っていない。塊は進路をまったく変えずに回避。掠《かす》めた銛が何かを射貫いて塊から引き剥がし、ヘルメットがそれをHUDの隅にズームアップする。

全長半メートルほどの、肉吸虫の幼虫。しかも随分前に死んだもののようで、とっくに黒く干からびている。

意味を考えてぞっとした。してみると、あの塊を構成するものは全て何かの死体か。

死体拾いという呼び名は、脚色ではなかったわけか。

橋の五〇〇メートル先は見るも無残に断ち折れている。見つかる前に周りを注意深く観察したので、鈍丸は近辺の地形情報をある程度把握していた。飛ぶようなストライドで傾いた橋を駆け抜け、折れた先から大ジャンプ。複雑怪奇に絡み合った回廊の闇が眼下に広がる。ガイコツを耐ショック態勢に切り替え、目を付けていた小さな穴に飛び込んだ。

おそらくダストシュートだったのだろう四角形の筒は、傾斜四〇度ほど、縦横の幅がせいぜい二メートルしかない。黒い塊が無理に入り込もうとしたら確実につっかえるサイズだ。そこを狙って撃ち抜くか、なんならつっかえたまま出られなくなっちまえばいいのだが。

直後、ダストシュートに打ち込まれるアンカーの音源を聞き分けた。来た。見上げるとぞわぞわとした黒いものが入口いっぱいを埋めて、読みどおり入りきれずに動きを止めた。

中にいる奴に光学照準での狙いはつけられない。鈍丸は尻から後ろ向きに滑降しながら、真ん中あたりに素早くアタリをつけて狙撃した。

ぎんっ、と甲高い発射音が反響の尾を引く。電光がダストシュートの内壁で乱反射し、レンズの集光機能が一瞬混乱した。すぐに戻った視界の向こう、鈍丸が見たのは撃ち抜かれる死体拾いではなかった。

塊が爆《は》ぜるように広がり、その中にいた何者かが飛び出してきたのだ。

そいつは紙一重で狙撃を避け、塊より一回り小さな身体でダストシュートに滑り込んだ。それでも鈍丸よりはよほど大きい。目の当《ま》たりにして呻《うめ》く。

――珪素生物《ソリッド》《けいそ》!?

黒く硬質なボディ、白い顔、どこか機械的なシルエット。全身を閉じた傘のように折り畳んで、珪素生物は物の怪《け》じみた速さで滑落してくる。

銛が装塡されていない。鈍丸は銃を盾に使い、迫る相手と激しく組み合った。

「ヅゥるオロろろロロろろろろロロロロろろロロロロロロろろろロロロろろロロロロロロ」

至近距離、人の形をしていない声帯からおぞましい音がほとばしる。胴体から伸びる腕は異様に長く、四つ目の関節の先でメスのような爪を持つ手が蠢いた。

腕に電力を回し、相手の横っ面を打突する。珪素生物の腕は長すぎて振れないらしく、鋭い爪先が内壁をがりがり引っ掻き、もつれ合い滑り落ちる二者に火花が追随した。

途端にダストシュートの終端から放り出され、鈍丸の感覚が重力を失くす。

落ちた先は大きな船だった。本来は採掘船か何かだったのだろうが、浮かぶ水もなくビルに乗っかり、空中にぽつんと取り残された廃船だ。

耐熱モルタルの剝がれた装甲甲板にめり込むようにして着地。すぐさま体勢を立て直し手早く銛を再装塡する。廃船の更に下は遥かな闇で、流石にここから落ちたらガイコツを着ていてもぺちゃんこだろう。

珪素生物の姿は——ない。

船上は横殴りの豪風で立ち上がることも難しい。近くに大規模換気システムがあるのか、ここら一帯が巨大な気流の通り道となっているようだ。危険地作業用の耐滑安全スパイクを靴底から突き出し、鈍丸は地面を嚙むように踏みしめた。

息を詰めて、光学レンズと集音装置に集中する。

いっそ落ちていてくれれば。そう思いかけたところ、視界の右端に影。

銃を向ける。しかし反応が遅すぎた。珪素生物はでたらめに速かった。右から左に駆け抜ける相手は影にしか見えず、鋭い爪を防ぐのも間に合わない。ぎりぎりで致命傷は避けたものの、ガイコツの装甲表面が紙のようにすっぱり切り裂かれている。肉に届かなかったことを安堵する間もなく、鈍丸は必死に相手の姿を追う。

高速で離脱する珪素生物の全身が、今ようやく見えた。

人には似ても似つかない異形だった。頭は一つでも目は四つ、長く鋭い腕が二本、ブレード状の脚が放射状に六本。ドロドロに群がる肉吸座頭虫や、怪光で旅人を惑わす夜光蜘蛛を連想させるシルエットだ。

異様な高速移動のからくりも解けた。奴は甲板に何本も突き出たポールに、自前のワイヤーアンカーを引っかけているのだ。

ワイヤーを巻き取る勢いに、風まで味方につけている。珪素生物は腰部から伸びたそれを各所のポールに引っかけて、回し虫笛のようにひゅんひゅん旋回している。

「ひゅるるるるるるるるるるるるるるるるるるるるるるるるる」

鬨《とき》の声か、甲高い叫びが風に紛れて聞こえる。あちこち跳び渡る姿は目にも留まらない。

これでは銛が当たらない、また風が吹く、来る。

今度は背面装甲が裂かれて肝が冷えた。中身が無傷でもガイコツがお釈迦《しゃか》にされたら末路は同じだ。モリ銃の腕なら村一番のサキシマという漁師がいるが、こんなことなら奴に教えを乞うておくんだった。

相手はまた高速離脱、ポールを軸に旋回し、風に乗る。このままでは嬲《なぶ》り殺しだ、鈍丸は冷や汗の浮いた頭を必死に回転させる。

閃《ひらめ》いた。少なくともこれ以外には何も思いつかない。

雑嚢を開いて、確かめもせず手を突っ込んだ。珪素生物が猛烈な勢いで接近。鈍丸は銃も放り捨てて甲板に身を投げ出し、雑嚢から摑み出したものを投げつけた。

珪素生物が離脱していく。ぶっ倒れた鈍丸は必死に銃を拾い上げる。

顔を上げると、混乱する珪素生物が空中で身をもがいていた。

黒光りする虫のような身体が、今はぎらぎら光る銀色のものに覆い隠されている。

野営の天幕に使っていた、銀色の金属布である。

速さゆえに自ら突っ込み、あとは風圧でもみくちゃにされるだけだった。激しく風を孕《はら》む天幕が姿勢制御を著《いちじる》しく狂わせる。珪素生物はワイヤーの操作さえ誤って空中で派手に絡まる。

鈍丸はモリ銃を拾い上げ、膝立ちになって狙いをつけた。

「当たれよ……！」

がぎんっ、という発射音がまた生まれ、風音にかき消される。

長い銛は狙いあやまたず天幕を貫通し、珪素生物に深々と突き刺さった。

珪素生物は動きを止め、重力に引かれて甲板に墜落する。ポールを離れたワイヤーアンカーが今さら外れて、頼りなげに主人に続いた。

多分まだ生きている。モリ銃は貫通力こそ高いけれど、ちゃんと頭などの急所を射貫かなければ、一撃で仕留められることは滅多にないのだ。

天幕に包まれ、自分のワイヤーでぐるぐる巻きになり、おまけに銛が一本突き刺さった珪素生物はなんだか子供の頃拾った用途不明のスタチューに似ていた。

すり足でじりじり近付き、転がるそいつを靴先で蹴った。もぞ、と動いた。

ヘルメットには通信機能があるが、向こうに受信装置があるとは限らない。口を開く。

「――おい、おめぇ」

とりあえず、殺されずには済んだ。

相手もどうやら死んでいなさそうで、鈍丸にとっては都合が良かった。こいつには生きていてもらわなければならない。しかしだからこそ、ここから先は多少の賭けになる。

珪素生物の頭をポイントしながら、鈍丸は慎重に質問する。

「資材庫どこだか知らねぇか」

2

珪素生物のアグラは「精神的畸形《きけい》」である。

種族の中には、ごくまれにそういう個体が生まれる。彼は最近生まれ落ちたばかりの個体で、診断したのは群れの長《おさ》であり医者でもあったフーゼルだ。フーゼルはいくつかの質疑応答でもってアグラの精神状態を定義した。

――我々の主目的について回答せよ。

――なぜそのようなことを問うのか？

――必要だからだ。

――なぜ必要なのか？

――その疑問自体が意味を持たない。回答せよ。そのために、ネット端末遺伝子を持つ人間を排除すること。ネットスフィアのカオスを維持すること。誰でも培養槽《ヴァット》で浮かぶ幼体の頃からインプットされていた本能だ。

だからといって、それをあるがままに受け入れることがアグラには出来なかった。

――では何が意味のあることなのか？

――種《しゅ》が存続し、混沌へ殉教する。それ以上に正しいことは存在しない。

――前提が理解しがたい。では殉教そのものにいかなる意味があるのか？

――語るに及ばず。おまえの疑問は自己矛盾の種となり、我々の不和の遠因ともなりうる。

――わからない。そもそも我々とは何なのか？

――診断終了。おまえは精神的畸形に該当する。

つまるところアグラの思考は、どんな時も「疑問」という虫に侵されているのだった。

先天的な疾患持ちは秩序を乱す。そうした判断のもと、アグラは廃棄物投入用エアチューブを経由して群れから四〇〇〇も下の階層に放逐された。今からざっと四八六三〇〇時間は前のことになる。

なぜフーゼルはそうしたのか。なぜ都市はこの有様なのか、なぜ珪素生物は存在するのか、なぜ自分は畸形なのか、なぜ人間がいるのか、なぜ。

疑問が尽きることはないのに答える者はおらず、そのうちアグラは自分なりに正解への道を模索することにした。自己改造と探索を繰り返し、ガラクタを拾って階層を這い上がって当てどもない旅を続けるうちに辿り着いたのは、広大な重層居住区だった。

どうも区画全体が丸ごと廃棄されているらしく、居住者の姿は見られなかった。規模はそこそこで、施設やモノが多いのでひとまず巣を張ることにしたのが五二二九〇時間ほど前。

そこから間をおかず、当面の方針として「収集」と「分析」を定めた。

わからないのは知らないからだ。知らないことは調べなければならない。

最初に興味を持ったのは都市の構造体だった。複雑怪奇に交差した立体道路、半《なか》ば以上が水没したビルの森、何故か巨大な円形の穴が穿《うが》たれた区画隔壁、アグラの何万倍もの高さがあるリニアエレベーター。なにしろ広大すぎるからあちこち巡るだけでも一苦労だが、場所やモノの由来を探るのは、答えが得られないまでも有意義な思考活動だった。

次に区画に落ちているものを拾い集めはじめた。なぜここにあるのか、どういうものなのかを探りながら、一つ一つをストックしては細かく分析した。

中でも興味深いのは、珪素生物とは違った体系を持っている別の生き物だ。

普段拾い集めるのは転がる廃材や壊れた機械類が主《おも》だが、たまに異態変化した昆虫を捕まえることもある。生きたままだったり、そこらに転がる死体だったり状態は色々だ。アグラはそれらを区別なく解体し、検分して標本にした。彼らはバリエーションに富んでいて、翅《はね》を広げれば幅四メートルにも達する装甲虫や、群飛して鉄と言わず石と言わず食い散らかす飛蝗《バッタ》や、汚水を摂取して浄水を排泄する奇妙な芋虫などがいた。

アグラの形成した黒い繭は、つまりそうした収集物を片っ端からくっつけた代物である。編んだワイヤーに糊《のり》状の唾液を塗り、貼り付けまくれば完成だ。これがなかなか具合が良くて、そのままねぐら兼研究所になったし、ちょうど都市迷彩になるのか険呑《けんのん》なセーフガードに見つかることもなかった。

そういう次第で、アグラは壁にへばりついてうぞうぞと動き回るへんてこな塊になったわけである。

しかし、たった一体での探索活動にも限度がある。アグラの「なぜ」は増える一方で、解決の目途《めど》は一向に立たない。一人で転がし続ける疑問はどうあがいても推測以上にはなれない。

やがてアグラは、都市の闇の中におかしなものを見つける。

彼らは集団で動いていた。自分と同じ形ではないものの、直立二足歩行なところはフーゼルや他の仲間に似ている。

その炭素生物こそ人間であり、珪素生物が積極的に排除するべき対象だった。

が、知識にある姿とは違う。全身を何か外殻のようなもので覆っている。人間はそういう形態ではなかったはずである。遠目に見ている間、彼らは足場をひゅんひゅん跳び渡り、どうやら何かを探しているらしかった。

なぜ、ここに来たのだろう。

一体何をしているのだろう。

おかしなものを見つけたと思うかたわらで、またぞろ疑問の虫がむずかりだす。アグラは知りえないことだが、彼らは上の階層にいる電基漁師で、村の近くの狩り場があらかた枯渇してしまったためにここまで探索の手を伸ばしてきていたのだ。

その時は手を出さず遠くから観察しているだけだったが、おかしなものを見つけてしまったと思ったのは向こうも同じで、これ以降アグラは電基漁師の村にて「死体拾い」というあだ名で呼ばれることになる。

彼らの生態や目的や、中身や機能がどうなっているのかが気にかかった。

実際に手を出すのは、人間との初遭遇から三五〇〇〇時間後。なぜか誰とも群れずにのこのこやってきた孤独な漁師、つまり鈍丸を見つけてのことだ。

とりあえず生き残りはしたものの、鈍丸の本来の目的はまだ果たされていない。

なにしろ今いる場所が村からどれほど下なのか、目を付けていた資材庫がどこなのかすらわからない始末だ。ここまで下ると闇雲にふらつくなど自殺行為に過ぎない。

そこで考えたのが、珪素生物を水先案内人とすることだ。

件の怪談が本当なら、こいつはそこそこ長いこと下の階層にいたと考えられる。少なくとも自分よりは階層構造に詳しいだろうし、ワイヤーロープを上手く使えばかなりの距離をショートカットできやしないだろうか。

もちろん、そもそも協力してくれるのか、という懸念がかなり大きい。

下手なことをしたら今度こそ頭を撃ち抜いてやると言った。うまく資材庫を経由して村に戻れたら、適当なところで逃がしてやるとも言った。相手の反応は身ぶり手ぶりで窺うしかなかったものの、こっちの言うことは理解している――はずだ。

果たしてどういうつもりか知らないが、珪素生物は今のところ大人しい。

相も変わらず簀《す》巻《ま》きのまま、天幕から出した四本の脚で器用にちょこちょこ歩いている。

幅一メートルしかないキャットウォークを登りながら、鈍丸は不安八割期待二割くらいの気持ちで彼に続く。手にはリードのようにワイヤーロープを握って。

と、さっきから何やら「あ」とか「う」とか発声していた珪素生物が、いきなり首をカクカクさせ始めた。

「ズロッ、ゾブる、おろろ、あああおおううええいいいおおおお」

「おい何してんだ。おかしな真似するんじゃ」

「おはようおはようおはようおはようおはようおはようおはようおはよう」

いきなり人間の言葉をがなり立てる珪素生物に思いっきり腰が引けて、モリ銃を構えるんだか構えないんだかの半端なポーズで間合いを取った。

「……お、おい」

「おはよう」

返事をしたものかどうか。

珪素生物はまったく意に介せずといった様子で、

「こんにちは、こんばんは、おはようこんばんはこんにちはおやすみなさい。これでよいか」

「なにが」

「にんげんの、はつわを、さいげんしている」

若い頃珪素生物とやり合ったと嘯《うそぶ》く相原《あいはら》という耄碌《もうろく》爺がいて、そいつが言うには奴らは人間とまた違った生態系の生き物らしい。知能は同じほどか向こうのほうが高いくらいで、人間がやる程度の音声通話なんて朝飯前だというが、個体差があるのだろうか。それともやっぱり相原の爺がホラ吹きなのか。

「つまりこうか。おれの言うことがわかるし、これからは返事もするって？」

「そう、かんがえても、いい。わたしは、なかまから、かいわのしかたを、おそわらなかったので、とくいでは、ない、が、りかいは、している」

いきなり会話が通じるようになり、これまでの得体の知れなさが薄れた気がして少し安心する。もちろんまだ油断はできないので、いつでも撃てるようにはしているが。

「そういうことなら確認するぞ。おれは資材庫に行って、それから村に戻りたい。お前はその手伝いをする代わりに、おれに生かされる。いいな？」

「はあく、している」

「それで、今どこに向かってる？」

「わたしの、ねぐらが、ひっかかっている、ばしょ。とっておきたい、ものが、ある」

あの黒い繭みたいなもののことか。虫とか何かの死体の塊だと思えば正直近寄りたくはないが、右も左もわからない以上ついていくしかない。

倒壊した建物が折り重なっている区画は、ちゃんとした道のほうが少ない。キャットウォークの果ては錆びついた鉄板が並ぶ床とも言えない床で、適当なところで傾いたビルに入り、中を通って更に上を目指す。

「おい」

「なんだ」

「珪素生物は人間を狙うっていうじゃねぇか。お前ら、一体なんだってそんなことするんだ」

「なかまは、そうだ。わたしは、ちがう」

「どの口が言うよ。おれを殺そうとしやがったくせに」

少しの間があった。

「おまえを、かいたいしようとしたことは、みとめる」

おっかねえことを言いやがる。

「なぜならば、なかみを、しりたかったからだ。どのように、うごくのかを。にんげんに、せっしょくしたのは、はじめてだ。いまはもう、かいたいするつもりは、ない」

「なんで」

「かいたいすれば、しんでしまい、おわる。あるしゅのことがらは、かいわしたほうが、こうりつがいい。なので、しなないほうが、いい」

そりゃどうも――と呆れ半分のため息。ともかく利害が一致したならいいことだが。

「つぎは、わたしが、きく。おまえたちは、どうして、うろついている？　なにが、もくてきなのか？」

「どうしてってそりゃあ、食いもんや道具を探してるからだよ。あっちこっちからモノをかき集めなきゃ村が食っていけねぇもの」

「では、おまえも、そのために、ここへきたのか」

「いや……」鈍丸は少し考えて、「仲間は、そうだ。おれはそれだけじゃねぇ」

「では、なぜだ」

「関係ねぇだろ」

「おまえのようなにんげんは、いつも、なんにんかでむれていた。おまえが、ひとりなのは、おまえだけ、ちがうからか」

「そんなこと知ってどうするんだよ。ほら、次はどっちだ」

珪素生物はそれからも何度か同じ質問を繰り返したが、鈍丸はあえて黙殺した。村の人間が誰も理解しなかったことを、人間ですらない奴が理解できるわけはないと思ったからだ。

目的のダストシュートへは、それから二時間後に着いた。天幕が巻かれたままだとあまり動けないと言うので、鈍丸は足だけ拘束を解いてやることにした。腕や腰まで解いてやるのは正直まだ恐ろしかった。

珪素生物は六本の脚でかさかさ壁を這い、ダストシュート入口に引っかかったままの黒い繭を綺麗に解体してのけた。虫の死骸の他にも、よくもまあここまで集めたと思うほどのガラクタの類《たぐい》があっちこっちにまき散らされて、鈍丸はその中に気になるものを見た。

「おい、それ」

「なんだ」

「それだよ、その丸いの。こっちに投げてよこせ」

珪素生物は鈍丸と品物を見比べて、蹴鞠のようにぽんと蹴ってパスした。

放置されてずいぶん経ち、すっかり赤茶けたガイコツのヘルメットだった。

こういう時は必ずヘルメット内側の後頭部が触れるあたりを確認するのが決まりだ。そこには村人なら誰でもわかるような表意文字が記されていて、着用しているのが誰なのか大まかにわかる仕組みになっていた。

卍《まんじ》のマークの横に点が四つ、青い「◇」に「→」、小さな人の図案が三人、十三本の銛の図案に駆除系のマーク――現長老ネンブツの四番弟子、青スカーフ隊の右の守りを担当、教え子が三人、下位駆除系を十三体撃ち殺した腕利き。

　わかった。夢でも見ているような気持ちになった。

「……定吉《さだきち》のヘルメットだ」

「サダキチとは、だれだ」

「村に昔いたおっさんだ。おれに漁師の訓練をしてくれたんだが、十年ばかし前に狩りに出てそれっきりだった。これ、どこで見つけたんだい」

「ずいぶんしたの、じょうすいシステムだ。そこでは、ずっとみずがながれていて、たきのしたに、ころがっていた」

　生きてはいるまい。言われた辺りを探せば骨になった定吉と再会できるのかもしれないが、現実的ではなかった。

　電基漁師の遺体が回収されることは少ない。村の近くで死んだならまだしも、遠い場所まで狩りに出て力尽きることがほとんどだからだ。どこかから落ちたり何かに引っかかったり、定吉のように浄水システムの水流に呑まれでもしたらもうお手上げと言っていい。

　だからこそ、ヘルメットだけでも見つかるのは御《おん》の字だった。これさえあれば略式でも葬儀が出せる。それに単純な装備としても、HUDと通信装置が備わっているヘルメット一つがあるかないかの差はかなり大きい。壊れていなければいいのだが。

「おまえの、なかまだったのか」

「漁師の師匠だから、親とか兄貴みてぇなもんではあったかな。こんなところで会うとは思ってなかった」

当時はまだガキだったから、前を行く電基漁師の背中はどれも大きくて頼もしかった。こんなはぐれ者になった今でも、昔の師匠を懐かしいと思う気持ちはあるのだ。

繭の解体が終わり、その日は適当なところで野営することとなった。

本当に資材庫まで案内してくれるのか微妙に疑わしい気持ちは晴れきっていないものの、偶然とはいえ定吉のヘルメットを拾っていてくれたことはありがたく、鈍丸の相手に対する拒否感は相当に薄れていた。

野営地は、蜂の巣状に区切られた小部屋が壁いっぱいに並ぶ場所にした。元がどんな施設だったのかは知る由《よし》もない。とにかく屋根があり好都合だったので、そこに荷物を置き、携帯コンロの火を見ればどっと心が安らいだ。

冷やして固めたドロドロは、ただでさえ不味いのが更にえげつない味になる。そのまま齧《かじ》るのはできれば一番やりたくない食べ方で、余裕があれば鍋に突っ込んで水と混ぜて溶かして飲むのがいい。どうせ目糞鼻糞でも、温かいものが体に入ってくる感覚は何ものにも替えがたい。

「くそ。漬汁屋《つけじるや》の飯が食いてえ」

「ツケジルヤ、とはなんだ」

「村の小器用な爺さんだよ。手長魚の煮汁に保存米を浸した汁飯を作るんだ。もう長いこと材料がねえけど」

「なぜ、たべたいのだ」

「うめえからに決まってるだろ」

「なぜ、うまいのだ」

「なぜって、味がいいから……か？」

「なぜ、あじがいいのだ」

「……わかった、やめようぜこの話」

「なぜ」

こいつときたら何でもかんでも聞きたがる。こうして一息つく直前までも「それは何か」「なぜ休むのか」「なぜここに決めたのか」「そもそも休むとは何か」と呆れるほどの質問攻めをやり過ごしたばかりだ。珪素生物はみんなこうなのだろうか。

「ところで、わたしもしょくじがとりたい」

「これで最後だ。やらねぇぞ」

「よこせ、とはいっていない。わたしのしょくじを、とりだせ」

まだ半端に簀巻き状態のアグラは、両腕が使えない状態にある。どうも背中の辺りに物を格納できるポケット状の空間があるらしい。警戒しながら言われる場所に手を突っ込むと、妙なものが見つかった。

大きめの懐中電灯サイズの立方体で、色は黄色く、セメントの塊みたいな質感だ。

「くちもとに、よせろ」

そうしてやるとギザギザの歯で噛みつき、パキンと割り、ジャキジャキ咀嚼《そしゃく》し始めた。

「これが飯かよ。まずそうだな」

「ずっとしたで、みつけた。ひとかけらで、じゅうぶんなえいようがあり、ながもちする」

ためしに小指の先ほどの欠片を催促してみたが、やたら硬くて食えたものではなかった。

栄養源を腹に詰め込むだけの食事を終えて、鈍丸はガイコツのシステムをスタンバイモードに移行させる。いつでも再起動できるようにしておきながら壁に身を預ければ、体の芯から重い疲れが滲み出てきた。なんだかんだでずっと気を張り続けていた。

「四時間寝たら出発する。というかお前、本当に資材庫まで案内するんだろうな」

「おまえの、もとめるものが、あるかは、しらない。が、ぶっしゆそうこんてなが、たくさんころがっているところが、ある」

あれば重畳《ちょうじょう》、なければないで諦めが肝心といったところか。

「そういえば、きいていなかったが、おまえは、なにをさがしているのだ」

うつらうつらしていたところ、急に聞かれて意識が戻る。見れば簀巻きで転がるアグラの、人間とは違う質感の顔が、こっちをじっと見ていた。

「言ったろ。飯とか道具とか色々だよ」

「それは、なかまで、おまえは、すこし、ちがうといった」

「お前には関係ねぇとも言ったろうが」

「たしかに、そうだが、わたしにはまた、しるけんりが、ある」

「なんだと？」

「しざいこの、ばしょを、しっているのは、わたしだけだ。つまり、わたしがここで、へそをまげれば、おまえはずっと、いけない。むらにも、かえれない」

「き、汚ねぇこと言いやがって。もういっぺん銛を撃ち込んでやってもいいんだぞ」

「やるならば、そうすれば、いい。ただし、そのばあい、おまえも、まよう」

　確かに鈍丸にとって道案内の有無は死活問題だ。あっちが死ねばこっちも死ぬ可能性はかなり高く、せいぜい頭を撃ち抜かれるか野垂れ死ぬか程度の違いしかない。つまり、二人の関係はとっくに対等なのだ。

　しかしそれにしても、こんな質問で死ぬの死なないの話になるとは思わなかった。

「変な野郎だ。命を張ってでも知りたいことかよ、これが」

「わたしは、しりたいことが、やまほど、ある。おまえは、げんじょう、ゆいいつ、わたしにこたえられる、あいてだ」

　転がったままアグラは断言する。

「こたえの、えられない、じんせいなど、ないのと、おなじだ」

　知識欲みたいなものだろうか、いまいちピンと来ない考えではある。だが鈍丸には思いもしない発想だからこそ、アグラの言うことにはなにやら得体の知れない説得力があった。少なくとも、こいつは本気で言っている。何十秒かして、鈍丸のほうが折れた。

「――塗料だよ。青いやつ。発色が良くて、乾きが早けりゃもっといい」

「それだけか？」

「それだけだよ。なんか文句でもあんのか」

「それだけで、おまえはいったい、なにをしようというのだ」

「そんなこととお前に……」

またアグラがへそを曲げかけたので、答えるしかなかった。

「塗るに決まってんだろ。壁とか、天井とかに」

マサル曰くの「絵遊び」を笑う奴もいれば、わけのわからんことをするなとぶん殴ってくる奴もいる。

役に立たない代わりにこれといって迷惑にもならないので、よく言えば目こぼし、悪く言えば無視されているのが現状だ。

「そんなことに、いみなど、あるのか。まったく、りかいが、できない」

「うるせぇな、とにかく欲しいんだ。お前なんかに気に入られようなんて思ってねぇ」

「いや、おもしろい」

「なに？」

「そんなまねをするのは、なかまにも、いなかった。いっしゅの、とつぜんへんいか、きけいのようなもの、かもしれない」

キケイって何だと思うけど聞かないことにする。なんとなくロクでもないことを言われた気がするからだ。ともかくこのまま黙っていると質問攻めが続きそうなので、今度はこっちから水を向けることにした。

「お前こそなんなんだよ。それこそ、お仲間とはずいぶん違うようじゃねぇか」

アグラはすぐには答えなかった。転がったまま赤い眼をチカチカさせ、火に照らされた天井を見上げて何ごとか思案している。

「わからないのだ」

「なにがだよ」

「すべて。わたしは、なにも、わからない。われわれのしゅは、にんげんを、くじょしなければ、ならない。それがまず、わからない」

これまで珪素生物の実物を見たことがない鈍丸だが、村の古株からある程度のことを聞いてはいた。あいつらにはあいつらの生活があるようで、注意しなければならないのは人間と敵対関係にあること。セーフガードとも敵対しているようで、そもそもの因縁はわからないが、襲われる側としてはとりあえず「そういうもの」として注意しておけ、とのことだった。

「取って喰うとかじゃねぇのか」

「にんげんを、しょくりょうにすることは、ない。ばっちい」

ずいぶんなご挨拶だ。

「もくてきじたいは、しっている。ネットスフィアを、いまのまま、たもち、しゅを、たもつ。だが、なぜそうしなければ、ならないのか。なぜ、うまれ、どうして、いきているのか」

朱色の火をじっと見つめたまま、鈍丸は断言する。

「ねぇよ、意味なんて」

アグラは少し驚いたようにこちらを見た。

「そういう、わかりやすい意味とか目的を持って生きてる奴なんて、今どきいるもんか。珪素生物だろうと人間だろうと変わらねえ」

「ヒトの、そんぞくとは、いでんしの、けいしょうである。おまえたちは、みずからのいでんじょうほうをのこすために、いきているのでは、ないのか」

村を預かる立場の人間にはそういう責任もあるだろう。だがそもそも、そうまでして生き残る意味というものがあるのかどうか、正直言って鈍丸にはわからない。

ただでさえジリ貧、世界は酷薄、生きるための道は限られている上に過酷。崩落や磁気嵐や外敵に絶えず怯え、それでもなんとか都市にへばりついている理由はひとえに「死にたくないから」に過ぎない。死ぬのは誰だって怖い。けれど四六時中死の恐怖に晒《さら》され続けて生き永らえることは、それ自体が恐ろしいことではないのだろうか。たとえばこの先何年何十年と村が続いていくとして、果てには一体何があるのだろう。鈍丸は、そんな風に考える時がある。

「人間に生きる意味があったのなんて大昔のことだ。植民者がおれ達の村を拓くのよりもずっとずっと昔さ。その遺伝子とやらだっておかしくなったっていうじゃねえか。ご先祖の持ってた端末なんとやらはとっくに機能しなくなってて、都市をどうにもできなくなった挙句のこのザマだ」

村のことを、鈍丸は決して嫌いではない。けれどみんな同じような苦しい日々を延命しながら、いつまでもいつまでも不安と恐怖に追いかけられている。そこまでして生きる価値が果たしてこの世界にあるのか。いつも腹いっぱい食えない子供たちを見るにつけ、狩りに出る度に傷だらけになる漁師を見るにつけ、日に日に小さくなっていく長老の背中を見るにつけ、鈍丸はそう思うのだ。

「では、おまえは、どうして、いきているのか。なかまから、はぐれてまで」

問われて、答えに窮する一瞬が確かにあった。

「おれのやりたいことをする為さ」

「とりょうを、ぬりひろげる、ことか」

「そうだよ。なんにしろ生き永らえてはいるからな。それならせめて、自分が好きなことの一つは作っておかなきゃ張り合いがねえ」

言い終えて、鈍丸は話し過ぎたことを後悔するように首を振った。珪素生物に話してどうなるものでもない。寝る、とだけ言い残して横になる。すぐ動けるように寝袋は使わない。

死にたくないのか。生きたくないのか。結局どちらなのかは、考えてもわからない。

ガイコツの蓄電池はあと一つ。行動食は直前の野営で在庫切れだ。こうなったら糞も残さないほど栄養を使い尽くしてやると腹を括って、複雑な迷路めいた構造体を踏み越える。アグラは途中あれこれと質問を飛ばしながら、相変わらず脚だけ出して胴はぐるぐる巻きという格好のままひょこひょこ先導した。妙なコケシとそのリードを持つガイコツという、知らない奴が見れば目を疑うような二人の道中はしばらく続く。

「とまれ」

言われたとおり止まると、アグラは背筋を伸ばして西の方角を見ていた。

かなり暗く、ガイコツのヘッドライトが無ければ二メートル先も危うい区画だ。そんな暗闇の中にあって、西のずっと向こうが何やらチカチカ光っている。

数は二十を下らないだろう。赤や緑の点滅がゆらゆら揺れる具合は、電基漁師が出す救難信号によく似ていた。

「いちど、みたことがある。あれは、おまえのなかまの、しんごうではないのか」

なんだそんなことか。鈍丸は一顧だにせず、

「違うよ、ありゃ光り蝶だ」

「ヒカリチョウ、とはなんだ」

「ケツからああいうLEDみてえな光を出してる機械虫だ。雄と雌で呼び合ってんだとよ。なんてことねえ虫だけど、勘違いした漁師が助けに行こうとして足を踏み外しちまうなんて事故もたまにある」

アグラは感心しきりで蝶を観察し、鈍丸がリードを引っ張るまで動こうとしなかった。

ようやく明るい場所に出たと思えば、回廊の向こうが騒がしい。何かを崩したり粉砕したり組み立てたりするような音が、妙に規則正しいリズムで聞こえてくる。目を凝らせばずっと向こうで、なにやらずんぐりむっくりした八脚の虫みたいな群体がぞわぞわ蠢いている。

「建設者のルートだ。回り込もう、途中で道を潰されちゃたまんねぇよ」

「けんせつしゃ、というのは、たまにみる、でかいやつか」

「そりゃ一番育った奴だな。あいつらは普通くらいので、群れであちこち弄《いじ》るんだ」

建設者はざっと分けて「でかい」「普通」「チビ」の三種類いる。チビの奴でも人間の倍くらいはでかいが、やることは壁材などをさりさり齧って区画を広げるくらいだ。本当に厄介なのは普通の奴からで、そいつらの群れが通過したら大きな道路やビル一棟規模であっさり様変わりするし、でかい奴になるとブロック全体をパズルみたいに組み替えてのけるからたまったものではない。建設者のサイズ間の因果関係は本当のところよくわかっておらず、漁師たちは単純に小さい奴が成長して最終的にでかくなる程度に思っている。

「けんせつしゃは、どのように、かつどうしているのだ」

「群れで直したり作り変えたりしながらあっちこっち回ってるだけだ。どんな基準でそうしてんのかは全然わかんねえ。今はたまたまこの近くに居座ってんだな」

こういうのはちゃんと把握しておかないと事故の原因になる。地図の裏に大まかな巡回コースを記しながら、慎重に回廊を回り込む。それから螺旋階段を上り、用途不明のケーブルが垂れ込めるジャングルを抜け、歩き続ける。

「あれはなんだ」

いらっしゃいませいらっしゃいませほんじつねびきせーると喚き散らす小さな飛行体。

「広告無人機《アド・ドローン》か。うるさいだけでどってことねえ」

「ではあれは」

一見ただの床のようだが、表面が絶えず一方向に動き続けている。

「無限コンベアの一部だろ。踏むなよ、すっ転んでどっかに飛ばされちまうぞ」

道中こうしたやり取りが何度かなされ、アグラは興味深げに首だけぐりぐり動かして周囲を見渡しては何かないか探していた。

「おまえは、くわしいな。なんでも、しっている」

「こんなの村で教わる普通のことだ。知ってなけりゃ、どこで何に引っかかるかわかったもんじゃねえ」

「むらには、おまえより、ものをしる、にんげんが、いるのか」

アグラの言わんとすることをなんとなく察して、先に釘を刺しておくしかなかった。

「お前を連れては入れねえよ。そんなことしてみろ、村中大騒ぎだ」

一瞬の空白があった。

「それもそうか」

アグラは前に視点を固定し、変わらないトーンで返した。

目的の資材庫には、それから六時間ほど経ってからたどり着いた。建設者を避けて通ったから結果的に回り道になったものの、距離としてはそれほど離れていなかったようで安心した。

わずかに傾いた直方体状の大部屋に、妙に小綺麗なコンテナが並ぶ空間だった。もしかしたらこれ自体が物資輸送カーゴレールの一部の残骸なのかもしれない。どこから発車してどこへ到着する予定だったのかは、もう永遠にわからないのだけれど。

文字が読めずとも、各コンテナの図案から大雑把にどういうものを積んでいたのかは経験上知っている。到着から更に長い時間をかけて、鈍丸はやっと目的のものを探り当てた。

「あった……！」

ちゃんと密閉容器に入ったままの青い塗料だ。揺らすと重い液体が波打つ感触もある。苦労した甲斐があった。

「それが、れいのものか」

好き勝手あちこち見て回っていたアグラが戻ってくる。

「ああ、しかも良い状態だ。ありがてぇな。これでまたしばらく持つよ」

ヘルメットで顔こそ隠れているものの、鈍丸の声色はこれまでで一番弾んでいる。

さて、資材庫がここにあるということは、村もそう遠くはあるまい。あらかじめ決めていたルートと多少の違いはあっても、せいぜい二階層以上の開きはないはずだ。

「そうか」

と変わらぬトーンで返されて、鈍丸は急に決まりが悪くなった。というか元はと言えば、こいつに襲われたからここまでの回り道をする羽目になったわけで、本来なら大した苦労もしなかったはずなのだ。鈍丸は取り繕うように咳払いして、雑嚢に塗料の缶を突っ込む。

「いいか、ここでお別れだ。俺はお前に会わなかったことにする。もともと関係ねぇ同士だしな。お前もとっとと離れてどっかで好きにしろ。また人間を襲うなんて馬鹿なことするんじゃねえぞ、いいな」

「わかっている。そういうことは、こうりつがわるいと、わかった」

あっさりしたものである。鈍丸はワイヤーをほどいてやって天幕を回収する。両手が自由になってもアグラが襲ってくる様子はなく、突っ立ってこちらを見送るだけだった。特に別れを惜しむような間柄でもないので、鈍丸は手を一振りするだけで背を向ける。

「さいごに、もうひとつ、ききたい」

「今度はなんだよ」

「おまえが、とりょうをぬる、ほんとうのりゆうは、なんだ」

「言ったろうが。張り合いが欲しいからだよ」

「わたしは、しっている。そういうこういは、シュミとよぶ。だが、おまえのそれへのしゅうちゃくは、シュミのりょういきを、いつだつしている」

アグラは推測する。鈍丸が人間の中でも変わった個体なのは間違いない。ある種の諦念めいた考えと行動の動機にもそれなりの説明がつくが、青い塗料とそれを塗り拡げる行為への姿勢は「生きていく上での張り合い」程度に留めるには重いものがある。

これがどうやら図星で、鈍丸は立ち止まったまましばらく何も言わなかった。が、結局答えようとはせず、振り返りすらしない。

「わざわざ話してやる義理もねぇだろ」

「なぜ、せつめいをほうきするのだ」

「言ったって、誰にもわかるもんか」

「わからないなどと、おまえがきめることか」

また、しばらくの間があった。

鈍丸はとうとう観念した。

振り返らずに、言うだけ言っておくことにした。

「ガキの頃、一回だけ夢で変なもん見た」

夢。睡眠時に見る脳内情報の映像。無意識の記憶の整理による副次的なもの。

「おかしな場所だった。天井がねぇんだ。死ぬほどだだっ広くて、都市のどこにもねぇような馬鹿でけえ光があって、それ一つで何もかも照らしてて、明るかった。——で、」

上を指差す。ここからだと灰色の天井が蓋する場所だ。

「青かったんだ。無限にだ。なんで青いのかなんて知らねぇ。けど、あんまり綺麗で、忘れたくなかった。こんなもんでどこまでできるか知らねえけど、なんとかあんな感じを再現したくて、おれはこうしてる」

い。

鈍丸は生まれも育ちも階層都市の灰色の村で、そんな場所など見たことも聞いたこともない。

記憶にまったくないものを夢見るのはどういうわけか。そもそも、そんな空間が都市のどこかにあるのかどうかさえ、まったく見当もつかない話だ。だけどもしすっかり忘れ去ってしまったら、それこそ生きる意味が無くなるような気がしてならなかった。

どうせ今生の別れとなる珪素生物相手だからこそ言えたようなもので、この話は村の誰にもしたことがない。言ったってわからないだろうというのは心の予防線に過ぎず、鈍丸はこの話こそ「そんなことで」と言われるのが怖かった。

アグラはしばらく黙っていた。お得意の質問も飛ばしてこず、本当に聞いているのかどうか疑わしくなってきたところでようやく返事をした。

「それは、さぞ、きれいだろうな」

多分、鈍丸が言う光景をなんとか想像しようとしていたのだろう。明るくて天井が無くて上が青い謎の空間など、考えるだけでも一苦労だったはずだ。

「だろ」

肩越しに振り返ると、アグラは相変わらず突っ立ったままだった。

それ以上、お互いに何を言うこともない。一度だけ目を合わせたのを最後にして、鈍丸は資材庫を出る。もう少し遅れて、ずっと後ろの足音が別の方へ向から音源を拾った。

村が近い。とにかく腹が減っていた。道中どこかでドロドロでも拾えないかというのは儚い期待で、結局腹に入れられるようなものは何も見つけられなかった。

とにもかくにも、家に帰れるという安心感は大きい。また余計なもんを拾ってきたとマサルや親父にどやされるのも覚悟の上だし、今日一日の飯抜きも甘んじて受けよう。研《と》ぎ階段を上りきればもう見覚えのある区画だ。

3

安堵のため息をつき、顔を上げて慄然とした。

通路の右を塞いでいたはずの分厚い隔壁が消え、広大な空洞になっている。

その遙か向こうの巨壁に、黒い塔がへばりついている。

かなり大きく、形はごちゃついていて歪《いびつ》。垂直の壁から斜めに伸び、先端部の無数の目で全方位を見通すそれを、鈍丸は知っていた。

「馬鹿な。あんなとこに、どうして監視塔が……」

セーフガードが「違法入居者」を捕捉する手段は幾つかある。一つは、ネットスフィアへの不正アクセスを検知した際に自動で行われる、アクセス者の位置情報の逆算。一つは、擬態したセーフガードユニットによる潜入。一つは、階層都市の各所に敷設した光学カメラによるリアルタイムの監視である。もとよりネットスフィアに縁がない現在の人間相手だと、無数のカメラを取り付けた監視塔がもっとも効率的なようだった。

だからこそ信じられない。村からこんな近くに監視塔があったことはない。

いや、一つだけ思い当たる理由があった。建設者だ。道中出くわしたあの連中による一定周期の大規模増改築が行われ、村近辺の階層構造まで大きく様変わりしたのだ。それでブロックが圧縮され、これまでは脅威にならなかった監視塔がこんな近くまで来てしまった。

そして監視塔の視界は、確実にこちらまで通っていた。

サーチモードの青い目が、ぎゅるりと回転して鈍丸に向けられ、一斉に赤に変わる。

脚部の電力アシストをフル稼働。何か考えるより先に村から反対方向に走り出した。

たちまち空気に独特のイオン臭が立ち込める。

監視塔の先端部が蒼い電磁の塊を束ね、壁一面に投射した。塔を介した駆除系のダウンロードである。一度、二度、三度、空気を引き裂くような轟音が耳を聾《ろう》し、放電現象が治まる頃にはもういる。

走りながら後ろを見て、目が合った。巨壁にへばりついた下位駆除系の群れが、一体残らずこっちを見ていた。

鉤爪《かぎづめ》状のブレードを備えた両手両足を駆動させ、それらは社会性昆虫のような一糸乱れぬ陣形のまま追いかけてきた。都市の安全性とシステムの潔白性を示すパールホワイトのボディが無機質に光る。人に寄せた仮面状のフェイスガードの奥で光学アイセンサーが鮮血のような残光を引いた。

こっちの倍速い。あれらの高分子筋肉は人間を紙切れ同然に引き裂く力がある。上体を捻って真後ろに照準、モリ銃を立て続けに二発撃った。

二本の銛がイオン臭い空気を穿ち、先頭集団の一体に命中した。ほとばしる体液だけが人間みたいに赤い。額をぶちぬかれたそいつは動きを止め、高速走行の慣性のまま地面を滑って、後続の集団にゴミのように踏み散らかされた。

あんなもの殺したうちにも入らない。一体一体がどうのではなく、あの集団丸ごと一つが下位駆除系そのものだ。次々と押し寄せる群れに早々に迎撃を諦め、鈍丸は全力で距離を稼ぐことだけ考えた。

やがて目の前から地面が消えた。垂直に切り立った崖の遙か下、半径一〇〇メートルはあろう換気扇がぐるぐる空気をかき混ぜている。

跳ぶか、落ちるか。即断した。定吉から教わった操作、右手首を時計回りに九〇度捻って薬・人差し・親の順に指を折り曲げ、開いた胸部装甲の奥にあるスイッチを左手で押す。

『緊急時作業モード』待機。／本モードハ災害時ニノミ認可サレル非通常駆動状態デス。人工筋肉及ビ各部モーターノ禁圧解除行為ハ、残存電力ノ著シイ消費及ビ各可動部ヘノ強イ負担ヲ齎《モタラ》シマス。／尚、起動ログハ作業後現場責任者ニ提出スル義務ガ発生シマス。／起動シマスカ？──「是」「非」

読めない。色で判断する。青く光る「是」を入力すると同時に、脚部に爆発的な力が漲《みなぎ》る。

助走からの踏み込みで、足元が炸裂弾を撃ち込まれたように砕け散った。

踏み脚の激痛と引きかえに、鈍丸は一発で三〇メートル以上の高さまで跳び上がった。

後ろで駆除系の雪崩が谷底に落ちていく。放物線軌道を描きながら摑まれるものがないか必死に探す。垂れ下がる鉄骨が見えた。握り潰す勢いで端っこを摑み取ると、慣性と自重を支えて右腕が厭な音を立てた。

痛みをこらえて腕部のアシストを使い、両手で鉄骨を登っていく。半分以上が倒壊し、何かの冗談みたいな角度で傾いている建造物に行き着いた。

中に滑り込み、下の崖を見下ろす。駆除系の先頭集団は谷底に落ちたようだが、それでも相当数が残っている。彼らは行動計画を即時更新し、見ていてぞっとする淀みのなさで散開してどこかへ消える。

左脚と右腕の人工筋肉が断絶している。老朽化したガイコツなどこんなもので、中の体まで壊れなかったのは半分以上は運だった。

毒づき、分子ガムテを取り出して乱暴に巻き付けた。接着面に塗布された銀色のナノペーストにより巻いた部分の分子結合を修復する代物で、漁師のみならず村人の必需品の一つだ。

もうじき自分に訪れるだろう運命は察しがついている。

鈍丸はガイコツの蓄電池を最後の一つに入れ替え、ヘルメットの音声録音機能をオン。

《▼遺言——録音スタート》

短い時間でひとまず声を残しておくが、そもそも大して言うべきことはなかった。

村から反対方向に走ったのは咄嗟《とっさ》のことだった。あのまま駆け込んでしまえば奴らに違法入居者の巣窟を教えてやるようなもので、それだけは避けるべきと判断してのことだが、今さら意味があるのかどうか。

研階段へ続くあの辺りの通路は、狩りに出るにも何をするにも村への出入りで必ず通る場所だ。そこにまで監視塔の視界が通るようになったのがどういうことか。

もう、いいのではないか。

ここらが潮時なのではないか。

今までよくやったじゃないか。ここで諦めたって誰が責める。

いつかあの村を捨て、みんなばらばらになる時がきっと来る。それが今になったというだけの話だろう。先んじて間抜けが一人消えても、誰も気にはしないだろう。

その時、視界に白いものが映った。建物の亀裂から、数体の駆除系が侵入してきていた。

地面の群体が、突入用の数体をここにまで投げて寄越したのだ。

反射的に銃を持ち上げるが、再装塡を忘れている。待ってくれる相手ではない。白い能面が一気に距離を詰める。先頭の爪が鈍丸の肉体に触れるのと、別の亀裂からワイヤーが飛び込んでくるのは、後者のほうがわずかに速かった。

鈍丸は体ごと回収され、あっという間に建物の外に引きずり出された。

風が横殴りになる。今度は自分がぐるぐる巻きになる番だった。旋転する視界の隅に、六本脚の昆虫のようなシルエットが見える。

「お前！」

「おもい」

簡潔に呟き、アグラは腰部に搭載した電磁モーターで別のワイヤーアンカーを射出。突き出た構造物の間を飛ぶように移動し、安全な場所まで移動する。

「お前、どうしてここまで」

「とおくから、むらとやらを、みてみようと、おもっていたら、これだ。セーフガードは、あのとうから、てんそうされたのか」

宙にぶら下がりながら、アグラは遠くの監視塔を興味深げに見通す。そのアグラから更にぶら下がった鈍丸は、吊るし上げられたような気分のまま投げやりに答える。

「ああ。最悪の場所だ。村はもう駄目だな」

アグラは意外そうな目を鈍丸に向けた。

「かえるのでは、なかったのか」

「あんなとこに居座られたら出入りもできやしねえ。二度と戻れないか、二度と出られないかのどっちかだ」

「しかし、おまえには、やることが、あるだろう」

「仕方がねえよ、こうなったら」

「では、どこかべつのばしょへ、にげるのか」

沈黙を肯定とする。死にたくなければそれしかないのだろう。都市にへばりつく人間にとって、個々人の命や信念など圧倒的な現実に捻り潰される程度のものでしかない。そこになんとか折り合いをつけ、死なないようにして、せいぜい灰色の今日をやり過ごしていくのだ。

「ざんねんだ」

アグラは独り言のようにつぶやく。

「おまえの、やることは、おもしろかった」

――ああ、ちくしょう。

肩から引っかけた雑嚢には、塗料と定吉のヘルメットがある。自分で拾って、自分で村まで持ち帰ると決めたものが。

無限に続く今日の中、せめて己で決めたものさえ守れなければ、それこそ何の意味もないのではないか。

ずっと下の地面に目をやると、小さな建設者がもぞもぞ動いているのが見える。どさくさで出来たちょっとした破損をせっせと直しているのだ。セーフガードにとって建設者は攻撃対象ではないようで、どこにいても相互不干渉を貫いていた。

閃くものがあった。

「……どのみち、どこへ逃げたって同じじゃか」

地図を引っ張り出す。宙吊りのまま何ごとかぶつぶつ呟く鈍丸はアグラから見ても不気味だった。ややあって地図を雑嚢にしまい込み、鈍丸は決然と言い放つ。

「どうせ死ぬんでも何もしねえのはやっぱり嫌だ。おれを今から言う場所まで連れていってくれ。賭けになるけど、一つだけ考えがある」

一瞬の間を置いて、アグラはお決まりの質問を投げかける。

「なぜ、あきらめるのを、やめたのだ」

鈍丸は少し笑った。

「おれがやりたいからさ」

壁を這い、駆除系の群れが追いすがる。アグラのワイヤーによる立体的な機動力は目を瞠《みは》るものがあって、足ならとっくに追いつかれるところをもう五キロ近く逃げている。

「おい！　もうちょっとブレずに動けねえのか!?」

「できるわけがない」

ぶら下がりながらモリ銃を二発撃って装塡、もう二発撃って装塡。敵は適当に撃てばどれかに当たるほどの密度だが、数が多すぎるしこの銃では手数が足りない。いよいよ銛が尽きそうになったところで、アグラが胴体をがこんと展開した。

「これをつかえ」

「なんだこれ!?」

「むかしひろって、くっつけた」

自己改造した珪素生物は体内に何らかの武器を仕込んでいることが多い。ずるりと滑り落ちたのは、両手で持つほど大きな回転連発銃だった。

鈍丸は咄嗟に銃把を握り、ろくに狙いもつけず撃って撃って撃ちまくる。回る銃身がアグラの腹から伸びた弾帯を牛飲し、食いカスの空薬莢を雨あられと吐き散らす。マズルフラッシュが激しすぎて光学レンズが馬鹿になる。しかもこの連射の反動がうまいこと作用したようで、宙にある二人はバランスを崩しかけながら押し飛ばされるように加速した。

「！」

二体、弾幕を掻い潜ってこっちに飛びついた。取り出した折り畳みシャベルを振り回して迎撃。一体の爪はなんとか防御でき、二体目で腹に熱を感じた。

「どうした」

「……なんでもねえ」

二体はそのまま重力に引かれて落ちていく。その不景気な面に赤い雫《しずく》がぴたぴた散った。

やがて二人はある地点に飛び込んでゲートを閉める。一瞬後、追いついた集団が激しくゲートをぶっ叩いた。

ここはもうずっと前に漁るだけ漁って放棄した、村近くの資材庫だ。

ゲートが音を立てて軋《きし》み始めた。出入口はここしかなく、二人は袋の鼠《ねずみ》のようなものだった。アグラが怪訝《けげん》そうに見ても、鈍丸は冷静なままで辺りを見渡す。

目的のものは隅っこに堆《うずたか》く積み上げられている。一つ一つのサイズは大きめの飲料水ボトルくらい、表面にはどのみち読めない注意書きがびっしり書き記されている。

「これは、なんだ」

「離れてろ」

一つを取り上げて蓋を外す。続いて安全装置を解除すると、底部の電磁石が作動して壁にぴったりくっつく。鈍丸は急いで離れ、アグラを引っ張って資材庫の隅っこにうずくまる。

そういえば、これの使い方を教えたのも定吉だった。

ガイコツのシステムが、新たに起動した工具を検索。――認識。

表示された無線起爆のトリガーを、オン。

爆発が起こった。

一つでも結構な威力だった。ひっくり返るほどの振動と共に、壁に大穴が開く。

「爆薬だ。昔は発破に使ったって話だけど、いちいちこんな量持ち帰ることもねえって半分くらいはほっとかれてる。ため込んで万が一村で誤爆したら目も当てらんねえからさ」

「……、……、……」

集音装置を絞っておいてよかった。アグラは少しの間くらくらしていたが、すぐに復帰して恨みがましく唸り声をあげる。

積めるだけの発破装置を積んでいる最中、ついにゲートがぶち壊される。

二人は大急ぎで壁の穴から飛び出した。駆除系が狭い入口からどかどか雪崩れ込んできて、よくもまあと思うほどの執念で追いかけてきた。

「監視塔に突っ込め！　近くでこいつをしこたま爆発させる！」

「しかし、あれが、そんなもので」

「いいから急げ！」

敵の数はまだまだ多い。ひとたび捕まれば二人とも八つ裂きにされるのは必定だった。

錆臭い空気の中を跳び渡りながら、監視塔まで最後の数百メートルを詰める。撃ちまくっているうちにとうとう連発銃の弾が尽きた。銛もとっくにカンバンだ。単なるデッドウェイトと化した武器を放り捨てて加速、どちらももう前しか見ていない。

ワイヤーが監視塔そのものに巻き付いた。

くそいまいましいイオン臭がまた辺りに満ちて、塔の先端に最初の電光が閃いた。

発破装置の蓋を片っ端から外す。ばら撒いたそれらの電磁石が作動して、でかい塔の根っこあたりの壁に張り付いた。ＨＵＤが新しく起動した工具を認識、警告表示を出す。

――危険。／発破装置ノ爆破予測範囲内ニイマス。――表示の色は、赤。

駆除系がこちらに追いつく、アグラが別の場所にワイヤーを飛ばす。

――警告。／発破装置ノ爆破予測範囲ニ近付イテイマス。――朱。

遠くの構造体に打ち込み、巻き取る。

――注意。／発破装置ノ安全圏カラ外レテイマス。――黄。

飛びかかった一体の頭にシャベルをぶち込む。敵の頭が砕ける。シャベルも砕ける。

――告知。／発破装置ノ作動安全圏内ニイマス。――表示の色は、青。

起爆。

光学レンズがホワイトアウトする。集音装置が完全にイカレる。

区画そのものが激震したような感覚。巨大な爆風が背後で広がり、鈍丸とアグラはワイヤーの力でなく半分以上は吹き飛ばされる形で舞い上がった。

受け身も取れず、たまたまそこにあった空中通路の上に投げ出された。急いで振り返ると、遠くの爆破地点がもうもうと白い煙に覆われている。

「……、ああ」

アグラがため息ともつかない声を漏らす。

風が吹き、煙が晴れ、監視塔は傷一つ付いていない。

当然だ。堅牢な監視塔がそんなもので壊せれば誰も苦労しない。ただ周囲の壁の方がぼこぼこに崩れたくらいで、構造体のずっと奥深くに根を張る監視塔にはそれでも大した被害にはなりえない。

再びのダウンロードで、破壊跡に新品そのものの駆除系がごっそり現れた。

標的がどこへ逃げたかなど割れきっていて、豆粒のように見える無数の顔はみんなこっちを向いているのだろう。アグラがしゅるるとワイヤーを体内に格納し、鈍丸を見下ろした。

「もう、ばんさく、つきたか」

「いや」

鈍丸はまったく違う方向を見ていた。

「これでいい。賭けに勝った」

闇の中から、馬鹿でかい駆動体がぬぅっと顔を出す。

全長三〇〇メートルはゆうに超える、建設者の「でかい奴」だった。

建設者は金色のアイセンサーを光らせ、大魚のような動きで監視塔に注目する。傷一つない塔や下位駆除系には興味を示さない。彼が見ているのは、無残に崩れた塔周囲の壁だ。

見ている前でものすごいことが起こった。建設者が巨大な作業用マニピュレーターをいっぱいに広げ、修復用の重金属ナノペーストを塔周辺にぶちまけたのだ。

破壊跡に張りついていた駆除系がもろとも塗り固められる。作業が始まる。建設者は誕生当時からまったく変わらぬ使命感のまま、穴を修復し、ついでに監視塔が張り付いている壁そのものや周囲のブロックそのものをてきぱき弄り回しはじめる。

止める手段はもうない。

監視塔は破壊されないまでも、その周囲を修復され、作り変えられ、また別の場所に移動するのだ。

アグラは、なすすべもなくその様を見守っていた。

鈍丸も、デカブツの仕事を目の当たりにするのは初めてだった。

「……長老が言ってた。あいつらの仕事には、それなりの、決まりがあるらしい……」

建設者には、あらかじめ設定された建造計画を共有する決まりがある。

一方、計画はリアルタイムで更新・変更されることもある。

都市においては老朽化した構造材の自然崩壊はもちろん、何者かの手による破壊行為も日常茶飯事だ。そうしたアクシデントであらかじめ定めた図案と実際の区画にズレが生じれば、建設者は最優先で破損部分の補修を行うよう規定されている。

そしてその習性こそ、建設者の行動様式をより複雑なものとしているのだった。

たとえばどこかで空中通路が一つ崩落したら、まずそこを補修する。しかし「補修前の通路区画」と「補修後の通路区画」とでは細かな差異があり、よって建設者は律儀に補修後の状態を基準として建設計画を立て直すわけである。ひっきりなしに何かが壊れる。補修する。計画を立て直す。それを繰り返し、繰り返し、繰り返していくうちにとんでもないことになる。

このバタフライ現象的な補修作業こそ今日に至るまで都市を混沌たらしめる遠因の一つにして、建設者を建造と補修の無限ループに駆り立てる一種のバグだ。

そういうわけで、人間は建設者のコースに足を踏み入れてはならないことになっている。下手に手を出すと何がどう変わるかわからないので、好き勝手にやらせて嵐が過ぎるのを待つしかないと経験的に知っているのだ。

今まさに彼らが同区画にいるからこそ、その習性を利用することができた。

この発破こそ小さなダムの穴であり、羽ばたいた蝶の風だった。

さて、そうなると作業現場にほど近いこの通路もまずい。早いところ逃げないと自分達も巻き込まれてしまう、とアグラは鈍丸をうながそうとして、言葉を失う。

鈍丸はもう動けない。

足元に真っ赤な血だまりができている。

というより、ここに来るまでに相当量の血液が失われている。既に満身創痍《まんしんそうい》だった。

「……まあ、やるだけやったよな」

のろくさした動きで雑嚢を漁り、まだ入っていた塗料の缶を取り出す。その手がアグラまで伸ばされるも、途中ではたと止まり、缶を取り落とした。

「これは……いいか、もう」

鈍丸の意識は朦朧《もうろう》として、もう言葉を選ぶ余裕もない。

「……しかし、これをぬるのではないのか」

「所詮、夢だよ。忘れられねえから間抜けって言うんだ」

間抜けだから、いつになってもガキの夢を忘れられない。

間抜けだから、とっとと諦めるような分別もない。

「でも、あの場所に、みんなもいたんだ。おれは、見たんだ」

ヘルメットを外して、喉の奥から溢れた血塊をごぼりと吐き出す。肉体からゆっくり熱が失せていく。

「いまが、ゆめなのかもしれない」

アグラは思いついたことをそのまま言う。まんざら嘘ではない。そうでないという保証はどこにもなく、世界は静謐《せいひつ》に気が触れて、あまりに悪夢めいている。

「これがゆめで、おまえはいまから、めをさまして、そこへいくのかもしれない」

「ああ。だったらいいなぁ」

鈍丸は薄く笑った。

「帰りてえなぁ」

村に帰りたい、と言っているのではなかった。どこに帰ればいいのかもわからなかった。彼が見ているものは都市の暗闇ではなく、遺伝子《ジーン》にヨクトビット程度には残っていたのかもしれない、遠い遠い色の記憶だ。

そんな遠くを見つめたまま、やがて鈍丸はいなくなってしまった。

アグラは種が持つ遠大な行動目的を理解しない。

脳の奥底にある「教団」の記憶情報はもはや遠く、ただ在るがままの己を感じ取るしかできない。それゆえの精神的畸形であり、繰り返される疑問は欠落した思想の空白を埋めるための手段でもある。

だが目の前の男が持つ「理由」は決して合理的ではなく、誰にも理解されないものだ。

それでいいのかもしれない。

基底現実に息づく人間が一人、自分だけの理由に基づいて生き抜き、死んだ。それだけの話だった。だが見届けたアグラにもまた、次の行動に至る理由ができていた。

スリングの千切れかけた雑嚢を拾い上げ、塗料の缶と鈍丸のヘルメットを中に押し込む。

定吉のヘルメットも入っているので、余計なものを捨ててもかなり無理やりだった。

建設者の作業は続く。じきここも複雑な構造物に呑み込まれるだろう。

行く先には生き残りの駆除系がまだ残っている。監視塔との断絶で連携が千々に乱れ、個々の自律判断で標的を探し回っている。数は今なお百を下るまい。

雑嚢から取り出したくしゃくしゃの地図を見る。

ワイヤーを放ち、アグラは青い二重丸が記されている地点へ向かった。

4

──あと、そうだ、それから。

みんなが「死体拾い」って言ってるあいつ、珪素生物だった。

けどどうも変な奴で、人間を襲うとかそういうことはしなさそうだ。脚が六本ある虫みてえな形だから見たらすぐわかると思う。ひょっとしたら近くの階層をうろちょろしてるかもしれんけど、ほっといても大丈夫だ。

出くわすことがあったら、なんでも聞きたがる奴だから、適当に答えてやってくれ。

もし、村もあいつも元気だったら。

《▼録音終了》

約十二時間後、電基漁師の一団が村の近くで起こった異変を調べている。

いきなり外で震動があって、落雷のような監視塔の転送音が聞こえた時は上を下への大騒ぎだった。皆一斉に防備を固めたが、どうも村の場所が割れたのではないらしい。

続いて何かの爆音と、巨大なものが都市構造体に干渉する音。

それからしばらくの間があって、ようやく静寂が戻った。

外に出たら何かがおかしい。入口付近の通路すぐ横にあった隔壁が無い。きっと建設者の仕業で、できた空洞の向こうは複雑に入り組んだ積層建造物に埋め尽くされていて何があるかわかったものじゃなかった。この分だと周辺の構造もだいぶ変わっているのかもしれない。

しかも、滅多にお目にかかれない駆除系の「はぐれ」を何匹か見つけた。何らかの理由でネットワークから切り捨てられたのだろう。こうなってしまえばさほどの脅威ではなく、数も大したことがないので、手分けしての掃除はさほど苦労しなかった。これで一段落かと思われたところ、漁師の一人があるものを見つけた。

村のほど近くで、たくさんの駆除系が死んでいる。

漁師の仕業ではない。それをやったらしき何者かの姿もない。地獄のような現場の真ん中には、何日か前に遠征に出たきりの「間抜けの鈍丸」の雑嚢だけがぽつんと置かれていた。

中には彼自身のヘルメットと、古びた誰かのヘルメットと、青い塗料が入っているきり。

それからどうしたことか、ボロボロのスリングに細長いものが引っかかっていた。村人たちは最初これを何かの作業用アームだと思った。村の物知りが「こりゃ珪素生物の腕だぞ」と言ったが、本当のところどうなのかは誰にもわからなかった。

どれほど経っても、鈍丸は帰ってこなかった。

誰もがなんとなく予想していた結末ではある。あいつは悪い奴じゃなかったが、あんまり間抜けだったから、とうとう引き際を間違えちまったのだ——ヘルメットに残された遺言を聞き届け、誰もがそう言った。

いくら探しても死体は見つからなかった。不思議なのは十年前に消えた定吉のヘルメットも一緒に回収されたことで、そのことから彼は定吉と一緒に亡霊になって今も彷徨《さまよ》っているのだという珍説も上がった。

鈍丸は村で略式の葬儀を上げられ、やがて子供たちへ向けた寓話になる。「一人で狩りをすると、幽霊に連れていかれるぞ」——つまり仲間外れを作るな、一人で意地を張るな、困ったら助け合え、という戒《いまし》めも込めたよくある話。

それから時が下り、やがて寓話も忘れられていった。

この頃になると、村の顔ぶれも一新される。次の世代に移ったのだ。

今では村のある一角が青く染まっている理由も、塗料が見つかれば誰かが適当に色を足す風習の由来も、誰も知らなくなった。みんな受け継いでいたから、それになんとなく縁起がいいから、という程度の認識でいる。

代々の電基漁師はガイコツを纏い、生き抜くための狩りに出ていく。出発の前には縁起のいい色を拝んでおく奴もいる。彼らの間では経験上、絶対に守るべき色の法則がある。

青は進め。

■著者の言葉

『BLAME!』の描く広大な世界は、昔から今までずっと僕を魅了し続けています。

でも行けと言われたら泣いて土下座します。僕のようなヘナチョコが行こうもんなら即死待ったなしでしょう。

だからこそ、霧亥《キリイ》の旅の途中に現れる「人間」の暮らしぶりがずっと心に残っていました。彼らを見るにつけ、「霧亥ではない人々は、あるいは自分なら、都市でどう生きるだろう？」とよく考えたもので……というか、今でも考えています。

この企画には、長年抱いていたそんな気持ちのままで挑み、お話を考えました。大好きな傑作にこうして関わらせて頂くこと、この上なく光栄です。読者でなく書き手として階層都市に足を踏み入れた時、なんだか不思議と懐かしく思い、同時に再確認しました。

ここは広大で残酷で、なんと魅力的な世界なんだろうと。

（なお拙作の設定や描写は劇場版『BLAME!』にかなり寄せています。鑑賞後に読むとニヤッとできるかもしれませんよ）

破綻円盤 ―Disc Crash―
小川一水

珪素生命のルーラベルチは、統治局閉鎖監視哨（お休み処）で働いている。久しぶりの客は、夷澱《イオリ》と名乗る「検温者」だった。彼女は何のために危険を冒して温度データを集めているのか？

小川一水（おがわ・いっすい）

1975年、岐阜県生まれ。1996年、『まずは一報ポプラパレスより』で長篇デビュー（河出智紀名義）。2003年、『第六大陸』で第35回星雲賞日本長編部門、2005年、短篇集『老ヴォールの惑星』で「ベストSF2005」国内篇第1位を獲得、収録作の「漂った男」で第37回星雲賞日本短編部門を受賞。本格的な宇宙SFの書き手として活躍を続ける。2017年現在、《天《てん》冥《めい》の標《しるべ》》シリーズを刊行中。

1

縦貫溝を降りてくる旅人を、ルーラベルチは二カ月のあいだ毎日見つめていた。

広大な白壁が直立している。材質は石とも金属とも知れず、いつ誰が築いたのかもわからない。高さは少なくとも五十キロメートル以上あるそうだが測られたことはない。幅は数百キロメートルあるそうだが見えはしない。空間に満ちる光が、ところどころに刻まれた溝や小穴を照らし出しているが、なぜどうやってそれらができたのかを知るすべもない。

壁の一カ所に四角い穴があり、濁流がどうどうと音を立てて流れ出している。大放水口は縦横きっかり八十メートルあって、吐出が途切れるところを見た者はいない。毎秒三千二百トンの豊かな温水は微量成分を含み、長年のあいだに析出した珪素《けいそ》が大放水口の下側に舌のように長くせり出している。厚さ六メートル、出幅二十五メートルの珪庇《けいひ》と、その上を走る濁流が、この白壁上にある唯一の庇《ひさし》であり、その下は例外的に安全である。白壁のそこ以外の場所では落下物を防ぐ手だてはない。落下物は白壁の全域でしばしば発生し、終端速度に達して下方の物体を撃砕する。

珪庇《けいひ》の下から白壁に沿って、片持ち梁《ばり》で支えられた水平の通路が側方へ作りつけられている。それは三十メートルほど先にある縦貫溝の手前で終わっている。縦貫溝は無表情な白壁を走る唯一の長大構造だ。それは幅八十センチ、奥行き六十センチ余りの金属材の溝で、水平通路のそばから上下にまっすぐ伸びており、下方は長年の落下物で埋もれているが、上方には果てもなく続く。その用途と長さは、壁の高さと同様に、やはり不明である。五十キロ以上あるのかもしれず、さらにはそれ以上、つまり天井を貫いて壁よりも上へ延びていないと考えてはいけない理由も、何もなかった。

以上をまとめると、広い壁に滝が一つあってその下から横手へ通路が走り、通路の端から垂直の溝が上へ延びている、という景観になる。ただしそれをそのような形で眺めた者はいない。壁から離れられる飛行能力のある者が訪れたことがない、という意味でそうなのだし、また、とにかく人がいないという意味でもそうだった。広大無辺の階層世界のほとんどの場所が、ほとんどの時間そうであるように、ここもほとんどの時間は無人の場所だった。

人でないものを含めると話は少し変わる。

どうどうと音を立てて流れ出す瀑布《ばくふ》の下から動くものが現れて、水平通路に出る。そのものは白と薄桃色の多重の外装を身に帯びた、二脚二腕かつ一頭の形態をしており、別の言い方をすればイブニングドレス姿の少女に似ている。少女は通路に出ると床板や梁を点検し、もしそれが不定期な落下物で砕かれていれば修理し、それから長大な縦貫溝を数分間見上げて、大放水口の下へ戻る。

それを毎日くり返している。

そうしたある一日に、ルーラベルチは人影を見つけた。

正確にはまず、撃砕された立札を最初に見つけたのである。立札は水平通路と縦貫溝の接するところにルーラベルチ自身が立てたものだが、それが落下物に壊されていた。上から物を落とすのは人とは限らず、白壁の上方に蠢《うごめ》くとされる巨大な建設者や奇怪な食石蟲、獰猛《どうもう》なセーフガードや珪素生命たちがそうすることもあり、また周期的にこの階層を揺さぶる大きな振動も同じことをするが、それらは物を落とす場所を選ばない。

縦貫溝の真下に物を落とすのは、たいてい縦貫溝にいる者である。

ルーラベルチが見上げると、高い壁を伝う長い溝の消失点あたりに、小さな灰色の点が認められた。

お客さまだ、と胸を高鳴らせた。

なぜならば、過去に縦貫溝で見かけた存在の多くは、客になってくれたからだ。そしてルーラベルチは客が来るのを楽しみにしていたからだ。

いつ到着するのかはわからなかった。ルーラベルチの視覚系にはレーザー測遠器や高精度の視差測距儀が組み込まれておらず、旅人までの距離を計測できなかった。だから毎日の通路点検のたびに人影を見上げるしかなかった。当初、数十キロ彼方の小さな点だったその姿は、確かに降下しているらしく、日が経つにつれてディテールを備えていった。逆V字型の突っ張り器具を溝の内側にかまして体を支え、細いザイルを用いて降下しているようだ。動作は手慣れており、降下しては器具を広げるサイクルを一定間隔でくり返していた。それでも落下は心配だったが、一日が終わって翌日ルーラベルチが見にいくと、必ず前日よりも少し近いところに人影があって、前日と同じように降下を続けていた。

それは二ヵ月のあいだ続いた。

二ヵ月、というのは六十日にあたる期間で、日というのはルーラベルチの雇い主であるボイドが、宿泊周期を計数するために採用している古い時間単位だ。その単位にどんな意味合いがあるのかルーラベルチは知らなかったが、例えば人間にとって二ヵ月という期間がどんなものなのかは、うっすらと知っていた。それは、限られた姿勢で作業をくり返すには、長すぎるほど長い期間だ。

きっと疲れ果てて休息を求めているだろう。

六十一日目に、とうとうそいつは大放水口の高さまでやってきた。

「お帰りなさい、お客さん！　寄っていって！」

どうどうと流れ出す濁流の轟音を貫いて、ルーラベルチの声が届いたようだった。百メートル頭上で逆V字の足場に腰かけた人影が、いぶかしげにこちらを見下ろした。

二本の手と二本の脚と一つの頭を、煙灰色《えんかいしょく》の防電磁マントで覆った姿。人型だった。

フードから覗く黒い前髪と白い頰は、いずれも乾いてぱさついている。だがその黒い瞳に宿る光は冷たく鋭い。耳朶《じだ》は薄く鼻筋は細く、口元はバンダナで覆っているが、若者めいた怜悧《れいり》な顔立ちを採用しているのが見て取れる。すすけた黒い耐潰ブーツの爪先をぶら下げ、抗弾小手を巻いた片手で器具を把握したそいつは、片手で長さ二メートルの銀色の槍《やり》をこちらへ向けて、発砲した。

ずしゅん！　と蒸気をまとった白弾が飛来し、足元に命中した。金属パネルが一瞬で氷結して砕け散り、キラキラと輝く。「ひゃっ！」とルーラベルチは飛び退る。槍は極めて強力な冷凍弾を放つ武器のようだ。両手を広げて叫ぶ。

「撃たないで、敵じゃないわ！　お出迎えに来ただけだよ！」

人影は注意深くこちらを見定めて、つぶやいた。

「珪素生命」

旅と歳月に掻き削られてざらついて、だがまだかすかに鈍い艶《つや》を残した、低い声。その一言は敵意そのものからなっていたが、好みだ、とルーラベルチは思った。

「そうよ、珪素生命。でも敵じゃない」

くるりと体を回して、肩の上を半周する薄桃色の頭髪と、白いドレスの裾《すそ》を広げて見せる。

「武装はないの。わかるでしょう？」

旅人は答えなかった。だがザイルを降ろして、再び降下を始めた。

最後の一サイクルで縦貫溝を下り切り、通路に片足をかける。依然として油断なく武器を構えたままだが、通路のとば口に立ててある看板に横目をやって、またつぶやいた。

「碧天軒《へきてんけん》」

「文字が読めるのね」

二十メートル先で、ルーラベルチは顔をほころばせた。

「そうよ、お客さん。ここは統治局閉鎖監視哨《かんししょう》、碧天軒。

「安全で居心地のいいお休み処《どころ》よ」

「統治局……？」

旅人はザイルをひねって頭上の突っ張り器具を引き落とすと、背中に担いで通路に入った。床の穴を挟んで向き合う。上背のあるがっしりした体格だ。ルーラベルチはうつむき加減に目を合わせる。支度は完璧だった。前夜に自らのたおやかで艶《なま》めかしいボディケーシングをよく磨き、陰部の軟質器官にシリコンオイルをよくなじませ、可憐な石墨のアイシャドウと辰砂《しんしゃ》の紅を引いた。

そして今は武器を向けていない。宣言したとおりの丸腰だ。

旅人はルーラベルチを通りすぎて進み、突き当たりで足を止めた。

そこが宿の玄関だった。珪庇《けいひ》を刳《く》り貫《ぬ》いて建築された人工物。

二本のモダンな飾り柱のあいだに、垂直も平面も出ていない歪んだ自動ドアが作りつけられている。ドアの上にせり出しているのは、崩し字で「碧天軒」と彫刻された石板だ。ドア横にはボードを立てて「歓迎　お客さま」と書き込んであり、その縁には、拾った食石蟲の羽根を切り貼りした拙《つたな》い造花が、ぽんぽんと一周貼りつけてある。

どうどうと流れる碧色の屋根から絶え間なくしぶきが降ってくる。

　旅人は長いあいだその前で立ち止まっていた。

　ルーラベルチは横からそっと顔を出す。

「ご休憩ですか？　ご宿泊？」

「下へ降りたい。基準水面まであと五百メートルほどのはずだ」

「あのですね、降下ストランドのご利用は、ご宿泊のお客さまのみとさせていただいてます」

「目的はなんだ。こんなところで旅籠《はたご》？」

「統治局はここを通過する存在をカウントしているの」

「おまえは珪素生命だ」

　そう言った次の瞬間、旅人は電光の速さで銀の槍を構えた。ガラス戸をゴトゴトと重そうに引き開けて、もう一体の存在が姿を現したからだ。

　額に「卅」の字に似た紋章を刻まれた、禿頭《とくとう》の巨漢。ボディは大型工具のような湾曲した鉄色の構造でできている。多関節の細い四本腕を合掌させ、背後には節足動物めいた長い尾を引きずっている。人間では無論ない。それどころか階層世界のあらゆる存在に恐れられている存在。

「代理構成体――」

　旅人が引き金を引こうとした瞬間、ルーラベルチがその手を押さえた。

「ボイドは宿の主人です。危害は加えません」

「……代理構成体と、珪素生命が？」

「壊れているの。彼も、あたしも」

ルーラベルチは仮面のような白い顔面パーツを、にっきりと笑みの形にした。本来、不倶《ふぐ》戴天《たいてん》の敵であるはずの両者が、手を携えて人間を出迎えている。その異様な情景を構成させるに至った事情を、一言で説明したつもりだった。

「あたしたちが、心を込めておもてなしします。十二年ぶりのお客さま」

旅人は、かけらも納得した様子を見せなかった。

ただ、奇妙なことを行った。

長柄の槍のレバーをガシャンと引いて筒先を下げると、石突のほうをボイドにかざし、ついでルーラベルチにかざして、手元を見たのだ。

「……放熱変動率一・八五と、二・五か」

何をしたのかはわからない。だが、少しだけ警戒を解いたようだった。

「わかった、泊まる。代価はなんだ。希土類や熱源物質はあまりない」

「ご宿泊ですね。お支払いは各種情報単位で受け付けております。それと」

ルーラベルチは喜色を浮かべて、ボイドの小脇から宿泊帳を取り上げる。

「こちらにご記帳いただけますか？　自発名がなくても、被呼称名や識別記号があれば、それでも」

旅人は武器を手にしていないほうの手で、宿帳に「夷澱」と書いた。

「これはなんて読むんですか？」

「イオリ」

旅人は口元のバンダナを下げて言う。唇は軟質で、赤い血の気が通っていた。

「夷澱《イオリ》。『検温者』だ」

大放水口の排水は珪庇《けいひ》の上を滑らかに流れ、刳り貫き建築自体を揺さぶることはほとんどない。二階建ての碧天軒の、よく乾燥させた苔絨毯《こけじゅうたん》敷の廊下に沿って並ぶ、全室オーシャンビューである静かな十六室のダブルルームのひと部屋を、その夜ルーラベルチは襲った。

「お休み前にマッサージはいかがですか」

白色ボディの関節の隙間から、わざと濡らした鮮紅色の機械骨格をこれ見よがしにちらつかせ、最大限に煽情的な姿で取り入って、夷澱《イオリ》をベッドに横たえることに成功した。旅人が後頭部に結い上げていた黒髪は、ほどくと腰まで届き、マントを脱いだ体は、表皮と一体化した一次装甲の下に、細腰のくびれと豊かな乳房を隠していた。だが力を込めた手で各部の筋肉を揉み立てていくと、股間に熱く怒張したものが触知され、両性者であることが判明した。

「お客さま」

身を乗り出して硬い隆起をこね回し、高まる息遣いと表情から十分に準備が整ったとみると、ルーラベルチは顔を近づけて口づけしながら、薄桃色の髪を錐《きり》のように尖鋭化させて耳孔を突こうとした。

その瞬間、天地がぐるりと回った。

「――あっ」

気がつくと、炯々《けいけい》と目を光らせた夷澱《イオリ》に押さえつけられていた。

そのまま強い指で頭をぐしゃぐしゃとかき回されて、隠し武装である纏繞性偽髪《てんじょうせいぎはつ》の立体構造を破壊された。火器も電子兵器も格闘能力も持っていないルーラベルチは、その時点で完全に無力化されてしまい、当初ほのめかしていた通りに犯された。

行為のあいだずっと、夷澱《イオリ》は戸口に目を向けていたが、終わると一息つきながら、いぶかしげに言った。

「来ないな。連携はしていないのか。あの代理構成体は」

「……言ったでしょう、ボイドも壊れているの。K9ED2・-〝void〟。階層世界の全体秩序を回復させせようとする機能のほとんどを失って除名された。視野が狭窄《きょうさく》し、局地構造の充実だけに囚われている。つまり――」

「碧天軒を盛り立てることにしか興味がない?」

「そ」

しゅう、しゅうと体内流体の激しい循環音を漏らしながら、ルーラベルチはうつ伏せのままで回復に努める。夷澱《イオリ》の行為は激しく、熱可塑性の高い軟質部分が溶融寸前までいってしまい、冷めるまでは動けそうもなかった。

「放熱変動率一二八」

銀の槍の柄でルーラベルチの背中を測った夷澱《イオリ》が、あきれたように言う。「ひ弱すぎないか。よくそんな体で旅人を襲えたものだ」

「これでも……滅多に失敗しないんですけどねっ。好色で馬鹿な旅人が相手なら」

「好色なのは認めるが、私だってそんなに強いほうじゃない。まさか力ずくで珪素生命をものにできるとは思わなかった」

そうそぶいてから、首をかしげる。

「それか、おまえの故障というのは」

「あたしは壊れたというより、できあがらなかったの」

体を動かすと肩関節がゴリッと嫌な音を立てた。抱く力が強すぎて外れたらしい。腕を背中側に百七十度回して、無理やりゴキリとはめ込んだ。

「赤いでしょ、骨。珪素じゃなくてカルシウム質なんです。それもサンゴとかいう微小生物群体の分泌を利用している。あたしの体の半分は有機物。非主流的生成体」

「なんのためにそんなことを」

「何かのためというわけじゃない。珪素生命は階層都市のカオスと相補的に影響しあって生まれる。あたしを生み出した部分のカオスに、そのサンゴだか何だかの生体データが含まれていたんでしょうね」

「サンゴは、肉食動物だったたな」空中に記されたデータを読むかのように目をあげて、夷澱《イオリ》が言う。「それで私を襲ったか」

「それでも何もない。あたしたちは、あたしたちの世界を侵食するものを破壊する。都市はあたしたちのものだ」ルーラベルチは凄艶《せいえん》に薄笑いしてから、わずかに目を細める。「でもあんたは——うまそうだと思ったの」

「生きがいのはわかっただろう」

こともなげに言って、夷澱《イオリ》は肩越しに戸口を指さす。

「ボイドを襲わないのは？　壊れているからか」

「建設者よりもちまちまとこんな場所の手入れに励んでる代理構成体なんて、脅威でも何でもない。それにこの場所のおかげで、のこのこと頓馬《とんま》な獲物がやってくる」

「これまで何人食った？」ジャキン、とレバーを引いて銀の槍を向ける。「私が去ったらどうする。まだ続けるか？」

「当たり前でしょう。存在し続ける限りそうする」

チンチンと小さな音を立てて霜《しも》を帯びていく槍先を見つめながら、ルーラベルチはうそぶいた。恐怖も後悔もなかった。その存在の在り方として、珪素生命である彼女は都市を欲するという第一欲求以外の感情を持ち合わせなかった。

そのはずだったが——何か、意識の奇妙なうずきのようなものを、かすかに覚えた。

それがなんだかわからなかったが、未知の作用が起こったらしい。自分でも知らぬ間に、顔面部分がひきつれるのを感じた。

「——ふん」と夷澱《イオリ》が鼻を鳴らした。

「珍しいな、君は」

「……何よ」

「その髪、いつ回復する」

「どうする気？」

「私はまだ食い足りない。何しろ二十、いや三十年ぶりか。五分？　十分？」

「それは——」嘘をついても意味がないと気づいたが、つかずにいられなかった。「すぐよ」

「十二年ぶりの客なんだろう。全力で籠絡しに来たはずだな？　この髪、アクチン－ミオシン類似物質か？　手持ちの蛋白《たんぱく》成分の残りは？」

「やめて」

「わかった」

そもそも回復が難しいということを察知された以上、ルーラベルチには抗《あらが》うすべもなく、夷澱《イオリ》が恐れる理由もなかった。

夷澱《イオリ》は少女をもてあそび、ルーラベルチが過熱して応答もできなくなると、その隣で図太くも眠りこんだ。翌朝に奇妙なしきたりに則《のっと》って黙々と立ち働くボイドにチェックアウトを告げ、降下ストランドの垂直の網目を伝って五百メートル下方の基準水面へと降りていった。

ベッドには人間用の高密度栄養食が何本か残されていた。ルーラベルチはそれを摂取して回復しつつ、ボイドがおとなしく夷澱《イオリ》を解放したのを不思議に思っていた。彼は支払いにうるさい代理構成体のはずなのだが。数日後に部屋を出るとそのわけがわかった。夷澱《イオリ》は代価としてデータを支払っていた。それは彼女がこれまで三百年近くのあいだ収集してきた温度データだった。時系列に沿った検温記録が、階層世界のさまざまな場所と関連付けられてマトリックスを構成しており、単なる立体地図としてもなかなかの価値がありそうな代物だった。

彼女がそういうことをしている人物だというのはわかった。

わからないのは、なぜそんなことをしているかだった。

追うつもりもその必要もなかった。過去、基準水面に降りて碧天軒に戻ってきた者はいない。水面は白壁から数キロ先までほのかな鉛色に照らし出されているが、その先は闇に覆われている。そちらへ向かった者は例外なく音信が途絶えた。無限に続く階層世界の虚無と脅威が、旅人を呑みこんだに違いなかった。

夷澱《イオリ》もその列に加わった。ルーラベルチは新しい客を待つ日常に戻った。

一〇七ヵ月後に初めてのリピーターが現れた。

「ただいま」

そう言って降下ストランドから碧天軒の床穴に這い上がってきた夷澱《イオリ》を、ルーラベルチはしばし呆然と見つめていた。

「泊めてくれ。三泊だ。他に客はいるか」

「なぜ？」戸惑いのあまり思考がうまく走らない。とっくに死んでしまっただろうし、戻ってこないと思っていた。「どうして？」

「すっ裸でいるときに後ろから撃たれたくない。誰かいるなら出ていくまで隠れる」

「そうじゃなくて……なぜ戻ってきたの？」

「すっ裸でシャワーを浴びたくなったからだ」

夷澱《イオリ》は床穴にかがみこんで、さらに中身の詰まった投網のようなものを引き揚げようと悪戦苦闘する。

「オダやC２に旅籠なんて気の利いた施設はなかった。手伝ってくれ」

「あなた、あたしのことを覚えてないの」

「なんだって？　よく覚えてる。ここの女郎だ。いや、マッサージ師か？　そう言えば聞かなかったが」

「違う、あたしはあなたを襲って――」

「食おうとしたな。だから土産を持ってきた。早く」

見れば夷澱《イオリ》がつかんでいる網の中には、黄白色をしたぬるぬるしたものがいっぱいに詰まっている。促されるままに手を貸して引き揚げると、全身をびっしりと吸盤で覆った細長い生き物が床にどっとあふれ出した。分子センサーが飽和するほどのアンモニア臭が立ち込める。

「クチナシだ。C2の戦水夫たちが獲ってくれた。さばけるか」

「――わからない」

並べ立てられる言葉の意味も。夷澱《イオリ》がどういうつもりなのかも。

夷澱《イオリ》がじっと見つめて振り向いて薄笑いした。

「味のいい女と無駄口を叩かない主人。いい宿だ」

『検温者』の整った顔に浮かぶ嘲弄《ちょうろう》が、ルーラベルチの忘れていた敵意をかき立てた。ことさらに穏やかな微笑みを浮かべて内心を隠そうとする。

「ボイドが処理方法を知っていると思います。他のお客さまはいません。三泊ですね？」

「ああ」

その夜は、ボイドがあぶり焼きにしたクチナシを供し、夷澱《イオリ》が満腹して眠り込んだところを見計らって襲ったが、返り討ちにあって犯された。

「いいもてなしだな」前回と同じようにルーラベルチを好きなだけむさぼってから、夷澱《イオリ》はいけしゃあしゃあとうそぶいた。「これで枕探しをやっていられるのだから驚く」

「ここへ来る客は、いつも疲れ切っているのよ……」

「私も疲れ切っている。沈殿層は広かった」

「沈殿層？」

「そう言わないか？　基準水面が満たしている、この階層全体のことだ」

夷澱《イオリ》はベッドを降りて窓辺へ向かう。そこは外へ向かって掘り抜かれた穴で、落下を防ぐガラスのようなものはない。頭上から降りそそぐ半透明の水流越しに、広大な水面が見える。

「碧天軒直下を基点とし、この大白壁を東西線とすると、東北東一〇二キロのところから、中層雑居棟様式の建築物群が北へと伸びる陸域を形成している。これに沿って点在するC2、オダ、バランカベルメハ、ヌートカなどのコロニーを見つけたのが、この九年の成果だ。しかしいずれも弱小の孤立文化圏だったし、超構造体壁《メガストラクチャー》はさらに先のようだった。次回はさらに遠くまで踏破するつもりだ。それが完了したら、次は手つかずの西方だ」

黒髪に覆われた半甲半肉のたくましい背中を見つめて、ルーラベルチはつぶやいた。

「一体なんのこと？」

「探索だ」夷澱《イオリ》が振り向く。その瞳の輝きは狂気のように見える。「沈殿層全域を検温して地図を作る」

「それがあなたの目的なの」

「とんでもない。手段に過ぎない。沈殿層がどんなに広くても、それは超構造体《メガストラクチャー》で区切られた無数のセルの一つにすぎない。セル内のことを把握する程度のことにはたいした意味もない」

「なら、なぜ……」

ルーラベルチがつぶやいたときだった。

すう、と周囲が奇妙に薄暗くなり、ふわりと体が軽くなった。眩暈《めまい》のするような浮遊感。ギシギシと戸口がきしみ、ごうん、と珪庇《けいひ》全体が重い地響きを上げる。

「あっ……」

ルーラベルチはベッドから跳ね飛ばされて床を転がる。掃き出しになっている窓辺から五百メートルの奈落へ放り出されかけて、夷澱《イオリ》に腕をつかまれる。

「巨視振動だな」

彼女の言葉の意味はわからない。ただ反射的に歯を立ててその手首に噛みつく。

「く」

軽く眉をひそめただけで、夷澱《イオリ》はルーラベルチをベッドまで抱き運び、放り出した。噛み痕を嗅いで「毒もない」と憐れむように言う。

「名前を聞いていいか？」

「誰が」憎悪の目を向けてルーラベルチは腕で体を隠す。「あんたなんかに」

「そうか」

さまで残念そうでもなく手首を舐めると、夷澱《イオリ》はベッドに上がってまたもルーラベルチを組み伏せながら、何事もなかったかのように話し続ける。あたりはいまだに薄暗く、だが振動はもう収まっている。

「八十八日周期のこの揺れの意味も、私にはまだわからない。けれど、この巨視振動のおかげでおおいに助かることが一件あった。聞きたくないか？」

「やめろっ！……やめて……」

「君はここから出て行きたくないか？」

「あたしはここの住人だ！　あうっ――」

「そうか」小刻みに体を動かしながら、夷澱《イオリ》は乾いた口調で言う。「残念だ」

二日目と三日目には顔を合わせなかった。そのあいだ部屋にこもって何かのデータ処理をしていた夷澱《イオリ》は、ボイドに探索で得た地図を支払って、再び旅立っていった。

2

「夷」は戦士を表す。「澱」は沈殿物を表す。祖である珪素生命から受け継いだ知識は、そんなことをルーラベルチに教えてくれた。ぴったりだと思った。人の記憶に残る名だ。

「ルーラベルチ」の意味はわからない。過去の名詞から適当につけられたのかもしれないし、ひょっとすると音素をランダムに組み合わせただけなのかもしれなかった。誰にも覚えられていない名だ。そもそも、誰に教えたこともなかった。

名前も知らないルーラベルチのことを、しかし夷澱《イオリ》は決して忘れないようだった。

五年、八年、三年、十一年。不定期の間隔を置いて、夷澱《イオリ》は何度も碧天軒に戻ってきた。帰着のたびにルーラベルチは彼女を襲った。別の旅人から奪った武器で撃つ、部屋に大量の水を満たす、ベッドに高電圧を仕込む、饗応の食事に侵襲性の微細兵器を仕込む等。手を変え品を変えて命を狙った。

しかし一度も成功しなかった。よほどの修羅場をくぐってきたのか、夷澱《イオリ》はどんな仕掛けも見破った。そして襲撃を切り抜けると、必要な手続きを済ませたと言わんばかりの平然たる顔で、おもむろにルーラベルチを捕まえて犯した。

回数が重なるにつれてルーラベルチは怨念を積み増していき、それが次回のより念入りな襲撃の原動力となったが、いっぽうで困惑が深まるのも自覚せずにいられなかった。夷澱《イオリ》は決して手ぶらでは戻らなかった。最初の帰還時には食料だったが、二度目には微細加工機械の設計図セットを、三度目には貴重な希土類物質のインゴットを持ち帰り、四度目には何をどうしたのか、二千トン級の大型建設者を一体連れ帰った。

「気づいているかどうか知らないが、チェックインのたびに五百メートルのクライミングをしなければいけない旅籠というものは、構造に問題がある。今まで客の苦情はなかったのか？」

なかったし、今後もあるとは思えなかったが、ルーラベルチもボイドも、五百メートル下方で作業を始めた建設者を止める方法を持ち合わせていなかった。夷澱《イオリ》に誘導されてざぶざぶと水底から上がってきた巨大なロボットが、不可解な方法で捻出した石材を積み上げて、一段また一段と階段を作っていくのを、手をつかねて見守るしかなかった。

それにその出来事は、不愉快でもなかった。少なくともルーラベルチにとっては。存在を開始して間もなく、その不完全な様態ゆえに同胞たる珪素生命たちから疎外された彼女は、碧天軒に流れついてからの数百年間、ボイドが運営する旅籠の一部となって旅人を籠絡する以外のことを、やったこともなければ考えたこともなかった。

しかしその心の奥底に残る、珪素生命特有の都市への一体化願望は、満たされることのない欲求として心の底にくすぶり、彼女にいらだちを与え続けてきたのだ。

碧天軒を目指す建設者の行いには、そんなルーラベルチの心に訴えるものがあった。それがずっと続いた先に何かが起こると思わせる、ごく希薄な期待のようなものを帯びていた。

それは彼女の心の中に、ゆっくりと未知の変化を起こさせていった。

出会いから一〇五年。十四回目に帰還した夷澱《イオリ》が、仲間を連れてきた。

「再解発複都心のフリーズだ」

手製らしい電磁流体エンジンをブクブクと鳴らしてやってきた双胴のカヌーから、人間の子供ほどの大きさの毛むくじゃらの二本脚たちが降り立って、建設者が階段の周りに構築を続けている空っぽの長屋のあたりを、びくびくしながら見て回り始める。

五百メートル頭上の碧天軒のバルコニーからそれを見下ろして、ルーラベルチはおうむ返しにつぶやく。

「再解発複都心」

「北西五十二キロにあるコロニーだ。珪素生命の実験かセーフガードの攻撃かわからないが、原住のヒト系生物たちが二百年ほど前に突然知性を加速されて、ビル街のようなものを作り始めた。『のようなもの』というのは、箱モノを無秩序に増やすだけで居住や維持のことを何も考えていないからだ。その意味ではヒト系生物たちが建設者化されたということなのかもしれない」

「フリーズ？」

「蚤《ノミ》たちだ。昔存在した小さな寄生生物。いま下にいるヒト系自身がそう名乗った。再解発複都心にいたヒト系生物たちの一派だが、無秩序性に耐えられなくなって脱出を求めていた。だから連れてきた」

「なぜ？」

「ここなら住める町ができるだろうから」

夷澱《イオリ》はルーラベルチの隣に並んで、じょじょに活気を帯び始めている毛むくじゃらたちの活動を見下ろす。

「あの建設者とは、交渉して合目的的な作業を進める了解を取った。勝手にわけのわからない建物を作ったりしない。きっと蚤《フリーズ》どもの力になってくれるだろう」

「交渉？　そんなことができるの？」

「できる。あれは、建設せずにはいられないということを除けば、かなり話のわかる知性体だぞ」

ルーラベルチは自分の顔が歪むのを感じる。それを打ち消すように頭一つ高い両性者の横顔に目をやり、さりげなくその背に手を回した。――が、一気に力をこめて突き落とそうとはせず、手を引っこめた。

「やらないのか」

夷澱《イオリ》が冷笑する。

「気づかれてますし」

ルーラベルチは目を背ける。

「やってみなければわからないと思うがね」

「別にもともと殺したいわけじゃない。ほしいから襲っていただけ。でも、大放水口に簗《やな》を取り付けてからずいぶん経つし、有機物の補給だけならそれで間に合うように――」

「嘘をつけ」夷澱《イオリ》は凄みのある声で言う。「捕食など口実だ。種の衝動も。君はもう新しい欲求を見つけている。ここ三十年は特にそれを感じる」

「なんのこと？」

キッと睨みつけると、腕の付け根をつかまれて、ぐいと引かれた。

「人恋しさだ」

「そんな――」

「そんな気持ちは知らない？　そんなはずがない？　まだ自覚がないから待ってくれと？　それはできないな、私も無限に気が長いわけじゃない。都市を欲するはずの珪素生命なのに、君はただの空虚な建造物ではなく旅籠に住み着いた。そこに人が来るからだ。私の訪れを一日千秋で待つようになった。そして今は、蚤《フリーズ》どもの姿に、人のいる都市の誕生を予感して、笑っていた」

「笑い？」

その表情が籠絡を目的とせずとも勝手に浮かぶことがあるのを、ルーラベルチはまだ理解していない。ただうろたえて言い返す。

「勝手に決めつけないで、あたしは珪素生命だ。そんな機能があるはずがない――」

「だが非主流的生成体だ。サンゴの生体を知っているか。動物だ。時期を得て卵を撒き、繁殖する」

夷澱《イオリ》はルーラベルチの手を引いて、自分の豊かな胸に触れさせる。

「君は私に欲情できるということに、もう気づいてもいい」

しゅう、とひときわ激しく体内流体が巡ったことを、ルーラベルチは自覚する。

「ど――」それをどのように解釈することができて、扱えるのかは、まだわからない。「どうすれば？」

「ようやく素直になったな」

にこりと微笑むと、夷澱《イオリ》はルーラベルチの手のひらを取って流れるように室内へ導く。

「もう言えるか？　名前は」

「ルーラベルチ」

「誘い手か」

「誘い手？」

「美しい歌で旅人をおびき寄せて食う。昔、そういう存在がいたそうだ。なるほど、名乗れないわけだ」

「……別に、だから名乗らなかったわけじゃない」

夷澱《イオリ》はルーラベルチをベッドに座らせて、髪を崩さないように穏やかに触れる。

「悪くない名だと思うがな」

初めてルーラベルチは抵抗しなかった。


外へ出たいんだ、と夷澱《イオリ》は言った。

「そと」

ルーラベルチはつぶやく。外だ、と夷澱《イオリ》が薄桃色の髪をもてあそびながらうなずく。

「この世界の構造はどうなっていると思う。珪素生命なら、超構造体《メガストラクチャー》の巨大な天井や壁が周りを囲んでいることは知っているな」

「ええ」ルーラベルチはうなずく。「超構造体《メガストラクチャー》は破壊できないし、通過できない。上位の珪素生命や、高いアクセス権を持つ統治局の連中は干渉できるらしいし、セーフガードどもは情報の形でどこにでも現れるけど……まさかあなたは超構造体《メガストラクチャー》を越えられるの？」

夷澱《イオリ》は答えない。代わりに、「君は越えたんだろう？」と訊く。

「越えたとは言えないと思う。あたしはどこかの珪素生命のコロニーで生まれて、ここへ流れついただけ。自分でやったわけじゃありません」

「方法はあるということだな」夷澱《イオリ》はうなずく。「だとしたら、壁を越えて出ていきたいとは——思わないのか。君はそうだったな」

「超構造体《メガストラクチャー》で区切られた、内法《うちのり》一千キロ内外のセル。その一つがこの沈殿層で、セルの外にも無数のセルが連なっている。……聞くが、どちらへ向かって、いくつのセルがあるのか、君は知っているか？」

「ええ」

「知らない」ルーラベルチは首を横に振る。「考えたこともない。そんなことを考える人はいないでしょう」

「そう思うか」

ルーラベルチは無言。夷澱《イオリ》の思惑を計りがたく感じている。

「確かに階層世界は大きい。超構造体《メガストラクチャー》の一セルだけでも、ひとつひとつの存在にとっては実感するのも難しい巨大さだ。多くの種族はその中だけで生まれては死んでいく。一生超構造体《メガストラクチャー》を目にしない者すらあるだろう。……しかし、だからと言って圧迫を感じないわけがない。この地の虚無と脅威に慣れ過ぎて麻痺しているだけで、決してそれを所与のものとして受け入れているわけではない者も、この世界には数多くいる」

夷澱《イオリ》はそう言うと、ベッドサイドにかけた煙灰色の防電磁マントに手を伸ばして、何かを取り出した。

「これが何かわかるか」

「……ディスク？」

手のひらほどの円盤だった。鈍い白色に輝いており、傾けると虹のような干渉縞が表面に流れる。ただし一部が欠けており、Cの字型になっている。重要なものだと直感し、夷澱《イオリ》にとってそうであるなら破壊してやりたいと反射的に思い、爪の先でひっかいたが、毛ほどの傷もつかなかった。

「硬い」

「やると思った。あいにくだな、それはおそらく超構造体《メガストラクチャー》に近い材質だ。通常の手段では破壊できない。いつ、誰が作ったのかもわからない。だが高密度の情報が記録されていて、それは読める」

「情報？」

「この世界からの脱出を目指した人々の記録だ」

ルーラベルチはまじまじと両性者の顔を見つめた。

「階層世界の高さは十億キロに達するらしい」

夷澱《イオリ》は淡々と語り始めた。

極めて頑強な超構造体《メガストラクチャー》を骨格として、縦横高さの三次元に果てしない奥行きを持つ都市構造、階層世界。しかしこの世界にも、始まりというものがあった。ごく最初のころ、世界はどうも惑星の表面にあったらしい。惑星とは自重で球形になった物質の塊のことで、それは恒星の周りを回っていた。空間は満たされておらず、恒星の影響に支配されており、階層世界は外から光と重力を受けていた。

時が流れて階層世界は膨大な発展を遂げ、惑星全体を解体して自らの素材としていった。

それに留まらず、真空の相転移によって生成される物質、超構造体《メガストラクチャー》の構築が始まると、惑星レベルの大きさすらも超えて、虚無の空間そのものを都市で埋め尽くしていった。

現在、というのはディスクが作られた時点のことだが、階層世界は高さ十億キロに達した。強度材料であると同時に情報蓄積処理物質であり、エネルギー源でもある超構造体《メガストラクチャー》へのアクセスによって、そのような情報が引き出されたのだ。水平方向への広がりは不明。超構造体《メガストラクチャー》にもその情報はなかったし、ディスクの作り手もそれを実地に調べることはできなかったようだ。

そして作り手はその時点である疑問に突き当たり、ディスクに書き遺していた。

「わかる範囲において、恒星が操作されたという記録はなかった。おそらく恒星はまだ存在している。しかし、それは一体どこにあるのだろう？　我々の前方か、後方か、右か、左か、それとも上か、下か？

宇宙空間における二体問題を考えるとき、それらが互いに静止し続けると措定することはできない。いずれは重力が二体を融合させる。融合しない二体は必ず公転している。重力と釣り合うだけの遠心力によって互いの距離を保っている。

だが、恒星の大きさは百万キロほどだったという記録がある。百万キロの物体と十億キロの階層世界が公転している状態は想像しづらい。考えられるのは、階層世界が恒星を呑みこんでしまったということだ。十億キロの分厚い階層世界がぐるりと円を描いて回転しており、その中心に恒星が位置している。このような形であれば、重力的に安定する。

ただし、この考え方の当てはまる形状は二つある。それは球と円盤だ。階層世界が中空のボールであっても、円盤のような形であっても、恒星の存在は許容される。それは階層世界の内部に住む存在にとってどちらでもいいことのように思えるが、あるひとつのことについて影響がある。それは上下の観念だ。

もし階層世界が円盤ならば、それは公転によって形状を保っているといえるだろう。恒星の重力を、遠心力で打ち消している世界に我々は住んでいるということになる。この場合、我々が『上』だと感じる方向に恒星が存在することになる。

しかし、もし階層世界がボールであるならば、話は逆になる。その世界は恒星の周りを回っていない。少なくとも回る必要はない。超構造体《メガストラクチャー》自体の強度で形を保っていることになるからだ。この場合は階層世界に遠心力は生じず、恒星の重力だけが世界を引き付ける。我々が重力を感じる方向、つまり『下』に恒星があるということになる。

恒星は『上』にあるのか、『下』にあるのか？

疑問を解くもっとも簡単な方法は、階層世界の外に出ることだ。

この結論に至ったのは極めて残念であると言わねばならない。我々がそもそも目指した目的が、そのための手段であることが判明した。階層世界の外に出るためには恒星から遠ざからねばならないが、階層世界の外に出なければどちらが恒星かわからないのだ。

わからないままに我々は実踏調査を行ったが、外壁に到達することはできなかった。超構造体《メガストラクチャー》から引き出した地図には一ヵ所だけ外壁の記載があったが、その地図にある領域にまで、我々はついにたどり着けなかった。

我々が千年紀を費やして推し進めた階層世界の研究は、この牢獄の計り知れない巨大さの前に完全なる敗北を喫した。

我々のコミュニティを襲った滅亡の兆候を前にして、この記録を百万枚のディスクにコピーして階層世界に散布する。これは我々の希望と絶望の表明である。希望とは、超構造体《メガストラクチャー》に等しい強度を持つこのディスクが、後継者の手に渡るまで必ず情報を保つだろうことである。そして絶望とは、このディスクが情報を保っているあいだは、間違いなく超構造体《メガストラクチャー》も人間の前に立ちはだかり続けるだろうことである。

それゆえにこの記録が読まれることを願い、また読まれないことを願う」

「願いはかなったとも言えるし、かなわなかったとも言える」

深甚な来歴を語り終えた夷澱《イオリ》は、ごく軽薄に言って欠けたディスクを指先でくるりと回した。

「私は道端の古い死体からこのディスクを手に入れたが、そのときにはもうこんな具合にクラッシュしていた。この部分に、主に彼ら自身が踏破した差し渡し百八十五万キロメートルの既知空間の地図があったらしいが、それはもう読み取れない。千年分の苦労が泡と消えて、愚痴と借り物のデータだけが残った」

「読んでもいい？」

「ああ。いや」夷澱《イオリ》はディスクを肩の上へ引く。「どうせなら、これを碧天軒の宿代に充てるというかたちにしてもらえると、ありがたい。毎回毎回土産を選ぶのも大変なんだ」

「計算するのはボイドなんですけど」言いながら手を伸ばしてディスクをもぎ取ったルーラベルチは、視覚系を微調整して微細構造を読み取る。「ピコメートルクラスの多層ビット……ああ、これなら多分足ります。というか、この先千年分の宿代ぐらいにはなりそう。いいの？　手放して」

「とっくにコピーしてある」

「あなたの話はだいたいわかった。昔の人間たちの後を継いで、この世界の出口を探そうとしている……気の長い話だこと」

一集団が千年を費やしても成し遂げられなかったことを、一人でやろうとしているのだから、現実的に考えて不可能だろう。馬鹿な試みだとしか思えない。ルーラベルチは脱ぎ捨てたドレスの上にディスクを放り投げる。

だがそこで、首をかしげた。

「『検温者』」

顔を回して、立てかけてある銀の槍を手に取る。氷の弾で夷澱《イオリ》を撃とうというのではない。

それはすでに一度試みて失敗していた。槍は持ち主にしか使えないらしい。

石突のほうを夷澱《イオリ》に突き付ける。

「なぜ温度を？」

うっすらと夷澱《イオリ》は笑った。少し前から見るようになった、子供のように邪気のない笑みだ。

「それは私が考えたんだ。二つの形を思い浮かべてくれ。ひとつは火の玉の入ったボール。もうひとつは火の玉が真ん中にある円盤だ」

「……さっきの、『恒星探索者』たちのモデル？」

「呑みこみが早くて嬉しい。火の玉の入っているボールは、時間が経つとどうなる？」

「熱くなる」

「その通り。恒星の熱がすべてボールに伝わるからだ。それに比べて円盤のほうはあまり熱くならない。熱が空間に逃げていくからだ。さて、私は過去五百五十年にわたって階層世界を旅する中で、四十万回以上の検温を行って、あることを発見した。それは、百万キロの恒星の放射光を伝導させていくような温度勾配が、この世界に存在しないということだ」

「……つまり、円盤型だということ？」

「そう。つまり、恒星は私たちの『上』にある」

夷澱《イオリ》はベッドにあぐらをかいて、広げた手のひらをシーツに押し当てた。

『下』が外だ。あのディスクは壊れているが、超構造体《メガストラクチャー》から引き出した地図の部分は残っていた。そして私はすでに、その地図に記された地形に入っている」

ルーラベルチは体内流体が滞《とどこお》るような感覚に襲われる。夷澱《イオリ》の瞳が爛々《らんらん》と輝いている。

「私は外壁を見つけた。その外壁は私たちから見て恒星と反対の方角に存在する。それは沈殿層の下にある。――この基準水面のどこかに、階層世界からの出口があるんだ」

3

岸辺に立った夷澱《イオリ》は、煙灰色のマントから取り出した三角の紙を振りかぶる。端をつかんで一閃振り下ろすと、パン！　と紡錘型の舟が開き、はたりと水に落ちる。それに跳び乗って銀槍を棹差《さおさ》す。水中に大輪の氷華がぱりぱりと音を立てて咲きあふれ、それに艫《とも》を推されて扁舟はゆるゆると滑り出す。

碧天軒を拠点として夷澱《イオリ》は旅を繰り返した。差し渡し数百キロの海域を押し渡る、海図なき航海にまずは半年。茫洋たる基準水面に次々と現れる、赤錆びた廃港のような、あるいは水没した陵墓のような、あるいは巨船の機関部のような、あるいは将棋倒しの摩天楼のような、さまざまな乾域に行き当たる都度、何日もかけて付近を遊弋《ゆうよく》し、取り付き箇所を探した。

床に足を置き舟を畳むと上を目指した。階段を、螺旋階段を、折り返し階段を、鉄梯子を、スロープをひたすら登り、通廊を、裏路地を、小道を、排気ダクトを、キャットウォークを渡り歩いた。密林の蔦のように垂れかかるケーブルをかき分け、油膜の浮く黒い水に耐潰ブーツを濡らし、幾百もの窓に見下ろされた切り通しを抜け、底の見えぬ谷間を跳び越えてビルを渡った。

都市は、世界のあらゆる場所でそうであるように、夷澱《イオリ》の眼前に変幻自在な風景を幾百幾千となく現した。リノリウムの床の先の闇へ続くエスカレーター。ローマンアーチの立ち並ぶ回廊。無機質なコンクリート壁にぽつんと灯る街灯。それを読めぬ者が書いたに違いない「立入禁止」のステンシル。轟々と音を立てて蒸気を通す極太のダクト。白々とした廊下に倒れるストレッチャー。一周するたびに小さな矢狭間《やざま》が口を開けている石積みの螺旋階段。がらんとした倉庫の天井に格子を描く鋼梁。瀟洒《しょうしゃ》なペディメントを掲げた玄関。威圧的な高架橋の橋脚にもたれている身の丈三メートルの白骨。

ありとあらゆる都市的寸景が見いだされたが、いかなる光景にも都市的意味は皆無だった。いかにも人間が作り出して、歳月に押しひしがれたかのように見えるそれらの光景は、実際には人間とは縁もゆかりもない機械たちが作り捨てていったものだった。建設者どもはこの階層でも例外なく、無計画で無頓着な作業を無際限に推し進めていた。それらの風景とともにあるはずの人の姿、曲がり角から、扉からひょいと覗いてしかるべき住人の顔は、何週間彷徨《さすら》おうともひとつも現れなかった。

夷澱《イオリ》は眉間に深くしわを刻んで歩いていった。苦痛は認識から来るものだった。うつろいゆく都市の光景が、かつて人の手に作り出されたそれの紛《まが》い物だということが、夷澱《イオリ》にはもうわかっていた。恒星探索者たちの遺したディスクがその知識を与えてくれた。どちらかといえば押し付けられたというのが正しいだろう。それを知るまで夷澱《イオリ》には、何が見えているのかという観念すらもなかった。歩ける床と隔てる壁があり、食べられる生物と危険な機械がいるぐらいの茫漠たる認識しかなかった。この世界にまだ無垢なる野生動物が棲息していたとするなら、夷澱《イオリ》はそれだった。だが、ディスクを拾った。そこにすべてが書いてあった。

ここに何がないのかということが。それは機械に作り荒らされたものでない都市、人が人のために築いた都市、自らの都市を築かんとする人々の意志だった。

その発見が夷澱《イオリ》に、ここから脱出しようとする召命を与えた。

絶えず意識をかき乱す、都市でない都市をさまようこと数十日の末に、出遭いがあった。それは常に不意打ちとなった。ここが人のものでない都市であるために、人はその片隅の本来いるべきでない場所に仕方なく住み着いていたからだ。

出遭いがそのまま戦闘になることは、ごくありふれていた。人間は限られた交易相手を除けば周囲に敵しかいないと思い込んでおり、夷澱《イオリ》を見るが早いか引き金を引いた。建設者たちが建物や什器《じゆうき》とともに、武器のたぐいまでそこらじゅうにばら撒いていったのは、夷澱《イオリ》のもっとも辟易することだった。銃弾が飛んでくると夷澱《イオリ》は物陰に隠れ、速やかにその場を離れた。

袋小路に追いつめられてどうしようもなくなったときにだけ、銀の槍を向けた。極低温の氷の雲が、いかなる壁をも打ち砕いて、その向こうの敵を霧散させた。ディスクとともに手に入れたその武器は、そういうときには無類の攻撃力を発揮し、それ以外のときには常に微熱を発して、暖を取るのに役立ってくれた。

無差別攻撃を行うロボットや珪素生命と出遭うことは滅多になかったが、その気配が少しでもあればためらわずに撃った。氷弾は珪素生命の関節部分を脆性破壊させた。

ごくまれに、戦いにならないことがあった。

単独で行動している若者、あるいは老人に出遭うことができた場合だ。武器を見せずに語りかけ、友誼を申し出た。運がよければその人の属するコミュニティへ案内された。言葉が通じるとは限らず、そこからまた長い交渉が必要になることもしばしばだった。提携が了解されても意図を示すのにまた手間がかかった。交易人と誤解されることがもっとも多く、医師、旅芸人、娼者、学者、腕のいい修理工であることも期待された。

そうではなく夷澱《イオリ》は「検温者」だった。下方への道を探している。そして基準水面に曝露している通路は長年のあいだに例外なく水没しており、そうでないのは水面よりはるか上に口を開けている建物内部の下降路だけで、それを探すために莫大な労力を費やして都市を登ってきた者だった。

「下へ降りる道を探している。海面よりも下へ」

これが了解されるためには――いや、とにかく、そういうことだった。

時として同行者ができた。夷澱《イオリ》が誘うこともあり、また向こうから申し出ることもあったが、目的は同じだった。故地からの脱出。そう望む者を夷澱《イオリ》は警戒とともに前を歩かせ、幾度かの困難を乗り越えて信頼を築くに足ると判断すると、後ろに立つことを許した。

交渉可能なコミュニティと出遭えるのは、よくて一年に一度。下降路が確かに海面よりも下へ通じていると確認できることは、それよりもまれ。

長い長い旅を続けて疲労が限界に達すると、また少なくない努力を払って基準水面へ下り、舟を広げる。半分あてずっぽうの航海で既知の海域を目指して、どうにか碧天軒に帰着する。

そこで、九年が過ぎたとわかる、という寸法だった。

あるいは七年、四年、十三年が。

大白壁のおぼろな光が目に入れば、旅の終わりは近い。

落下する瀑布の水煙を目印に紙舟を寄せていった夷澱《イオリ》は、ふと黒い大きな影を目にして、銀槍を傾けた。

「おっと」

水煙の中からぬっと突き出した鋭い舳先が視界を裂いた。ゆるやかに避けた紙舟の左方に、見上げんばかりの舷側を長々と滑らせて、甲板に人機を並べた汽船がすれ違っていった。

町は繁栄していた。水面を嚙む不揃いの歯のように、大小の白岩造りの四角い家屋が並んでいる。それらは年ごとに桟橋を延ばしてせり出しており、背後の建築物は三層四層に高層化しつつあった。大白壁沿いでは十層近いビルも現れ、例の大型建設者が蟹のように長く手を伸ばして飽くことなく石積みを続けている横には、黄色と黒の縞に塗り分けられた螺旋の昇降塔が、はるか上空の碧天軒まで細く長く延びていた。

夷澱《イオリ》の隣で、今回連れ帰った乾人《からど》の女が、ねじくれた骨槍を塔に向けて質問のジェスチュアをした。なにゆえ、警告色、塔。

「わからない。前は白かった」

桟橋に到着した夷澱《イオリ》を、住人たちが迎える。背の高い者と、低い物。肉であるモノと鉄である物と石である者。歩く物と這う者と飛ぶモノ。新顔の乾人《からど》の女を見ると警戒して囲んだが、やがて蚤《フリーズ》どものひと番《つが》いが進み出て、受容と案内のために連れ去った。皆々、夷澱《イオリ》が常に仲間を連れて来ることを知っていた。

彼らをかき分けて螺旋塔へ向かおうとした夷澱《イオリ》は、不意にマントの裾を引かれて足を止めた。

「夷澱《イオリ》」

「ルーラベルチ」

薄桃色の髪に櫛を挿して唇に紅を注《さ》した娘が見上げていた。鮮紅色の頸部骨格のぬめりから、どのようなつもりかわかった。

塔を登るのを待たずに手近の空き家に入って体を重ねてから、夷澱《イオリ》は昇降塔を見上げてつぶやいた。

「なぜあんな色に塗った。まるで工事現場だ」

実際工事中なのかもしれないと思ったが、ルーラベルチは首を振った。

「黄色は中央恒星を表し、涅《くろ》は黒土を表すそう。恒星から逃れて地を穿《うが》つ者。あなたよ、あれは」

「含蓄の深いことだ。誰が言い出した」

「さあ？　あたしが知るわけない。ここで起こってることはわけがわからない。蚤《フリーズ》どもに機能停止が起こると、戦水夫がクチナシを取ってくる。戦水夫どもが苦労していると箍《たが》打ちが浮行器を作る。浮行器格納所の横に建設者が桟橋を延ばす。建設者をあっちこっちに連れて行ったミチマヨイが建築物を壊して作り直させる。なんか人間を捌《さば》いてる建髄師《けんずいし》ってやつもいるし、壁に発光糊を塗りたくってるやつらもいる。黄涅塔《おうりくとう》を塗ったのはそいつらです。おかしなことばっかり。まるで都市が作られているみたい」

夷澱《イオリ》は声に出さずに笑う。珪素生命でなければ出てこない違和感だ。

「不満なら碧天軒にこもっていればいい。なぜ降りて来た？」

「それは——」

ルーラベルチは困惑したように口ごもる。夷澱《イオリ》は畳みかける。

「ネットのカオスと相補し、自設していく構造が、君たちの求めるものじゃないのか。ここへ出てきたら攻撃されると思わなかったのか」

「されてません」ルーラベルチは奇妙に穏やかな口調で言う。「でもそれは、あなたがここの物たちに命じているから」

しかし君が皆を攻撃しないのはどうしたわけだ——と口にしかけて、思いとどまる。現状が見た目ほど安定していないことを夷澱《イオリ》は知っている。この肉食の娘を挑発するのは賢い行いではないだろう。

「告げたのは一部だけだし、それも強制はしてない。彼らは彼らの意思でこの地を休戦の巷《ちまた》となしている。もとより、初対面の時に私を撃つより語ることを選んだ者ばかりがここへ来ているのだから、当然なのかもしれないが……」夷澱《イオリ》はルーラベルチの肋材の内側に両手を潜りこませ、弾性の内臓機器の熱を持った隙間を撫でる。「いや、珪素生命を攻撃しないというのは、やはりひとつの驚異だな。ここに君以外の珪素生命はいるのか？」

「やめて、そんなとこ……」夷澱《イオリ》の手を押し戻して、ルーラベルチは薄笑いする。「いるわけがない。一体でもいたら無事では済まない。皆も、そいつも、あたしも」

「では、君自身の特異性が要だということだ」

建物を出て黄涅塔《おうりくとう》へ歩きながら、夷澱《イオリ》は意を強くする。注意深く観察すると、住人たちはやはりルーラベルチの姿にかなり驚いているようだ。隣の夷澱《イオリ》に気づいて目を逸らす者もいるが、夷澱《イオリ》に目もくれずに珪素生命の少女をぎろぎろと凝視し、何がしかの検討の後に離れていく者もいる。

「鍵なのか」

「え？」

黄涅塔《おうりくとう》を貫く水力エレベーターの中で、夷澱《イオリ》はひとりつぶやく。珪素生命は階層世界最大の脅威の一つだ。それが戦意を見せないという不可思議があるために、その他のあらゆる者たちも銃口を降ろしているのかもしれない。

大白壁の縦貫溝で、ひと目で珪素生命だとわかる娘に向けた一撃を外したことを、夷澱《イオリ》は思い出す。ルーラベルチの姿に、ごくわずかに人間に似た気配を感じたからだった。あれが分かれ道だったのだろう。当てていたら今ごろどうなったか。

それともいずれは当てることになるのだろうか。

碧天軒に着くと、禿頭の黒い爬行《はこう》機械に無言で迎えられる。これまでの二百年間、この代理構成体と話したことは一度もない。無言で四本腕を伸ばされ、有線でデータを支払うのが常だった。

聞いてみた。

「ボイド、君はなぜ下の町を許容している。あれが見えてないのか」

意外にも返事があった。きいきいと高速の音声信号が返され、その場で解析してみると、いくつかの理解できるニュアンスが含まれていた。秩序・維持・世界。世界・部分集合・碧天軒。碧天軒・部分集合・新しい街。新しい街・維持・和・世界・維持。

「はは……君はあの町を碧天軒の一部だと捉えているわけだ」

ボイドはするすると尾を引きずって窓際へ行き、下方をじっと見降ろして、カチカチカチカチ、と高速のクリック音を発した。そして向きを変え厨房へと去った。

「今のはなんだろうな」

「計数したんだと思います、個体数を」並んだルーラベルチが言う。「昔からボイドは宿泊客の数だけはしっかり数えているから」

「なんのために？」

「なんのためって」ルーラベルチが馬鹿にして目を細める。「統治局だからでしょ？」

そうだ——と夷澱《イオリ》は胸に留めおく。どれだけ変容しているように見えても、この者たちは生来の特質を残している。人間と折り合えない者と、人間を歯牙《しが》にもかけない者だ。

突然、夷澱《イオリ》は急がなければならないと感じた。明確な寿命のない階層世界の人間として生まれて以来、初めての気持ちだった。

二年半後、セーフガードが来襲した。

4

きっかけは建設者が設置した潜函《せんかん》基礎だった。

碧天市が拡大するにつれて高層建築の需要が高まり、重量を支えるために本格的な基礎構造が必要になった。建設者はこれに応えて水底に潜函基礎を設置した。それは珪素基材の頑強な箱で、密封された内部に高圧をかけることで水圧に耐える作りだった。

潜函は上部の質量で押さえつけられているために底板は必要なく、露出した水底に直接かぶさっていた。それは図らずも、夷澱《イオリ》が基準水面に遮《さえぎ》られて長らく触れることのできなかった、沈殿層底面への下降路ができたことを意味した。

夷澱《イオリ》は蚤《フリーズ》どもの力を借りて掘削を行い、水面下百四十メートルの泥底で超構造体《メガストラクチャー》に行き当たった。

反応は迅速だった。

蚤《フリーズ》どもの操る、長蟲に似た吸泥吻がごくごくと底泥を食い立てていき、コツンと硬いものに当たった次の瞬間には、パリパリと乾いた音を立てて葉脈状放電が広がっていた。高密度の情報インパルスを含む放電が何かに触れると、それが泥であると珪素質であると肉であるとを問わず、そこに球状の起動嚢《きどうのう》が植え付けられた。

嚢が破れて蒸発原子の霧が渦を巻く。デスマスクを備えた奇怪な白い人形が立ち上がる。

「のるこいれ　めーせら！　めーせら！」

蚤《フリーズ》どもの一体が彼らの言葉で警報を発し、即座に胸部を貫通されて絶命した。実体化したセーフガード駆除系が、貫手につかんだ頸髄を握り潰す。カチャカチャと寒気がするような音を立てて次々と駆除系が四つん這いで動き出す。鋭利な高速度鋼の指先が、肉眼では捉えられないほどの速さで乱舞し、骨と装甲が切り裂かれ、眼球が貫かれて、血と髄液があたりにまき散らされた。

うすら長い四肢を球体関節で結合した禍々《まがまが》しい怪物が、夷澱《イオリ》に飛びかかる。夷澱《イオリ》は遅滞なく半歩引いてガシャンと銀の槍のレバーを引き、目の前に迫った怪物の鼻先へ向けて発砲した。ずしゅん！　と柔らかな綿毛のようにも見える氷弾が宙を走る。射線上に群れているセーフガードの顔面が、胴が、手首が、膝頭が、脆《もろ》い砂糖塊のように砕け散って輝いた。

それだけでなく氷弾は、行く手の泥壁にぶつかるとドンと地を揺らして弾け、差し渡し八メートルもの範囲を真っ白に凍結させた。

「セーフガードだ、逃げろ！」

こいれ、こいれと悲鳴を上げながら逃げ惑う蚤《フリーズ》どもをかばって、夷澱《イオリ》は立て続けに銀槍を撃ちまくった。一発ごとに半ダースもの駆除系が微粉化して吹き飛んだが、セーフガードの実体化速度はそれを上回った。露出したわずか二センチ四方の超構造体《メガストラクチャー》から激しい放電が続き、壁という壁にずらずらと起動嚢が植え込まれ、無数の怪物が生まれ出てきた。

「逃げろ、登れ！　水を落とせ！」

次々に斬り殺されながら蚤《フリーズ》どもが梯子を逃げ登っていき、殿《しんがり》となった夷澱《イオリ》が撃ちまくりながら後に続く。泥層を抜けて潜函内に出たところで、加圧弁を撃ち壊して濁流を注ぎこんだが、間に合わなかった。降りそそぐ膨大な水の中から、まるで餌を求める肉食魚のように、へし合いもがきながら駆除系が這い上がってきた。

市の立つ街路で、長い棟の上に養われた階上蟲園で、人体部品と工具が山と積まれた薄暗い造体所で、長く伸びた桟橋の先で。碧天市のあらゆる住人は、めきめきめき、と頑丈なものが砕ける不気味な轟きを耳にした。音の源を眺めることのできた者は、それを目にした。今しも建設者が取り付いて威容を現しつつあった、六十階建てになるはずだった高層ビルが、足もとからへし折れてゆっくりと崩れ落ちていくのを。

そのふもとから、細かな破片と石煙とともに飛び散った虱《しらみ》のような者どもが、災厄を開始した。

ざわざわと這い広がった駆除系が、人を貫きモノを切り裂き機械を踏み砕いた。応戦が始まり、実体弾、粒子散弾、誘導針、電磁衝弾の発砲音が路地という路地から湧き起こった。光線が乱れ飛び、数知れない怪物が焼き貫かれて転がったが、増援は底なしだった。ビルの残骸をかき分けて、後から後からセーフガードは姿を現し、町のすべてを食らい尽くすかに見えた。

「夷澱《イオリ》、何してるの！」

駆け寄ってきたルーラベルチを横抱きにして、夷澱《イオリ》は路地に飛びこむ。津波のように押し寄せる駆除系の群れを、倒すというより掃き壊していくが、敵の数は増える一方だ。つんのめりながら走り逃げる。ルーラベルチが喚《わめ》く。

「セーフガード！　超構造体《メガストラクチャー》に触れたの？」

「予想が外れた」

「予想って何よ、超構造体《メガストラクチャー》に触れたら奴らが出てくるのはわかり切ってたじゃない！」

「ここは大丈夫だと思ったんだ」

走る二人の前に、先回りした駆除系が建物をぶち抜いてなだれ出てくる。撃ち壊し、撃ち壊し、それでも襲いかかる爪を、縦横に銀槍を振って払いのける。後ろからカエルのように跳びかかった一体が、爪を立ててルーラベルチの背にしがみついた。「あうっ！」と悲鳴を上げつつも、娘はぐるりと頭部を回し、顔面をキシッと威嚇の形にこわばらせ、そいつをにらみつける。古い蛇髪の妖女のようにざわざわと薄桃色の頭髪を波立たせ、怪物の頭部に巻きつかせると、そいつは一瞬で機能停止してガランと地に落ちた。しかし、何ほどのこともない――倒した一体の後ろから、五百体がカチャカチャと近づいてくる。

「だめ！」

そのとき大白壁の薄光が、すっと翳《かげ》ったかと思うと、ズシンと地響きを立てて黒い巨影が降り立った。はるか上空から長々と尾を引いて落下してきた代理構成体。そいつが額の「卅」の紋章を薄暗く輝かせて、体を大きくのけぞらせると、胸元が蟲の大顎のようにばくんと開いた。そこから、チカチカと先端を輝かせた極細ケーブルが全方向に飛散する。

制圧は壮観だった。多すぎて見分けもつかない駆除系の一体一体を、ケーブルは正確に刺突した。そのとたんに、前後五十メートルの路地を埋め尽くしていた一千体近くが、ひとつ残らずガシャガシャとけたたましい音を立てて崩れ落ちた。

「ボイド……」

ふしゅううう、と鼻孔から盛大に冷却蒸気を吐いて代理構成体がケーブルを引き戻す。少なくともこの者の目の届く範囲では、無機質の殺戮者たちが専横を振るうことは許されないようだった。

「残りもやれるか？」

夷澱《イオリ》は尋ねたが、ボイドは胎児のように身を丸めてしまった。あれだけの大技を披露するのは、この者にとっても相当な負担だったのだろう。

町の各所から悲鳴と破壊音が聞こえてくる。戦闘はまだ終わってはいない。それどころか怪物の大軍に押し負けつつあるようだ。路地の向こうにも新たな駆除系が姿を現した。こちらの脅威をうかがいつつ、また殺到してくるつもりのようだ。

夷澱《イオリ》は槍を構えつつ、背後に声をかけた。

「塔へ逃げるぞ」

「町はどうするの！」

「どうしようもない。連れて行ける者は連れて行く」

そう言って手を引こうとすると、ぐっと引き戻された。

珪素生命の娘が叫んだ。

「あなたが作ったのに⁉」

「ルーラベルチ……」

夷澱《イオリ》は驚いて彼女を見つめた。

そのときだった。ゆらり、と地面が揺れた。いや、町全体が。覚えのある揺らぎだった。

「これは……」

異変が起きた。数を揃え、今にも殺到し始めていた怪物たちが、戸惑ったように宙を見上げたのだ。動きを止めてその場で凍りつく。

すかさずルーラベルチが言った。

「今よ。やれるでしょう、夷澱《イオリ》！」

「……ああ」

薄闇が続いている。ボイドが光を遮っただけではなかった。大白壁の光が翳っている。

銀槍を構え直して、夷澱《イオリ》は折り重なった駆除系たちの群れへ駆けだした。

「超構造体《メガストラクチャー》を越えて来たのか、と以前に訊いたな」

「ええ」

柱にもたれたルーラベルチがうなずく。碧天軒の客室の窓辺に腰を降ろして銀槍の手入れをしながら、夷澱《イオリ》は話す。

「半分当たりで、半分外れだ。超構造体《メガストラクチャー》は無垢じゃない。梁と梁をつなぐ接手《フランジ》のように、ところどころに『緩衝帯』が挟まっている。その部分はこの槍――第三種結合破綻兵器でも破壊できる。私はそこを通ってきた」

「緩衝帯……？」

「正確には『巨視振動緩衝帯』だ。あのディスクにあった」

夷澱《イオリ》は銀槍の石突を撫でる。

「階層世界のこのあたりは八十八日周期で振動する。『巨視振動』の原因は不明だが、それは超構造体《メガストラクチャー》についてあることを推測させる。厚さ十億キロの構造を剛体として保持することはできない。いかなる物体にも強度の限界がある。超構造体《メガストラクチャー》が振動するということは、その全体構造が剛体ではないということだ。でなければどこかが破断しているということだが、超構造体《メガストラクチャー》に破断部はない。――少なくとも、見てわかるような場所は」

「見てもわからない接続部がある？」

「そう。それが『巨視振動緩衝帯』だ。一見、超構造体《メガストラクチャー》と地続きのようだが、変形する性質があり、振動を緩衝して全体の崩壊を防ぐ」

夷澱《イオリ》はガシャンと銀槍を組み立て直して、息をつく。

「そして『巨視振動緩衝帯』はセーフガードの監視圏内にない。――私は、ここの水底もそうだと思ったんだ」

「何を根拠に？」

「大白壁だ。私たちは常に大白壁に接しているのに、セーフガードが現れない」

「大白壁が超構造体《メガストラクチャー》だと思っていたの？　あれはそんなものじゃない。見てわからない？」

「じゃあ、なんなんだ？」

「それは――あたしもわからないけれど」ルーラベルチは口ごもる。「放水口があって、光を発する。水をためる壁――ダム、というものなのかもしれない。縦貫溝は、点検用の乗り物のレールで」

「あれこそ継ぎ目のように思えるがな。ダムに継ぎ目が必要か？」

「そんなのあたしが知るわけないじゃない。なんにしろあれは超構造体《メガストラクチャー》じゃない。だからセーフガードが現れないというだけ。水底はまったく別の構造よ」

「そういうことだったようだな」

「まさかそんな適当な考えだとは思わなかった」ルーラベルチは呆れたように言い、窓辺に出て眼下の町を見下ろした。「そんな推測で、町をこんなにしただなんて……」

「災難だった」

瓦礫の山のような碧天市を見下ろして、夷澱《イオリ》は短くうなずいた。

全滅を免れたのは純粋な幸運のおかげだった。機能停止したセーフガードの掃討を終えた夷澱《イオリ》は、再び水底に降りて、蚤《フリーズ》どもが掘り当てた超構造体《メガストラクチャー》の地肌が、泥に埋まっていることを確かめた。おそらく、あのときたまたま発生した『巨視振動』が塞いでくれたのだろう。おかげでセーフガードの動きが鎮静化した。

だが、町の人機口の八割が失われ、馴染みの大建設者も破壊された。碧天市は壊滅というしかない被害をこうむった。

「夷澱《イオリ》」とルーラベルチが思い切った口調で言う。

「あなた、探索を止めない？」

「なぜ？」

「なぜって。あたしたちが綱渡りをしているからよ」当然のようにルーラベルチは言う。「超構造体《メガストラクチャー》に少しでも触れれば、また同じことが起こる。そんなことは避けるべきでしょう」

「市の真下での掘削はやめよう」譲歩しつつも、夷澱《イオリ》は首を横に振る。「しかし、旅は続ける。いつかきっと、沈殿層の下にある『緩衝帯』が見つかる」

「それが見つかったら……どうするのよ。そこを掘り抜く？」

「掘り抜いて、船を作って出ていく。そのために旅をしてきた」夷澱《イオリ》はしばらく沈黙してから、目を向けた。

「君も来い、ルーラベルチ」

「いや」

少女はきっぱりと答える。

「あたしはもうわかった。この町が気に入ってる。ここに居続けるのがあたしの存在目的です。あなたには同行できません」

夷澱《イオリ》は無表情に彼女を見つめていたが、立ち上がって腕をつかんだ。

少女は逆らわずに見つめ返している。そうする気がないのではなく、そうしても意味がないからだと夷澱《イオリ》は気づく。力をもってすれば、いつだってこの少女を好きにできた。だが力でこの少女を同意させることは、一度もできなかった。

「そうか」

夷澱《イオリ》は手を離して部屋を出ていく。

ルーラベルチは壁にもたれて動きを止める。やがて入れ違いにボイドが入ってきて佇む。

珪素生命の少女はつぶやく。

「夷澱《イオリ》、出ていくんだってさ。今度は帰ってこない。——あんたは誘われなかったの？」

代理構成体は無言で窓辺に出る。その後ろには長い尾が続いている。尾は廊下へ続き、上り階段へ続き、さらに碧天軒の奥へと続いている。

「そっか、あんたは遠くへ行けないのか……」

つぶやいたルーラベルチは、ふとあることに気づく。そういえば、こいつの尻尾の先を見たことがない。どこまで続いているんだろう？

ささやかな疑問はすぐに薄れて消える。ボイドは物音ひとつ立てずに眼下を見下ろしている。

見送っているんだ、と気づいた。

薄明。

長く伸びる桟橋に、はるかな頭上の茫漠たる上層構造物から闇が降りている。

先端にしゃがんだ小さな人影が、鉛色の水面に顔を向けて何も見ていない。

ずっと昔から、自分の機体よりも馴染んでいる状態のはずだった。

六方へ、果てなく広がる階層建築。

世界をランダムに埋め尽くす物質。そこから生じて常に満ちるノイズとともにあること。

ノイズであること。

意味を生じない打点の羅列であることに安らいできた。ノイズには何を掛けてもノイズにしかならない。ノイズは壊されない。何よりも安定して安全であり、そのような安寧に世界を導くこと――それが、種族の目指した状態であり、すでになっている姿であるはずだった。

異質な元素で作られた自分が、そこから毀《こぼ》れた例外であっても。いずれはノイズの強力さが塗りつぶしてくれると思っていた。無辺に広大で、無限に強力な階層世界が、それを保証してくれていた。

それなのに。

かーん、かーん、と遠くから音が聞こえている。少女はドレスからディスクを取り出す。

それに記されていた簡単な数字が、認識を揺るがした。

四十兆五千六百億キロメートル。

それが、もっとも近い恒星なのだとあった。

もっとも近い？

それを近いという、基準は？

……書き換えられるスケール。超構造体《メガストラクチャー》で区切られた広大な階層の積み重なる、差し渡し二十億キロの広大な世界が、あきれるほどちっぽけな塵埃《ちりあくた》へと、押し縮められた。

埋め尽くしがたい虚無にぽつりと浮かぶ、秩序化された物体。

で、あれば。

これはノイズなどではないのだ。

不完全な乱数。不十分な混沌。意図から脱しえない打点の集合。偽りの安寧。

「……ああ」

ルーラベルチはふらりと仰向いて後ろ手を突く。爪先を水面に浸す。

発狂、していなかった。完全な珪素生命なら、優にそうなって然るべきところなのに。

世界をカオスで満たすことなど、不可能なのだ。

そんな悲惨な事実を知ったのに、自分は、絶望に呑みこまれることもできない。

それは。

ここに、遺されたもののせい……？　ルーラベルチは手を入れる。

——白い胸郭の下、鮮紅色の腹直筋の内側に、ルーラベルチは手を入れる。

得体の知れない生暖かい触手のようなものが背中に触れた。

「フッ」

反射的に警戒して、ルーラベルチは高く跳ねる。触れたのは物理的な実体だった。桟橋の先端の柱に立って、背後を振り返る。

そこに蟹《かに》がいた。蟹に似た、ひと抱えほどの多足機械。

「……建設者？」

ビー・カンッ、と信号音を上げて、機械が触手をするすると口吻に引き戻す。攻撃意図はないようだ。背中の複眼のようなセンサークラスターをくるくると回して、ルーラベルチを見つめている。見たことのない機体だが……見覚えがあった。

「コピーか」

以前、町を築いていた大型建設者の。蟹は、カンと高いノック音を上げた。

蟹の後ろから何体かの姿が近づいてきた。碧天市の住人、いや住機たちだ。無機ベースの者が多い。——有機質の者は以前何人か襲ってきたが、ルーラベルチが逆に食ってやって以来、敬遠して寄ってこない——そして数歩先で黙って佇んでいる。

捕食を目的としない者たちが、一体なぜこの町に蝟集《いしゅう》しているのか、ルーラベルチにはこれまでよくわからなかった。立ち去る前の夷澱《イオリ》に誘われた者はごく一部で、他は勝手にやってきた。保身や調査目的、それに単にこれまでのプログラムで惰性的に流れついたのだろうとは思っていたが、確信はなかった。

寸胴の四角い箱に細い三本脚がついたものや、照明柱そっくりで二ヵ所で屈曲するもの、人間そっくりの頭身だが二十センチしかないものなどが、ぽつねんと立っている。無害であることを知っているルーラベルチはその間を通り抜けて進もうとしたが、ふと足を止めて、そいつらを見た。

寸胴の胸にあるディスプレイに不鮮明な人の形のようなものが映って、「消化にいいものを」と音声が流れた。

ルーラベルチは進み出したが、栈橋の中ほどでまた足を止めて振り返った。

「消化にいいものを」

カタリ、カタリ、と足音を立てて、建設者と住機たちがそばに来る。何も言わず、何もしない。そういうものだ、階層都市の存在たちは。だが、そういうものではない、階層都市の通常の存在たちは。

極無の虚無から生まれ出でて、極在の混沌へと向かう途中で、ふと途方に暮れて足を止め、周りに目を向けてしまったもの――。

「……ふうん？」

そんなふうに首をかしげる自分もまた、すこぶるこの世界にそぐわない。

そう気づきながらルーラベルチは栈橋を戻る。カタリ、カタリ、と影たちがついてくる。

五十二年後、碧天市から西北西三百十一キロの地点で外壁破壊が起き、三千五百万トン分の基準水が水蒸気爆発を起こして、階層全体に甚大な被害をもたらした。さらに十三年の時を経て、夷澱《イオリ》の遺品が運ばれてきた。

5

『そうだ、これだ。ここに扉がある。この先にすべてがある。閉ざされていない世界が――』

白光。

回収できた死亡前後録画《デスレコーダー》の主観映像はごくストレートで、特に謎めいたところはなかった。彼女が旅先で築いた発掘司令基地と、同志たちの組織と、まさに到達しようとしていたその目的のすべてが、地底から解き放たれた摂氏六千度の炎に焼き尽くされて吹っ飛んだありさまが、明快に記録されているだけだった。

見終わったルーラベルチは、よくわからない気持ちの波立ちを覚えながら、映像を持ち帰った戦水夫の若頭に尋ねた。

「なぜ、ここへ？」

頭巾をかぶった小柄な若者は、「検温者」の生前の希望だったから、と身振りで答えた。

そしてへたり込んで悲しそうにベッドにもたれた。

ルーラベルチはベッドを見下ろす。大腿骨ほか数本の焼け焦げた強化骨と、すすけた銀の槍。映像は槍に収められていたものだ。若頭はそれを、現場から四十キロ離れた砂州に打ち上げられた残骸の山の中から見つけ出してきた。人格を保存する緊急保存パックのたぐいは、槍にも骨の中にも見当たらないから、まさか復活の望みがあると思ったわけではないだろう。文字通りの遺品だった。

なぜ、ここへ。

映像を分析すると、その理由の一端がわかった。

夷澱《イオリ》は間違っていた。根本から。

沈殿層の底を打ち抜いた先にあったのは、無窮の宇宙空間などではなかった。噴き出したのは、溜めこまれた恒星の灼熱だった。沈殿階層に温度勾配がないのは、単に超構造体《メガストラクチャー》が極めて高い断熱性を持っているからだった。それが表すのは――この地が階層世界の最外層などではなく、正反対の、最内層だという事実だ。

ということは、自分たちの足の裏を床に貼り付けているのは、世界の公転から生じる遠心力ではなく、停止している世界に働く恒星の重力だったのだ。階層世界はディスク型ではない。ボール型である。

つまり結論はこうだ。出口のない直径二十億キロの球の中心部に、自分たちはいる。

いかにも、この世界らしい回答だ、とルーラベルチは思う。外界の広大さを知り、箱庭の矮小さを感じるようになったこの自分に、改めてその抗いようもない分厚さを突きつけて来るとは。

そうであるにしろないにしろ、何かが起こったときには結果を碧天市へ知らせたい、と夷《イ》澱《オリ》は思っていたのだろう。

だが、なぜ。

夷《イ》澱《オリ》の死が表すのは脱出の失敗であり、それに付属してきた映像は世界解釈の誤りをも明らかにした。そんなことを、なぜ夷《イ》澱《オリ》は伝えようと思ったのか。落胆させ、絶望させるためか。夷《イ》澱《オリ》を信じて待っていた住人機たちに、希望は潰えたと知らせるためか。終わりなき待望から皆を解き放つためか。

それならそうしてやるまでだ。

ルーラベルチは夷《イ》澱《オリ》の最後の映像を公開した。碧天市の人機たちのうち、悲しむ機能のある者は多いに悲しんだ。想像した通りだった。

だが、ルーラベルチの気持ちの波立ちは収まらなかった。

なぜ、ここへ。自分のいる町へ。

六十五年も前に別れた者同士だ。とっくに忘れ去られたと思っていた。自分も彼女のことを忘れようとしていた。それが物理的に不可能でもだ。夷《イ》澱《オリ》が何度も書き込んでいった遺伝情報は、珪素生命がルーラベルチに与えたサンゴの遺伝子と同じように、ルーラベルチの基体情報をすでに汚染していた。もはや分離はできない。それが珪素生命のアーキテクチャだからだ。珪素生命はカオスを増大させて、増大したカオスから生まれる。夷澱《イオリ》の遺伝情報もそこに寄与し、それだけの意味しかもたらさなかった。まさか炭素と珪素の間柄で、古い生命のように交叉と減数分裂が起こると思っていたわけでもあるまい。

しかし彼女はルーラベルチを箱庭の矮小さには気づかせた。

だからか？

だが、なぜ。この自分にまでそんなことを気づかせてどうする。うすら長い送電柱や毛むくじゃらの二本脚どもと同じように、嘆き悲しませたかったのか？

そんな気持ちには到底なれなかった。過ちをもとにして挑んで負けた女に対して湧くのは、憐れみと、そして昔と同じような、起伏のない諦念だった。

しばらくは、本当にそれだけだった。

町の槌音が続いていることに気づくまでは。

二代目の建設者が、新たな建物を築いていることに気づくまでは。

町の人機が散逸せずに滞在を続け、それどころか増えていることに気づくまでは。

最初はぼんやりと、じきに卒然とルーラベルチはそれを理解した。銀の槍を手にして町の中を巡り、確かめた。驚くほかなかった。

町は終わっていなかった。活気を増していた。発展と拡張を続けるだけでなく、さらに新たなものを生み出そうとさえしていた。

なぜ――？

蚤《フリーズ》どもの一体が答えた。

「わかった。出口、方向。増える行く」

解釈の間違いでないことを確かめるために何十体にも話した。答えは同じだった。外宇宙が下でないことはわかった。上にあるのだ。ならば、十分な力を蓄えてそちらを目指す――。

「十億キロあるのよ⁉」

それを聞くと皆笑った。

信じられなかった。ここにいるのは誰も彼も逃亡者、敗残者、のけ者、余り者のたぐいのはずだ。どれ一機として単独では生き延びることすら難しいはずだ。それがそんな、途方もない大事を目論むなんて――。

だが、事実だった。本気だった。一年経ち、二年経ち、五年十年と時が経っても町の勢いは衰えなかった。露店は市場になり、工房はプラントになった。塔は伸び、煙突が林立し、ボイドのクリック音は日々三十分も鳴り続けた。

これか。

これを望んでいたの、夷澱《イオリ》。

銀の槍を手にして蒸気と汚水の流れる街路を歩きながら、だがルーラベルチはいまだに収まらない胸の波立ちを感じている。

いかに増えようと、いかに強まろうと。かつて千年かけて発展した者たちと同じ隘路《あいろ》に踏みこまないと言い切れるのか。十億キロだ。階層の中にあるものが階層を貫いてそれを登りきれるものか。絶対に不可能だ。ゼロに等しい無限小の希望だ。

そんなものを、なぜ信じられる。

ルーラベルチの問いかけは終わることがなかった。夷澱《イオリ》が多くの謎を振りまいていったことに、彼女がいなくなることで気づかされたかのようだった。

なぜ――。


薄闇の時。八十八日周期の『巨視振動』の日に珪素生命は襲ってきた。大白壁の光の翳りが町を包む中、カオスと敵意で体を綴った者たちが大放水口からどっとあふれ出した。

わずか数分、二百五十人機の犠牲を出しただけで町はただちに反応し、怒れる昆虫の巣のように激烈な迎撃を開始した。碧天市はすでに何度も他種族の襲撃を経験し、武装を整えていた。もはや以前の揺籃《ようらん》ではなかった。

アラベスク模様のように擁壁を埋めた銃眼。防御塔の頂にうずくまる砲塔。街路の辻々にたたずむ案山子《かかし》を思わせる剪断栓。すべてがいっせいに目覚めて侵入者を襲った。

高層棟のそびえる空間をレーザーと曳光弾が掃く。その足元の谷間で旧知の声が呼び止めた。

「ルーラベルチ」

振り向いて銀槍を薙《な》ぎ上げる。振り下ろされた差し渡し三メートルのプライヤー状の腕を払いのけて、石突きで胴を突く。蹴り足を避けて側転し、手繰《たぐ》りこんだ槍先を突き出す。極凍の霧矢でビル四棟を貫く。

夷澱《イオリ》に遺された槍は、最初から自分の骨の一本だったかのように馴染んでいた。

何合かの短いが激烈な撃ち合いの後、わずかにバランスを崩して頭をがっちりとプライヤーに銜《くわ》えこまれた。白い体が宙吊りになる。ルーラベルチの頭蓋を木の実のように割り砕こうと、珪素生命が力を込める。

「人間の町を守るのか、ルーラベルチ」

「居るだけよ。同調はしていない」

「おまえは誤動作している。ここにネットスフィアはないぞ」

「それこそが誤解」

偽髪を関節に潜りこませて神経束を刺激し、驚いた敵が拘束を解いた隙に、地面に転がって落ちていた槍をつかんだ。

発砲。重量級の珪素生命の肩から下を凍結粉砕。

無力化した相手に再び偽髪でアクセスして思考を読んだ。珪素生命がここへ来たのは「光坑道」の周期的低温化を知ったため。垂直方向に自由に移動できるその穴を通って大放水口から外へ出てきた。碧天市を襲った理由は特になし。行く手に人間の集団を見つけたから、それだけだ。

「ネットスフィアか……」

再秩序化を目指す統治局が現存する広大な情報空間。それにアクセスしてすべてを混沌に引き戻そうとする珪素生命。争いのとばっちりを食らう人間たち。いつもの構図だった。

「……いえ」

別の解釈ができる。珪素生命は広大な自由空間を欲しているのだ。ネットスフィアがそれだと思っている。脱出を目指す碧天市の者たちと、根本的な欲求は同じなのかもしれない。

ネットスフィアと外宇宙のどちらが広大なのか？　ルーラベルチにはわからなかった。

砲声と破壊音が収まりつつある。飛行型の珪素生命の翼はすでに頭上にない。碧天市の防衛能力は十分なレベルに達していたようだ。あるいは、単に今回の襲撃の規模が小さかったのか。

なぜ、と自問する。なぜ生き延びた。置いていかれたのに。

円盤は破綻したのに。

碧天軒は残存していた。珪素生命たちはほとんどが下方の市街地へ降りてしまい、大放水口のすぐ下にある珪庇《けいひ》にはあまり注意を払わなかったようだ。迷いこんだ数体はボイドが始末していた。それとは別に、一人の客が訪れていた。

見たことのない人間だった。バサバサの髪を結い上げて、体中に妙な小袋をぶらさげた大柄な女。初期走査の一瞥《いちべつ》で蛋白質ベースだとわかり、ルーラベルチは食欲を覚える。柔らかそうだし、うまそうだ。

だがそいつは白い肌と赤い内臓を持つ珪素生命の姿を目にすると、わあっと声を上げて頓着なく寄ってきた。

「ルーラベルチ、塔守のルーラベルチですね？　本物だ！」

「何、それは」

「黄涅塔《おうりくとう》の守り手でしょ？　ヌートカで聞いたんです、C2でも。私、異理《コトリ》っていいます。一度話をしたいと思ってました！」

食おう、と決める。今すぐ食ってしまおう。この種の旅人は見逃すと尾を引く。

髪をざわめかせて上げようとした手を、だが、かたわらのボイドが押さえる。

「見てもらいたいものがあるんです。『検温者』の発見をもとに検討を重ねたモデルなんですけど、えーとどこやったかな」

目の前の相手が食欲を昂《たかぶ》らせているとも知らず、女はぶら下げた雑嚢だか呪具だかの小袋をがさがさと漁る。こいつは女というより大きな幼児なんじゃないかとルーラベルチは思う。

あった、とつまみ出した指先ほどのポッドを、ルーラベルチの代わりにボイドがつまんで読んだ。

「『巨視振動』の発生原理です！」

女はこちらへかがみこむ。口が大きい。

「沈殿階層の気温は、主に大白壁の放射光と大放水口から流出する温水のおかげで適温に保たれているんですけど、一定間隔で短期間低下します。その周期は『巨視振動』と同じ八十八日間隔です。私、それは前から知ってたんですけど、最近ふと思ったんですよ。『検温者』は死ぬときに底部外壁の向こうに恒星があることを突き止めた。じゃあ、惑星はあるのかなって？　あっ、惑星っていうのはうちの村の古いライブラリに残っていた概念で、自重で球状になった固体天体のことです。それは通常恒星の周りを回ってるんですよ。でですね、もし惑星が恒星を回っていれば、回転面上では光線を遮りますし、もちろん重力波を発するわけです。それってつまり——ここで起きていることですよね？」

長広舌が始まってすぐに、ルーラベルチは苛立って聞き流していたが、最後が疑問形で終わったので、「なんですって？」と女の顔を見上げた。

「ここで起きていることと、モデルが一致するんです」女が強くうなずいて言った。「そしてモデルに一致する惑星が、かつて存在したと記録されていたんです。水星です！」

ルーラベルチは沈黙し、隣を見た。データポッドから詳細な理論を読み出したらしいボイドが、普段ルーラベルチが肯定として受け取っている中音のクリック音を発した。

「スイセイ……が、ある。それで？」

「それで、とは？」

「襲撃があった。人機が大勢やられた。死体の山の上でスイセイについて語る意味は？」

女はうなだれる。ルーラベルチは窓際に立って、煙と塵埃が立ち込める市街地を見渡す。自分の言ったことに驚いていた。死体が何だというのだ。何も気になどしていないくせに。

自分が気にしているのは——。

「それで、穴に入れるなと思って」

夷澱《イオリ》がいなくなったこと――。

「水星が、ああ、もう多分溶融したガス雲になってるんでしょうけど、光を遮るなら、一時的に穴が使えるかもって」

夷澱《イオリ》が口にしていたのが、無意味なたわ言だったと認めること――。

「その穴はきっと、外まで続いているはず――」

ルーラベルチは振り返るなり女の喉首をつかんで、ベッドに叩き伏せた。薄桃色の髪をゴルゴンのように逆立てて、「何を言ってる⁉」と叫ぶ。

「不要な光を捨てる穴です！」

女が両目を見開いて叫び返した。「光？」とルーラベルチはつぶやく。

「光です！　階層世界が中空球の形をしているなら、太陽熱が無限に蓄積するはずでしょう？　超構造体《メガストラクチャー》は熱を通さないんだから！　違いますか？」

「それがなんだ！」

「事実はそうなってないってことです！　階層世界には太陽光を逃がす穴があるんです！　逃がす以外に熱を処理する方法はないんだから。その穴は普段は高熱に満たされているけれど、八十八日に一度、水星の影が落ちて低温になるんです。低温領域のパルスが『廃光投棄坑』を走っていくんです。階層世界のずっと上方まで！」

「それが――」

旧知から読み出した知識を思い出す。「光坑道」。やつらはそれが通れるということを示した。

ルーラベルチは、もう力を込めていられなかった。女の言うことがひとつひとつわかったというよりも、彼女の目に圧倒されていた。

その瞳の輝きは狂気のように見えた。

「それが、どういう……」

「どういうことだと思いますか」ぎらぎらとした光が、ふと薄らいだ。「どういうことだと、理解できるんですか。あなたは」

なんだって理解できる。ルーラベルチはずるずるとベッドのかたわらに滑り落ち、手を放す。今こそわかった。

都市とは何か。

夷澱《イオリ》がなぜ帰ってきたのか。

ボイドが本当はここで何をしているのか。

立ち上がってふらふらと部屋を出た。

町をさまよった。死体と瓦礫の上を、またしてもしぶとく人機の声と槌音が飛び交っていた。ほんのさっきまでは、偽りの希望に支えられた空虚な響きだと思っていた。自分の中の珪素生命でない部分を惹きつけるだけの、脆くてちゃちな秩序だと思っていた。

そうではなかった。

これこそがカオスなのだ。絶えず寄り集まる新しい意志。組み上げられては組み替えられる関係性。破壊を経て再生するシステム。滅んだがゆえに継承される目的。人機だけではなく、建物だけでもなく、それらが互いを築きあい、使役しあい、圧倒しあっていく現象。

都市なのだ、それが。

そして、それしか都市ではないのだ。

桟橋のどん詰まりで倒れた。数百年の発展を経てまだ残る、初期のみすぼらしい構造物。疲労や絶望からではなかった。仰向けに横たわって見上げる。どこまでも広がる大白壁を背景に立ち並ぶ高楼。その上から瀑布を注ぐ大放水口。かたわらに一本、はるかに遠い頭上へと伸びている細い黒線。

縦貫溝。

あれだ。統治局が閉鎖していたのはあれだったのだ。

あの「扉」が開くことを――。

もし誰かがろくな考えもなく大白壁を開扉したら、その中の「廃光投棄坑」は冷却水ごと露出して、沈殿階層は焼き尽くされる。連中はそれを望んでおらず、だからここに門番を置いていたのだ。

けれど、ボイドは異理《コトリ》を殺さなかった。あの女の発見を聞いたのに。

心の波立ちが大きくなる。胸が騒いで言葉があふれそうになる。

「夷澱《イオリ》……」

これから自分が頭を悩ませることになる問題が、次々と思い浮かんだ。異理《コトリ》との会話は難しいだろう。宇宙船を作り上げることも。それを大放水口へ進入させることも。八十八日に一度のチャンスを繰り返し利用して、長い長い竪穴を遡《さかのぼ》ることも。

それには何百年もかかるに違いない。

だから、その長い働きを始める前に——。

「お帰りなさい、夷澱《イオリ》」

ルーラベルチは、顔を覆って声を漏らす。

「今度は一緒に行けるわ」

☆原作中で「珪素生物」「珪素生命」の二通りの表記がある。今作では「珪素生命」を採用した。

■著者の言葉

LOG:: "O" 並列型超構造体構築記録《パラレル・メガストラクチャー・ビルドログ》

　階層世界には果てがなく、それを描くことはできない。

　これはレトリックではなく事実だ。

　弐瓶勉『BLAME!』は、ネット端末遺伝子を探す男、霧亥《キリイ》の物語だ。彼が黙々と旅するところに世界ができあがる。凶悪で無慈悲な敵と妖しくも美しい女たちに囲まれて叩きのめされ、立ち上がって一撃を放つ彼がいたから、莫大な奥行きを備えた超構造体《メガストラクチャー》が存在できた。あれほどの貫通力を持ったキャラクターに、穿ち抜かれずに耐えられるのは、果てのない世界だけだ。

　今回、私は階層世界の「外観」から物語を構築した。これは恐らく原作『BLAME!』の話の作り方とは根源的に異なる。語りの及ばないところまで広がっているのが、階層世界の魅力だからだ。だから厳密にいえば、今作は階層世界の話ではなくなった。

　ただひとつ、貫き得ないものを貫こうとする人間のあがきを書こうとしたという点では、原作との間に共通性を保てたのではないかと期待している。無限の閉塞感を突き付けてくる階層世界の、やや異なるバージョンにおける物語だと思ってほしい。

乱暴な安全装置
―涙の接続者支援箱―

野﨑まど

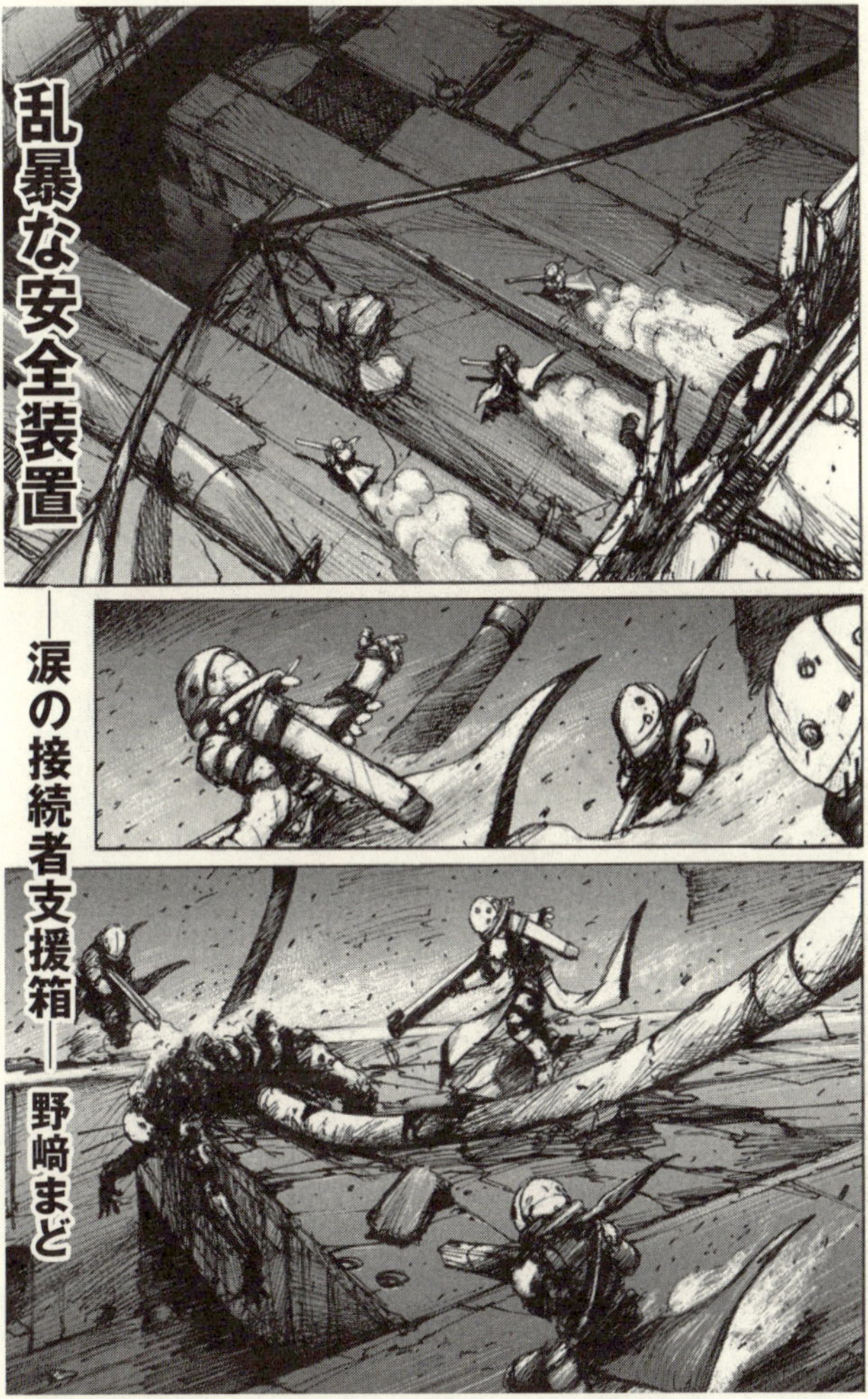

階層都市の片隅に流れる重油の川。そこで発生する小火を消火するため、周辺の住人は【対火機構】を組織した。ある日、その詰所に一人の男児がやってきたことから、町は思わぬ事態に巻き込まれていく。

野﨑まど（のざき・まど）

東京都生まれ。2009年『[映] アムリタ』で第1回メディアワークス文庫賞を受賞してデビュー。他の著作に『パーフェクトフレンド』『２』『なにかのご縁』『野﨑まど劇場』、アニメのスピンアウトノベライズ『ファンタジスタドール　イヴ』など。2013年刊行の『know』で第34回日本SF大賞候補、「ベストSF2013」国内篇第5位。2017年現在、《バビロン》を刊行中。

1

階層の平盤を、黒い川が横たわっている。

一二〇メートルほどの幅を持つ大きな川は、一見すると、まるで流れていないようだった。光沢を帯びた黒色が川面《かわも》を覆い、波一つ立たぬさまは、暗い鏡のようであった。

しかし、よくよくと見れば、川は僅かずつではあるが、確かに流れていた。

黒色の液体が、ゆっくり、淡々と下流に向かっている。液体の類《たぐい》まれな粘度の高さが、その鈍重な流れを作り出しているのであった。

重油、である。

油源がどこにあるのかはわからない。川を上流に数十キロまでさかのぼることはできるが、途中から険しい都市構造の立体に阻まれてしまい、源流点を確認するには至らない。

どこか輸送路の破損部から漏れ出しているのか。忘れられた生成機械が延々と合成し続けているのか……。

なんにしろ重油の川は、もう百数十年の昔から、階層に存在し続けている。

川は階層構造の作り出す地形に沿って流れていた。その長い道行きの中で、複雑な構造物に行き当たり、本流と支流に分かれることもしばしばである。

一本の細い支流が、平盤を外れて、都市構造の隙間を縫うように流れている。

ある時、川に寄り添う構造の一部で、ぱちりと火花が閃《ひらめ》いた。構造体を構成する電気系から漏れ出た、自然発生的な火花だった。

通常ならば、常温の重油は容易に着火しない。

だが構造体に寄り添った重油が、ときに都市構造の稼働運動などで温められ、七〇度という引火点を超えてしまうことがある。

この時も、火花は運悪く温まった重油に触れることとなった。細い流れの一部に火が入ると、支流の川面はたちまちのうちに燃え上がった。

【野火】である。

燃え盛る火が都市構造の壁を照り返していた。黒煙が立ち上り、熱風が巻き始める。

その時であった。

イイィィン、イイィィンと、奇妙な音を伴って空気が震えた。金属音叉《おんさ》を震わせたような、澄んだ振動が遠方まで響きわたる。

その音が呼び水となったように、都市の空隙から人影が次々と躍り出た。

影は一様に同じ格好をしていた。頭にかぶった布のマスクは、目の部分だけが開いている。

肌に張り付くような黒色のスーツで身を包み、その上から幾何学模様の入った上着を着込んでいた。

上着の背には大きな文字で、

「三」

と書かれていた。

影の一人が、支流の火を確認して言う。

「まだ小さいな」

別の一人が聞き返す。

「上からやりますか、シキ長」

「ああ。縞脚《しまあし》を出せ」

数人が動き、腰に付けていた金属製の格子を取った。【縞脚】と呼ばれた道具の引き金を引くと、ばね仕掛けで三倍ほどの長さに伸びた。

数人分の縞脚を連結させて、四メートルを超える丈の、長細い金属フレームを組み上げる。

そこから一人離れて、シキ長と呼ばれた男が長銃のような道具を構えた。

そのまま、助走をつけて走り出す。

二人の人間で支えた、ほぼ垂直の金属フレームを、シキ長が曲芸さながらに駆け上がっていった。フレームのとっ先を蹴って宙に飛び上がり、燃え盛る炎の直上で、銃口を真下に向ける。

「しっ」

息を抜くような声と共に発砲音が響き、銃口から薬液と薄膜が飛び出した。液が染み込んだ特殊な薄膜は炎を広く覆い、そのまま抑え込むように被さった。

すると火勢が目に見えて衰え、三十を数える頃には、ほとんどが消えていた。

残った小火も、マスクの集団が小型の水鉄砲で次々と消して回る。

鎮火を確認した一団はマスクを取って、汗だくの顔を拭きながら互いに労《ねぎら》いあった。

2

【対火機構《たいかきこう》】は、近隣に暮らす住民によって作られた消防組織であった。

重油の河川が流れるこの区画では、大小規模の自然火災が頻繁に発生している。それに対処するために、住民有志が集まってできたのが対火機構の端緒である。

その後、集落の発展と共に組織は拡大し、現在では一から九までの小隊（織《しき》）に分かれている。三のマーキングは、

「三織《みしき》」

となる。

それぞれの織が担当の地区を持ち、火災発生の状況を随時監視している。

監視役は火の手が上がるを見るや、【共振叉《きょうしんさ》】を鳴らして近場の人員と織に連絡を飛ばす。一報を受けた織員は迅速に集まり、火勢が弱いうちに消火に務めるわけだ。

火災の多くは重油の川によるものであるから、火の手が広がってしまえば、もはや手の施しようがなくなる。初期対応の速度が最も重要となるため、このように密接な連携が発達したのである。

そうした対火機構は、住民の暮らしに無くてはならぬものであるため、自然と人望を集めるようになった。

住民は織の人間に敬意を払い、織員も町を守るという使命感を持ちながら生きている。中でも織のリーダーである織長《シキちょう》は、担当地区の住民の相談役、言うなれば〝顔役〟のような位置にあった。

三織の織長の名は、ゴゴという。

齢《よわい》五十にかかろうという男は、巌《いわお》のような風体と、その外見通りの性格の持ち主であった。口は少ないが、仕事は厳としていて、二十余年にわたり担当区を火災から守り続けている。

そんな頑《かたく》なまでの姿勢が、おのずと地域住民の尊敬を集めた。ゴゴは織長として地域奉仕にも励み、顔役の務めを十二分に果たしていたといえる。

さて……。

消火活動を終えたゴゴと三織の一行《いっこう》が、町に帰ってきた。

一仕事終えた後で、みな上きげんである。

「シキ長、今日は少し打ち過ぎじゃありませんでしたか」

織員の一人が冗談交じりにいった。消火弾を使い過ぎという意味合いのことである。織の備品は公的なものであり、町の管理組合が細かく数を勘定しているので、減りが激しいと後から苦言を呈される。

「計数舎《けいすうしゃ》の連中は細か過ぎる」

ゴゴが不満げにいった。

「けちって火が残ったらすべてが終わる。打ち過ぎるくらいでちょうどいいんだ」

雑談に花を咲かせつつ、一行は三織の詰所へと戻ってきた。

待っていたのはゴゴの夫人であるライノと、よく出入りしている放蕩者《ほうとうもの》のニウーレスキだった。

そこにもう一人、五つか六つほどの、男子の姿がある。

「みんな、おかえりなさい」

ライノが出迎えた。ゴゴは怪訝《けげん》な顔で子供を見て、

「この坊主は」

「わたしが拾ってきたんです。接続者支援箱《カスタマーサポートボックス》の近くに倒れてて」

「また妙なところに……」

「それが、本人もなんだか妙で……」

「というと？」

「まともに喋れないんですよ」

「ふむ……。おい、坊主」

ゴゴは男子に話しかけた。

幼子は無表情であった。まん丸の目で虚空を見つめ、ぼそぼそと言葉にならない音を発している。

「多分、神経混雑だと思う」

横からニゥーレスキが口を挟んだ。一七になる若者は、落ち着いた低い声で言う。

「ゴゴさん。俺は以前に似た症状を見たことがある。何かの拍子で神経構成に絡まりが生じてしまって、話したり考えたりが上手くできなくなる」

「それは、どうしたら治るんだ」

「原因を探って、丁寧にほどくしかないな。時間が必要だ」

「むう……」

ゴゴはにわかに考えて、

「仕方がない。親が見つかるまで、うちで預かるぞ」

「ええ、はい」

ゴゴが言うやいなや、ライノは幼子を部屋に上がらせた。嫌な顔一つせず、むしろ喜んでいるようにも見える。自分の主人は、病んだ子供を放り出すような男ではないことをよく知っていた。

とりあえずの問題を片付けて、ゴゴは詰所の上り口に腰掛け、壁に備え付けられたパイプを取った。水煙草のパイプである。火気の取扱いが厳しいため、嗜好品の形態も限られてくる。

香りの付いた煙を吸い込みながら、ゴゴは見ず知らずの子の不憫《ふびん》を嘆いた。

3

ニウーレスキはたくましい体軀をもった、精悍《せいかん》な青年であったが、その身体を活かすような仕事にもつかず、普段からぶらぶらとしている。

これはニウーレスキに限ったことではなく、この町では人口の約一五パーセントが労働に従事していなかった。

区画の住民たちの生活は、有り余る重油を基盤に成り立っている。

住民の多くは油に関わる仕事についている。油の精製や加工の職、汚れた油を再生する工員、売買の仲介業者や、離れた集落への輸出を生業《なりわい》とする者もいる。もちろん、どれも必要な仕事である。

しかし町は、基本的に、燃料に事欠くことがない。

総体として熱量の不足はなく、電熱生成槽にエネルギーを与えれば簡易的な食料を合成することもできる。そのため労働に従事しない人間でも、慎ましくならば、問題なく生活を送れるのである。

とはいえ、働かないのはやはり褒められたことではなく、放蕩者はそれなりの扱いとなる。ニウーレスキも、ゴゴやライノから、

「職につけ」

「消防活動を手伝え」

「所帯でも持て」

と小言を言われながら、それをのらりくらりと躱《かわ》して過ごしていた。

はなしはもどって……。

子供が三織の預かりになってから二三時間後。ニウーレスキは、接続者支援箱をたずねることにした。

町の区画を少しはずれると、重油の川を渡るためのボートが出ている。

粘度の高い油の川には、スクリューや艪《ろ》が役に立たない。ボートの推進には主に風力を用いる。大型の旋回機で推進力を得ながら、特殊塗料でコーティングした船体が川面を滑るようにして進むのだ。

船頭に賃金をわたし、ニウーレスキは送り船に乗って、対岸へ着いた。

川向うも町の一部ではあるが、中心街に比べると都市構造の構成年代が古く、崩落の危険があるため居住には適さない。今は生活の苦しい者や、物数奇《ものずき》だけが暮らす辺境区画となっ

ている。

川を渡った途端に、路《みち》は暗くなり、住居もまばらになる。

寂れた路をしばらく行くと、崩れた都市構造の合間に、苔むした箱がうずもれているのが見えた。

【接続者支援箱《カスタマーサポートボックス》】は、統治局の影響が階層に届いていた時代の名残である。

ネット端末遺伝子が正常に機能していれば、特定のデバイスを用いずともネットスフィアに接続できる。だが時に、端末遺伝子の不具合によって接続が困難となる者もいた。

そういった人間の再接続を支援するために、非常時の迂回路として用意されていたのが接続者支援箱であった。

支援箱は、想定される様々な不具合段階に対応した通信用インターフェイスを複数備えている。有線の接続口、網膜スキャナ、音声コンタクトシステム、物理キーパネル、果ては紙面読取用の光学スキャナに及び、最悪の場合は鉛筆書きの紙を投函するだけでも、統治局への連絡が可能であったらしい。

しかしそれも、あくまで機能していた時代の話だ。

階層に重油が流れ込んで以来、多くのハードウェアが機能を失い、ネットスフィアとの通信はほぼ全域で停止した。

通信機能を失った接続者支援箱はただの古びた箱であり、今では通りかかった住民がなにとなしに手を合わせる程度の、祠《ほこら》のような存在に成り下がっていた。

ニウ-レスキは箱の前まできて、しばらくそれを眺めた。それから、辺りを念入りに見回す。

ここに、神経混雑の男児が倒れていたという。

このような人の往来の絶えた場所で、男児は一体何をしていたのか。

つづいてニウ-レスキは支援箱に手をかけた。上部の物理覆蓋《ふくがい》を開いて中を確認すると、紙切れが入っていた。

取り出してみれば、よれよれの字で、

「おとうさに、おかあさあ、もど」

と、書かれていた。

（あの子供が書いて、箱に入れたのか？）

そう思った時に、後ろから声をかけられた。

「これぇ」

見れば、腰の曲がった老婆がすぐそばまで来ていて、

「支援箱を勝手に開けちゃあ、ばちが当たるがね」

と、いった。

「これはすまん」

ニウ-レスキは紙をこっそり懐《ふところ》にしまうと、蓋を閉じた。

老婆は怪訝そうにして、

「こんな人気《ひとけ》のないとこで、なにをしていたんじゃ」

「うん。ちょっと聞きたいのだが」

倒れていた子供のことを説明する。すると老婆が、

「そりゃ、ウラべんとこの坊主では？」

「知っているのか」

「すぐそこの区画に住んどった。居なくなったんで、ちょうど探しておったとこじゃ。唖《おし》じゃあなかったはずだが」

「親は」

「親は、な……」

「孤児か？」

「いいや、生きとる。と、思うんじゃが、なんとも……」

老婆の妙な言い回しがひっかかった。

ニウ-レスキは老婆に案内をさせ、男児が住んでいたというウラべの住居を訪ねた。ウラべの住居は、川向うの区画にしては小綺麗な、住みやすそうな建築構造であった。

その玄関まで来て、ニウ-レスキが首を傾げる。

玄関口の前に、なにやら白い塊が置いてある。大きさは五、六〇センチほど、全体が乳白色で、なにやら生っぽい、ぶよぶよとした感があった。それが時に、

「びくっ」

と、全体で震えるのである。

そんな気味の悪い塊が、二つ並んでいる。

「ウラベの夫婦だよ。坊主の両親だあね」

老婆がいった。

「これが？　親？」

「そりゃあついこないだまでは、しゃんとした人間だったわ。それが少し前に、油干潟《あぶらひがた》で見つかった時には、もうこんななりだった」

「これが親だと、どうしてわかった」

「持ちもんが落ちてたし……なにより服まで着てたからね」

「中身だけが、こうなっていたと……」

ニウーレスキが屈んで、白い塊を見分する。

「あんた、医者かね」

「いいや」

「これ治るのかい？」

「どうかな……」

手を触れると、塊がまたびくんと震えた。

ニウーレスキは塊を指でつまむと、軽くひねって、端をほんの少しちぎり取った。

白い塊は二、三度震えたが、それだけであった。

4

三時間後。

町に戻ったニウ-レスキは、七区画の分析業者・コッパーウィスカの店をたずねた。

分析業者は油の分析と分類を主な生業としている。中でもコッパーウィスカは、目が利く男だと評判だった。

店に入ると、髭面の老人が忙《せわ》しない手つきで顕微鏡を覗いていた。

「コッパーウィスカか?」

ニウ-レスキが聞くと、老人は顕微鏡を覗いたままで、

「なんだ」

と返した。

「分析を頼みたい」

そこでやっと顔をあげた。

ニウ-レスキが透明のサンプルケースをカウンターに置く。中には先ほどちぎり取った白い塊の一部が入っている。

老人が、それをしげしげと眺めて、

「なんだこいつは。生物油か」

「なんなのかを知りたい」

「どれ……」

コッパーウィスカは手袋を取り替え、ケースの中身を出した。慣れた手つきで数個にちぎり分けると、そのうちの一つに、何やら薬を垂らして反応を見ている。

それから、もう一かけを金皿に載せて、卓上バーナーの火であぶった。欠片《かけら》はびくびくと震えたかと思うと、それが次第に激しい振動へと変わった。

「熱に反応……と」

老人は、さらに一つを別の機械に放り込んだ。

ジィジィと音がして、それから出てきた透明のカードを顕微鏡にはめて、覗いた。プレートステージを操作するダイヤルを両手でくるくる回したかと思うと、すぐに言った。

「油じゃあない。こりゃあ神経だ」

「神経」

「有機神経叢《そう》だよ。神経細胞の塊だ」

「脳だとか、そういう？」

「そこまで上等なものでもない……中枢神経よりか、末梢神経に近い造りだ。せいぜいが脊髄……刺激に合わせて、反射を繰り返すだけだな」

「これは生きているのか」

「そりゃあ、生きてはいるが」

「が？」

「ただの組織だ。これだけじゃ生物とは言えんだろう」

「たとえばの話だが」

ニウ゠レスキは、言葉を考えてから口にした。

「これが元々人間だとして、どうにかして元に戻せるものだろうか」

老人は顕微鏡から顔をあげ、怪訝な顔でニウ゠レスキを見た後で、また顕微鏡を覗いて、

「無理だな」

と、いった。

ニウ゠レスキはその足で、三織の詰所へ向かった。

詰所では、ゴゴとライノが男児の様子を見ていた。二四時間が経っていたが、男児は部屋の隅で茫洋《ぼうよう》としており、具合は変わらぬようだった。

ゴゴが気の毒そうな顔で、

「抱いてやると、少し安心するみてえでな。親が恋しいのか……」

と、嘆く。

「それでニウ゠レスキ、何かわかったのかい」

ニウ゠レスキが、歩き回って調べてきたことを一通り話した。

ゴゴは難しい顔で聞いている。

「いまいち、よくわからんが……。坊主の両親は、その神経叢になったというのか？」

「そのようだ」

「その紙は」

「多分だが、あの男児の書いたものだと思う」

ニウーレスキが接続者支援箱から持ってきた紙であった。ゴゴがそれを見て、神妙な顔をする。

「おとうさに、おかあさあ、もど」

の意味を読み取る。

両親を元に戻して欲しい。そういうことなのだろう。

「親をなくした坊主が、接続者支援箱に神頼みか……不憫《ふびん》なものだ」

「まさに」

「ニウーレスキ、この後、どうする気だ？」

「この件、どうも裏があるように思う」

「うむ」

「いま少し、探ってみるつもりだ」

「俺からも一つ頼む」

ゴゴは、奥のライノと男児に顔を向けた。

「惨《むご》い話だ……」

ライノが、かたかたと鳴る玩具を振って幼子をあやしたが、子供は虚ろな目で宙を見つめるのみであった。

5

重油の川の上流には、川に隣接するようにして工場区画がある。

大小の工場が点在し、どこも川から直接取り入れた油を加工している。しかし階層への重油の流入量には長期的周期の変動があるので、数年から十数年の単位で河川の流れ自体が変わってしまう。

そうなった場合、新しい流れに隣接する工場を建て直し、古い建物はそのまま遺棄されてしまう。工場区画にはそういった廃工場が数多く存在していた。

その廃工場の間に、ニウ⁼レスキの姿を見出すことができる。

彼は数時間前、件《くだん》の夫婦と子供が住んでいた川向うの区画で聞き込みをした。

そこで一家の足取りの話が得られた。最後に見かけられた時、一家は川の上流へ遊びにでかけようとしていたという。

この廃工場区を抜ければ、広い河川敷が開ける。子連れで遊びに行くならばそこだろうと当たりをつけて、ニウ⁼レスキは人気のない廃工場区を歩いた。

その道中。

わずかに、人の声が聞こえた気がした。

立ち止まり、聞き耳を立てる。通り過ぎようとした廃工場の一つから、かすかに話し声がする。

ニウーレスキは足音を殺し、工場の外壁に背を付けた。少し待っていると、裏口が開いて二人の工員が出てきた。

工場区ならばどこでも見かけるような、制服の工員である。ただ、遺棄されて久しい廃工場から出てきたのが気にかかる。

二人が立ち去るのを見届けてから、ニウーレスキは壁を乗り越えて、中へ侵入した。

打ち捨てられた工場は、所々が朽《く》ちて埃もたまり放題だったが、床面には人が往来した跡があった。頻繁な出入りがある証だった。

人の気配に注意を払いながら、床の跡を辿って、建築の中に入っていく。

跡は工場奥の、大きな鉄扉まで続いていた。

鉄扉に寄り添うと、壁との間に僅かな隙間が開いているのを見つけた。そこから中を覗き込んで、ニウーレスキは、ぎょっとした。

部屋の中に、多数の有機神経叢が蠢《うごめ》いていたのである。

優に一〇〇はあろうか。おびただしい数であった。白い神経塊は工場の中で、まるで酒まんじゅうのように敷き詰められている。それらが時々、びくりと体軀を震わせる。あまりにも異様な光景である。

と、その時、遠巻きにがらがらと音が聞こえた。

工場の門を開ける音だった。

人が来るのを察知したニウーレスキは、大型機械の裏側に身を隠し、様子を窺うことにした。

ほどなくしてやって来たのは、先ほど出ていった工員二人と、あと五、六人の、薄汚れた身なりの中年だった。

(どこかの放蕩者か?)

みな結構な年嵩《としかさ》で、痩せているか弛《たる》んでいるかという体型の、見るからに仕事のなさそうな男達だ。

男の一人が、

「本当に簡単な仕事なんだろうね」

と、聞いた。

「そうさ。これより簡単な仕事は、まずないよ」

工員が答えた。

放蕩者らしい中年達は、卑屈な顔で笑いあっている。

「じゃあ、さっさと片付けちまおう」

工員の一人がそう言うと、壁際に置いてあった、黒い円筒状の道具を手に取った。中年達にそれを向ける。

かちり、と音がして、円筒の先から細いものが飛び出した。針のような弾は、一人の中年の腹に刺さった。

「あ……」

理解が及ばぬうちに、次々と針が飛んで、全員に一発ずつ突き刺さる。

突然、中年の腹がぼこんと膨れた。それが再びしぼんだかと思うと、背中、尻と、各所が水ぶくれのようになり、あれよあれよと言ううちに、変質が全身へと及んだ。

変質が進行すると、腕や足などの特出部が体組織に埋もれていき、全体が丸っこい、球のようなアウトラインになっていく。

十を数える頃には、先ほどまで中年だったものが、服を着た「丸」になっていた。

工員が針を打った道具を置いて、その丸へと近づいていく。

服を無造作に剝ぎ取る。

中から現れたのは、件の有機神経叢であった。

「運ぶぞ」

工員が二人がかりで有機神経叢を運び、鉄扉の奥へと詰め込んでいった。六つの神経叢が運び込まれ、再び鉄扉が閉じられる。

一人が汗を拭いながら、

「いったいぜんたい、何なんだろうなこりゃ。気味の悪い……」

と、いった。もう一人が答える。

「詮索はやめておけ。俺達は命じられた事を、だまってこなしていればいいのさ」

「そりゃま、そうだが……」

「余計なことをすれば、いつこれの仲間入りをさせられるかもわからん」

「ああ、いやだいやだ」

「さ、早く衣を替えて、店に戻ろう」

工員の男達が、工場の休憩部屋に引っ込んでいく。その隙を見て、ニウ‐レスキは廃工場を後にした。

町への帰路で、頭を回す。

（たしか、店、と言ったな……）

6

町区の裏手に、酒を提供する店があった。安かろう悪かろうの低品酒ばかりだが、放蕩者の財布にはちょうどよい。

カウンターで、ニウ‐レスキが杯を傾けている。

すっ、と隣に人が座った。

全身をすっぽりと覆えるマントをかぶり、頭までも布で隠れていて、人相は窺い知れない。全体に薄汚れていて、明らかに下層の人間という風体であった。

この男は、ニウ-レスキが小間使いにしている者である。

「この工場を探ってほしい」

メモをカウンターに差し出す。先ほど潜伏した廃工場の位置が走り書きされている。

小間使いの男は返事もせずに、メモを素早く取って、マントの中にしまった。

男は一杯の酒も頼まずに、店を出ていった。無口な男だった。入ってきてから出るまでの間、ただの一言すらも発さなかった。

それから四二時間後、同じ店の同じ席で、二人はまた落ち合った。

マントの男は、やはり酒も頼まず、ニウ-レスキに耳打ちした。音にもならぬ小声で、探りの結果を伝える。

ニウ-レスキは眉根を寄せて、呟いた。

「オーバーフロントショップか……」

7

オーバーフロントショップは、町の商業者の中でも、大店《おおだな》の一つである。

都市の商売は精油業、加工業、輸送業など多岐に亘る。大店になるとそれらを並行して扱うことになり、いうなれば、

「総合商社」の風を見せる。

それほどの規模の商社は四、五あるが、オーバーフロントショップは中でも新進気鋭の、上り調子の商社であった。

「越える」「前進する」の意を持つ社名は、野心的な社風をそのまま表している。技術開発への資金投資も活発で、ゆくゆくは階層を隔てる超構造体《メガストラクチャー》を掘削し、別階層までも進出しようと公言するような、意気揚々の商業者なのである。

反面、既得権益のはびこる商業界で、比較的新しい業者であるオーバーフロントショップが伸びているのを見て、

「あれはきっと悪い会社である……」

と、噂する者も多い。

有力な役人と裏のパイプがあるのだろうとも言われる。

ニウーレスキはオーバーフロントショップの代表者・アロゲートの顔を一度だけ見たことがある。一見すると狸《たぬき》のような面相であったが、愛嬌者というよりか、

「腹に魂胆のありそうな化け狸」

に見えた。

とはいえ、そういった役所談合は多かれ少なかれ、どの商社でもやっている。オーバーフロントショップだけが取り立てて糾弾されることではない。

問題があるとするならば、さらなる悪事に手を染めていた場合であろう。

はなしはもどり……。

小間使いの男が探ってきたのは、あの廃工場の権利者が、オーバーフロントショップであるという話であった。

大店であるから、工場は幾つも持っているし、すでに遺棄されたものも多い。そのうちの一つであろうと思われた。

(オーバーフロントショップが、居なくなっても気にされぬような放蕩者を集め、有機神経叢に変質させて、秘密裏に貯め込んでいる)

と、ここまで突き止めたが、

(なんのために?)

それが、わからない。

ここまでの調べで、有機神経叢が熱反応性であることがわかっている。火にでも放り込むと、その熱を受けて活発な電位変化を起こし、神経反射運動を繰り返す。

最初にニウーレスキは、熱源からの発電機構にでも利用するのかと考えた。だが神経電位は所詮微弱であり、とてもではないが電力として利用できるような変換効率ではない。

あの有機神経叢の使い道が読めぬ。

事の全容を知るためには、いま少し情報を集める必要があった。

ニウーレスキは再び小間使いを走らせ、オーバーフロントショップの周辺を探らせることにした。

無口な小間使いは、やはり一言も発さぬまま、そそくさと店を後にした。

8

三織の詰所は空いていた。

対火機構の詰所は全部で九つあるが、そのどれも、普段から人員が待機しているわけではなかった。火災が発生していない平時はそれぞれの「本職」に従事している。消火活動は肉体労働でもあるため、建築業の者などが大半である。

この時も、人はほとんど出払っていて、詰所にいたのは夫人ライノと、いまだ言葉の戻らぬ男児だけであった。

部屋の片隅で、幼子は心無い目のまま、宙空を見つめている。

ライノは庭先で洗濯物を干しながら、室内の子を淋しげな眼差しで見つめていた。

（ああなってしまったのは、親の変質を目の当たりにしたから……）

まだ五、六の歳の子供に、それはどれほど辛いことであったろうか。

ライノとゴゴの間には子がいない。親と子の情縁というものは想像するしかない。それでも、残された男児のあんまりな様を見ていると、ただ哀れでならなかった。

「よくなってきたら、スペーサー回しでもして遊ぼうか」

洗濯物を吊り紐にかけながら、努めて明るく話しかける。スペーサー回しとは、都市構造の余り部品を拾ってきてバランス良く転がすだけの、子供の遊びである。

「まだ坊やには難しいかもしれないけどね」

返事がなくとも、ライノは気にせず話した。

すべての着物を干し終わって、振り返ると、部屋にいたはずの男児が、いつのまにか見えなくなっていた。

「坊や？」

ライノはあせり、詰所の中を探した。どの部屋にもいない。

ならば外かと、詰所の裏手に回った。

建物の裏には消火活動の道具など、危ないものがいくつか置いてある。子供が不用意に触れては大変なことになる。

裏まで走り来たライノは、まさに血の気が引く思いとなった。

町の多くの建物には、燃料をエネルギーに換えるための発動機が付随しており、それを回す油タンクが備えられている。織の詰所は大所帯であるため、油タンクも大容量で、丈は三メートルにも及ぶ。発動機もタンクも、運転中はかなりの高温となる。

はたして男児は、油タンクの上に登っていた。備え付けの梯子を上ったのだろう。タンクのへりに立ち尽くし、どろどろの油面を見下ろしている。

今にも、中に飛び込もうというところである。

転瞬、ライノは矢のように飛び出していた。何も考えられぬまま、梯子を駆け上がり、男児に飛びついた。

男児を抱えるような形になり、そのまま機器の上に落ちて、

「あっ……」

苦悶の声が上がった。そこからごろんと地面に落ちて、ようやっと動きが止まった。

男児はそこで目を開いて、何が起こったのかを知った。

ライノは発動機の上に落ち、高温の鉄板に触れてしまっていたのであった。

左の腕が、手首から上腕にかけて真っ赤に爛《ただ》れている。大やけどだった。激痛が襲っていたはずである。

けれどライノは、幼子に向けて無理矢理に顔を作り、微笑んでみせた。

「なんとも、ない？」

それが幼子の神経混雑にどう影響したのかは、誰にもわからぬ。

けれども男児の目には、みる間のうちに、意識の光が戻っていった。

男児は赤子のような泣き声を上げて、ライノにすがりついた。

ライノもまた、火傷の痛みに堪えながら、幼子を力いっぱい抱きしめ返した。

9

四時間後。

詰所にゴゴが戻った頃には、男児は大分落ち着きを取り戻し、まともに口が利けるまでになっていた。

男児の名は、タロといった。

それからゴゴとライノは、タロの身に起こった一部始終を聞いたのである。

遡ること一二〇時間前……。

タロは両親とともに、重油川の河川敷へ遊びにでかけた。

その道すがら、廃工場区を通っていた時のことである。潰れた工場の中から、なにやら騒がしい、悲鳴のような声が聞こえてきたという。

不審に思ったタロの両親は、廃工場の外壁に手をかけて、塀の上から中を覗き込んだ。するとどうも中の者にそれを見咎められたらしく、怒声が上がった。

次の瞬間には、両親が塀から落ちてきた。見れば二人とも、眉間《みけん》に針のような物が突き刺さっていて、その後すぐに身体が変質して、あの白い神経塊となってしまった、というのである。

工場の中から人の来る音が聞こえたので、タロは必死で物陰に身を隠し、息を潜めた。塀を覗かなかったのが幸いして、子供がいたとは気づかれなかったらしい。

中からは十数人の人間が出てきて、なにやら相談してから、神経叢となった両親をどこかへ運んでしまった。残った人間たちも散り散りになって去っていったという。

「その連中、親御さんを油干潟に捨てたな」

ゴゴが神妙な顔でいった。

「川の潮にまかせて流してしまうつもりだったんだろう」

「それが満潮になる前に、見つかったってわけ……」

とライノ。

「いったい何なんだそいつらは……。おい、タロ。もっと詳しく教えるんだ。人相やら、風体やらを」

「工場の人……と……」

タロの言葉は辿々しい。まだ幼い子供である。

「あと……身なりが綺麗な、おじさん達が」

「綺麗といったって色々だが……。もっと、特徴がわかるようなことは」

上手く説明できずにタロが口籠る。

そこへ、ニウ-レスキが入ってきた。

「その相手、心当たりがある」

「なんだって？」

「坊。この写真の中に、その場に居た者の姿はあるか」

ニウ-レスキは一枚の写真を取り出してみせた。集合写真で、正装の中年がずらりと並んでいる。都市経済団体の、食事会の一枚であった。

タロはその写真を見て「あっ」となり、それから怯えた顔を見せる。

指が恐る恐る、手前の男を指した。

「やはりな……」

ニウ-レスキが頷いた。指されたのは、狸顔の男である。

「オーバーフロントショップの代表者、アロゲートだ。今回の件、裏で糸を引いているらしい」

「オーバーフロントショップだと……」

ゴゴが顔を顰《しか》める。誰もが知っているような大店である。

「ニウ-レスキよ、そいつがタロの両親を、あんな風にしたというのか」

「間違いないだろう……」

と、そこでニウ-レスキが気づいた。

タロの指が、震えながら動き、別の男を指し示す。

「この人、も……」

「なんだって?」

　ニウーレスキ達が目を瞠《みは》った。

　タロが指差した、写真のど真ん中に映っている男は、都市の財政を一手に束ねるような、要職の役人なのである。

　計数執行役《けいすうしっこうやく》、ビトゥイ・プラテク。

「計数執行役が、現場にいただと」

　ゴゴが驚いて聞き返した。だがタロは、歯を鳴らして、がたがたと震え始める。

　尋常ではない怯えようである。

「どうした?」

「落ち着いて、話してみろ」

　とニウーレスキ。

　タロは写真から目を背けるようにして、震える声でいった。

「みんな、いなくなった後で……その二人が残ってて……」

「うん」

「そしたら……」

「言ってみろ」

「あの……二人が、首の辺を触ったら……なんだかぶよぶよとしてさ……そしたら、顔が剝がれて、お化けが出てきたよ……」

「なんだって……？」

10

【計数舎】は公的組合の一つであり、町全体の財政と、備品や食料などの出入りを司《つかさど》る。見習いから計数長までを数えると一三〇人を超える大所帯で、町の要職であり、花形と言ってよい。

それらを束ねる長が【計数執行役】である。その権力は絶大で、指先の動き一つで町の方々にまで力を及ぼしている。

現在の計数執行役ビトゥイ・プラテクは、計数長の時代から、

「ただものではない」

と囃《はや》された人物であった。

仕事のきれは抜群のもので、ビトゥイが計数長の任に就いている間に、町の生産性は八パーセントもの成長を果たしている。

しかしそのやり口は辛辣であり、赤字事業は多少の反対があろうともばっさりと切って捨てた。結果、生活を失う者も多く、人間味のない仕事ぶりは冷血だ没義道だと揶揄されていた。

かと思えば、妙に信心深いのか、接続者支援箱の保存事業に予算を付けたりもした。

ビトゥイの自宅は市街区の一角にかなりの体積を構える建築構造だが、その構造内にも古い接続者支援箱があり、祠飾りなどを綺麗に整えて、祀《まつ》り上げているという。

そのような男が、

(オーバーフロントショップの代表と共に、現場にいた)

それだけならまだしも、

(顔が剝がれた)

という。

タロの話を聞き終えたゴゴは、岩のような額に皺を寄せた。

「わけがわからん」

「うん……」

ニウーレスキも、思いにふけっている。それから口を開き、

「計数執行役のビトゥイ・プラテクが、オーバーフロントショップとつるんでいる」

「しかも、そいつらがお化けだと？」

「まさしく」

「信じるのか。子供の言うことだぞ」

「子供だからこそ、嘘は言わないものだ」

「それはそうだが……しかしお化けが人間を神経叢に変えているなんて、にわかには信じら

れん。それじゃあ本当にたたりだ」

「そのお化け……思い当たるふしがある」

「なんだと？」

「まずは確かめねばならん。ゴゴさん、ちょっと手伝ってくれ」

数時間後。

ニウ-レスキとゴゴはボートに乗り、川向うの区画に渡って、ウラベの住居を訪ねた。

家の玄関口に、タロの両親が変質した有機神経叢が放置されている。

ニウ-レスキが懐から、片手に収まる大きさの機器を取り出した。何本かのコードを伸ばして、端を神経叢に貼り付ける。

隣のゴゴが不思議そうな顔で、

「それはなんだ」

「増幅器と、電位計。それから分析機だ」

「聞いてもわからんな。専門外の機器だ」

「いいよ。それよりゴゴさん、火を頼む」

言われてゴゴも、自前の道具を取り出した。墨色の紙、可燃材、マグネシウムファイアスターターだ。

ファイアスターターを打ち付けると、火花が散り、黒紙に乗って赤く焼けた。そこに可燃材を添えて、小さな火を焚き付ける。

「よし、そいつを近づけてくれ」

「神経叢にか」

「そうだ。触れさせなくてもいい。際《きわ》まで」

意味がわからぬまま、ゴゴは火を神経叢へと近づけた。

すると、ニウ-レスキが付けた電位計に反応が現れた。神経叢そのものも、びくびくと震えている。

ゴゴがさらに近づける。ニウ-レスキは電位計の針と、分析機の測定結果を交互に眺めた。

「よし、もういい」

「何かわかったのか」

「ああ、わかった」

ニウ-レスキが神妙な顔になり、

「連中の正体と、この企みの青写真、すべてがな」

「おい、本当か、ニウ-レスキ」

「ゴゴさん。どうやら三織の力を借りることになりそうだ」

ニウ-レスキは、ゴゴの手から火を受け取り、「ふっ」と吹きかけて消した。

11

町の生活環は、三交代制で回っている。A分・B分・C分が、それぞれに七時間ずつあり、合わせて二一時間を一単位として、暦を進める仕組みだ。職種毎《ごと》に、労働時間が三分のどれかに配される。その配分割合は偏っており、A分が三八パーセント、B分が五三パーセント、C分が九パーセントとなっている。すなわちC分には、ほとんど全ての住民が労働から離れていることになる。厳密な決まり事になっているわけではないが、C分では多くの者が自宅に戻り、休息を取る時間に当てているのであった。

時まさに、そのC分である。

最も人口の多い、町の中心区画。その中でも横柄に幅を取る、大体積の住居構造部がある。計数執行役ビトゥイ・プラテクの邸宅であった。

その邸宅へと向かう通路に、行列ができている。

数十名の行列は、皆工員の姿をしている。

工員達は二人が一組になって、一台のコンテナを運んでいた。C分であるため、路には人影もなく、工員の列だけがベルトコンベアのように黙々と荷物を運搬している。

列は、ビトゥイ邸の裏口に、吸い込まれるように次々と入っていった。

ビトゥイの邸宅は、いわゆる「豪邸」である。

住居構造の内部は広く、上下の十数階にもわたって沢山の部屋があり、また下層部には何階分かを合わせたほどの大空間も存在する。そこは邸宅において、いわゆる「中庭」のような役割を果たしていた。

縦横一〇〇メートル、高さ二五メートルほどの、開けた空間であった。四方を覆う壁面はフラットで、五、六階ほどの高さに邸宅外部と通じる窓開口が並んでいる。

その中庭に、多数の工員がうろつく姿が見える。

外から入ってきた工員達が、コンテナを降ろし、ロックを外した。展開するように容れ物が開くと、中からあの有機神経叢が顔を出した。

神経叢は一箱から一つずつ現れて、中庭の端から順に置かれていく。工員は空になったコンテナを回収して、再び庭を出て行く。

それが繰り返され、最後には一〇〇を超える有機神経叢が、中庭の床一面に並べられた。

一〇〇の塊は、縦列でなく円列に、同心円を描くように配置されている。

運び込みの作業が終わると、続いて工員は、何やらコードのようなものを持ってきた。数本のコードの片側を有機神経叢に差し入れ、そのまま引き伸ばしていく。

そうした一連の作業を眺める者たちがいた。

中庭に面した一部屋である。

部屋の中に、足の低いテーブルがあった。卓上にはカロリーが圧縮された高品質の食料品が、食べきれないほど並べられていた。

卓を挟むようにして座る、二人の人間が見られる。

一人は狸のような面相の男であった。オーバーフロントショップ代表、アロゲートである。そしてもう一方は、卵のような頭の中年であった。形なりにこそ愛嬌があったが、ただ人ならぬ目つきには、和やかさの欠片《かけら》もない。

邸宅の主《あるじ》、計数執行役ビトゥイ・プラテクである。

「ラ、フフ」

ビトゥイが漏らした。不気味な笑いであった。

「いよいよ、であるな」

「ええ、ええ。ついに」

とアロゲートが答え、向精神性リキッドの入った三角錐を差し出す。ビトゥイは重金属の吸着容器を三角錐の頂点、外ロ部に当てた。

リキッドが三角錐から吸着容器に移る。ビトゥイはそれを一息で吸い尽くした。

アロゲートが三角錐を置いて、

「通りしなの夫婦に見られた時は、多少焦りましたが……」

と呟く。

「始末はついたのであろう」

「ええ。夫婦は潮目に流されました」

「確認はしたか」

「油潮が引いてのちに、跡形もないことを見届けましたので、間違いなく……」

「うむ……これで憂いはない。我らが大願、無事に達成できよう……ラ、フフ……」

そこで、作業をしていた工員の班長が寄ってきて、一段低い庭部から部屋へと声をかけた。

「ビトゥイ様、搬入と接続が完了しました」

聞いて、ビトゥイが吸着容器を卓に置き、腰を上げた。

その腰に、持ち手の付いた黒く長いなたが、二本装着されている。

「人払いをしろ。作業員を中庭から出し、邸宅の外縁に配するのだ。出入りを厳しく監視しろ。油一滴入れてはならん」

「はっ」

班長が手早く動き、作業員に指示を回した。

それから一〇分の間に人が払われ、庭部空間内にビトゥイとアロゲートのみが残された。

二人が部屋から庭部へと降り立ち、注意深く辺りを見回す。

誰もいないことを確認した後に、片手を額に、もう片手を首に当てた。

「ぶしゅう」

と、空気が漏れた。

顎と首の間に、奇妙な隙間が開く。

すぐに、二人の顔がめりめりと前に出て、急に柔らかくなって、今度はくたくたと折れて、萎《しぼ》んだ。

偽装、である。

ビトゥイとアロゲートは特殊な道具を用いて、

「人間の顔」

を被っていたのだ。

人間に化けていたとなれば、当然中から出てくるのは、人以外のものであろう。

一見では、人に見えなくもなかった。

ただその肌の質感は、肉のそれとは明らかに違った。硬質の表面に、歌舞伎化粧のような黒い線が幾本も引かれている。頭蓋部には、使途のわからない円孔が四個ほど開いていた。光のない眼が、静かに前を見ていた。

珪素《けいそ》生物、なのである。

炭素基ではなく、珪素基を構成主体とする珪素生物は、人間とは別の種族である。人類と異なる種族目的と価値基準を有し、独自の社会を築いている。

珪素生物が人間社会と交わることは、非常に低い確率の出来事だと言っていい。

しかし、広大な都市構造の変遷の中では、珪素生物の生き方もまた多様に分岐していく。果てしない歳月の中で、人の中に紛れて生きる珪素生物が生まれないとも言い切れぬ……。

二人の珪素生物、ビトゥイ・プラテクとアロゲートは、ある目的の遂行のために階層の人類集落へ溶け込むことを選択した。

階層には珪素生物の数が非常に少ない。反面、人間は重油の川を利用した町の発展と共に、人口をますます増やしている。

ならば人の力と、人の材料を用いるのが、目的達成への最短路だと判断したのであった。

なれば、その目的とは……。

「アロゲートよ、油をもて」

「御意」

アロゲートは、事前に用意してあった精製油のタンクを両手で持ち上げた。

ノズルを引き出し、タンクを傾ける。とぷとぷと油が流れ出た。そのまま庭部をぐるりと一回りして、精製油を床の隅々に撒き広げていった。

ほどなく床一面が油で覆われた。その上に一〇〇の有機神経叢が、円状にぐるりと並ぶ。

全ての有機神経叢からコードが生えている。

そのコードのすべてが、円の中央に向かって伸びていき、最後には円の中心にある、古びた箱に繋がっている。

接続者支援箱である。

油を撒き終わったアロゲートが、接続者支援箱に近づいた。なにやらカバーを開けてインターフェイスに触れる。

すると、支援箱のすじぼりに、電力の光が走った。

なんとこの接続者支援箱は、

「活きている」

のである。

階層には数多くの接続者支援箱が存在しているが、重油の流入以来、ほぼ全てが機能を停止していた。

しかし稀に、いまもってハードウェアが機能し、かつ回線が生存している、「活きた」箱が存在した。ビトゥイ邸の中庭空間の支援箱が、まさにそれだ。

より正確に付け加えるならば、事実は逆であった。活きている支援箱を発見したからこそ、ビトゥイは大枚《たいまい》を叩《はた》いて、建築構造の権利を一も二もなく買い取ったのであった。

中庭の接続者支援箱はいまだに機能を有し、回線を保持している。

つまりこの箱は、

「ネットスフィアに繋がっている」

わけである。

続いてアロゲートが、支援箱背部のカバーを開けて、一本の太いコードを引き出す。

太いコードが引かれるがままに伸びた。アロゲートはそれを持ちながら、元の場所まで戻ってきて、コードをビトゥイに手渡す。

ビトゥイはコードの先端を引き、自らの首の後ろの接続子へと差し込むと、

「全ての手はずが整った」

万感の想いを込めて、言った。

この有線接続により、ビトゥイは接続者支援箱の回線を通じて、ネットワークにアクセスできる。

しかし今さら説明するまでもなく、ネット端末遺伝子を持たぬ者によるネットスフィアへの接続は認められていない。

不正アクセスは即座に遮断され、さらには防御機構の発動を促し、セーフガードが直ちに発生することになる。それは珪素生物にも自明であった。

だからこそ、ビトゥイとアロゲートは一計を案じた。

「はじめよ、アロゲート」

「はっ」

アロゲートが懐から、指二本に収まるほどの小さな道具を取り出した。

「かちり」と押すと、先端から青白い炎が、五センチほどの丈で噴き出し続ける。珪素生物の技術で作られた、独自機構の着火装置である。

その道具が、ひょいと放られた。

油の上に落ちるのだから、当然、火が上がる。

火は炎となり、床一面の精製油を伝って、瞬く間に庭部一面を火の海に変えた。

すると、その熱に反応して、配置された有機神経叢が反応を始めた。

びくり、びくり、という神経反射の拍動が誘発され、熱されるごとに次第に早まっていく。

数十秒のうちに、全ての神経叢が激しく震え始めた。

神経叢の反応とは、すなわち神経の電位反応である。

神経叢内部で作られた電位パルスは、接続されたコードを伝い、中庭の中央に収束していく。

一〇〇を超える神経叢が生みだした信号の業火は、まさに燎原《りょうげん》の火の勢いで、接続者支援箱へと流れ込んだ。

〇

乾風の草っ原があった。

予備電子界は静かであった。ネットスフィアへと接続する者が必ず通ることになる電子空間には、無限のごとき空と、短い枯れ野原だけが佇《たたず》んでいる。

そこに突然、小さな火種が沸いた。

ほんの火の粉一粒だけの、火種と呼ぶにはおこがましいような粒子であった。

小ささと、無為さ。

それが肝要なのである……。

ネット端末遺伝子を持たない人間によるネットスフィアへの接続は、どのような方法であっても、セーフガードを発動させる。

だがそれはあくまで、

「接続」

についての話である。

接続とは、接続に足るだけの情報を有するアクセスに他ならない。接続を感知した防御機構は、それに対応して動き出す。

だがもし、接続にもならぬような、ただ一ビットだけの電子パルスが流れたなら、どうであろうか……。

そのような自然発生的電流は、ハードウェア上にいくらでも存在する。フィラメントの絶縁体が剝がれた箇所に静電気でも起これば、それだけでパルスは流れてしまう。その度にセーフガードが発動しているようでは、防御機構がまともに機能しているとは言い難い。

セーフガードは、正当につけ不正につけ、

「最低限の有意的アクセスである」

と、判断を下してから発生するのである。

珪素生物ビトゥイ・プラテクは、そこに目を付けた。

極小の火の粉が一粒、宙を舞う。これこそが単純信号の具象である。火の粉が降り落ち、草原に落下した。しかしこの情けない火種では、とてもではないが枯れ草一本すら燃やせぬ。

そこに二粒目の火の粉が降り落ちる。

三粒……。

四粒……。

十……。

百……。

千……。

気がつけば、辺り一面に火事場が如く無数の火の粉が舞い飛んでいた。単純信号の嵐が広大な予備電子界を覆っていく。

しかし、セーフガードは一向に現れない。

これほどの信号が流れ込みながら、セーフガードの発生診断にひっかかっていないがために、防御機構は沈黙しているのである。

ついぞ、一本の枯れ草に火が灯った。そこからは早かった。見る間に紅蓮《ぐれん》の炎が燃え盛り、草っ原を果てまで覆い尽くした。

予備電子界のネットワークが、

「炎上」

したのである。

○

「そうだ、燃えろ、燃え上がるがいい」

ビトゥイが熱のこもった声を上げた。

ネットスフィアへの攻撃は、計画通りに進んでいた。有機神経叢が産み出す脊髄反射の不正信号が、セーフガードの発生を躱《かわ》しながら、予備電子界の機能を低下させている。

このサービス妨害攻撃によって、もうじき予備電子界に、脆弱箇所が生まれる。

そこを突き、不正にネットスフィアへとアクセスするというのが、ビトゥイとアロゲートの描いた画《え》なのであった。

「アロゲートよ、状況はどうだ」

「ネットワークの機能が六八パーセントまで低下しております。五〇パーセントを割り込めば、アクセスが可能となりましょう」

「うむ、うむ……」

ビトゥイは興奮を隠さず、燃え上がる有機神経叢の群れを見渡した。

表面が焼け焦げ始めている。生物構造である以上、熱には弱い。

(焼ければいい。燃え尽きる前にネットスフィアへ風穴を開けてくれさえすればそれでいい……)

「五五パーセント……五四パーセント……」

アロゲートがカウントを始めた。

ビトゥイ・プラテクは接続に向けて、精神を整えた。

ネットスフィアへの入口が、とうとう開く。

まさに、その時のことである。

アロゲートが計測機械から顔を上げた。

「何やら声が……」

中庭の壁方を見遣る。壁の向こうから、騒がしい声がする。それはこの階層に暮らす者ならば、聞き慣れた音であった。

合わせて、空気の振動が感じられた。

イイィィン、イイィィン。

叫びと共に、中庭空間の窓開口から、男達が飛び込んできた。

「火事だぁ！」

「な……」

ビトゥイが驚いて後ずさった。アロゲートが慌てて、ビトゥイに偽装マスクを渡す。二人はすぐさま顔を覆った。市井《しせい》の者に正体を知られるわけにはいかない。

窓開口部より、布マスクの男達がどんどん入り込んでくる。十数メートルの高さをものともせず、ロープや梯子のような道具を使って、次々に中庭へと飛び降りる。

幾何学模様の上着の背には「三」の御印があった。

対火機構 - 三織である。

「火がでかいぞ！」

声を上げたのは、織長ゴゴだ。

「竜気噴《りゅうきふん》を使え！」

織員達が火に向かい、背負ったタンクから伸びるホースを向けた。特製の気体が猛烈な勢いで噴きかけられる。窒素富化されたガスは対象周囲の酸素濃度を一二パーセントまで下げ、燃焼反応の継続を困難とする。

中庭の各所で三織の消火活動が展開された。

炎の勢いが見る間に失われていく。

それとともに、有機神経叢は反応が鎮まっていく。熱源を失い、神経反射反応が減退したのである。

「ああ、あ……」

アロゲートがうめいた。計測装置の数値が次第に増えていく。攻撃中のネットワークが、機能を取り戻し始めているのだった。

「貴様らっ、何をするか！」

ビトゥイが、たまらず怒気を放った。

「ここが計数執行役ビトゥイ・プラテクの権利領域だと知っての蛮行か！」

「黙れ、珪素生物よ」

別の声が言った。

ビトゥイが振り向くと、闇から人影が浮いてきた。

まずマントで全身を覆った小間使いが現れ、そして精悍な体軀の青年がゆったりと歩み出る。

「貴様らの計画は、全て認識済だ」

ニウ＝レスキは、ビトゥイとアロゲートを睨みつけて言った。

「何をぬかす……どこの放蕩者だ」

「計数執行役ビトゥイ・プラテク。いいや、その皮をかぶった珪素生物よ。有機神経叢を用いたサービス妨害と、それに乗じての不正接続の企み、その有意が、この場において正式に確認されたのだ」

「こ、こやつ……」

と、アロゲートが狼狽する。

ビトゥイ・プラテクは、冷たい目になり、腰の長なたを手に取った。

人差し指で持ち手のボタンを押すと、なたの刃の部分が一瞬歪んで見えた。刃から、音とも震えともつかぬ、奇妙な「気」が発せられている。

「何者かは知らぬが、捨て置けぬ」

長なたがブゥン、と、宙空で一振りされた。

すると空間を真っ二つに割るような、板状の巨大なエネルギーが、ニウーレスキの真上から降り注いできた。

エネルギーはそのまま床面に突き刺さり、床には一直線の、底の見えぬ巨大なクレバスが刻みこまれる。

が、しかし……。

ニウーレスキの立っている場所だけは、無傷で残っていた。

なたから放たれたエネルギーは、ニウーレスキの周囲でのみ、綺麗に打ち消されてしまっている。

「なんだと……？」

「ビトゥイ・プラテク」

ニウ゠レスキがいった。声が変わっていた。

妙に甲高い、女子《おなご》のような声だった。

「光学観測用識別シンボルを認識できているか？」

聞かれてビトゥイが、はっとした。

いつのまにかニウ゠レスキの額に、黒い線が浮かびあがっている。

縦に一本、横に二本。

ビトゥイが驚愕の表情になると同時に、床面を電束が疾走《はし》った。接続者支援箱から放たれた雷光が、中庭空間の中を駆け巡る。

すると、ニウ゠レスキの足元の床が半球形にへこんだ。次にぶくぶくと沸騰するように盛り上がり、最後に巻き上がった。

合わせてニウ゠レスキの身体が膨れ上がり、拡散した。巻き上がった床とニウ゠レスキの構成素材が混ざり合い、変質して、新たな形状に再構成されていく。

女、であった。

金属質とも軟質ともつかない黒い素材が寄り集まって、細身の女のような形になっていった。くびれた腰の上下に、尻と胸らしい膨らみが見える。

ただし片方の腕だけが、女のそれではない。右の腕《かいな》の肘から先が、まるで漆塗りの刀箱のような、黒い直方体になっている。

真白い細面は、浄瑠璃の人形のようにも見えた。額には先程のマークがはっきりと浮いている。

縦一本のラインを、横二本のラインで挟んだ、恐怖の紋。

ビトゥイ・プラテクが、叫んだ。

「セーフガード!!」

「じょ、上位駆除系!」

とアロゲート。

「馬鹿なっ、なぜセーフガードがここにっ」

後ろに付き従っていた小間使いの男が、自身のマントを引き裂き、白い姿を露《あら》わにした。

無口な男の正体は、やはり駆除系のセーフガードである。

先ほどまでニウーレスキであった上位のセーフガードが、抑揚もなく、

「我々セーフガードは排除する。ネット端末遺伝子を持たない不法居住者を」

と、宣告する。

それはセーフガードの職分であり、存在理由である。

「く、ぐ……」

全ての悪事が露見したビトゥイ・プラテクは歯噛みし、

「ええいっ、こんなところにセーフガードがいるはずもない！　偽物だ！」

と叫んで、長なたを正眼に構えた。

隣のアロゲートも、隠し持っていた同型の武器を繰り出す。

「斬れ！　斬れえっ！」

ビトゥイが頭上に長なたを振りかぶった。

転瞬、ビトゥイの腹が丸く消えた。振りかぶった姿勢のままの上半身が、立ち尽くす下半身の上に落ちてくる。同時に、背後の住居建築が爆散する。

上位セーフガードの右腕から放たれた、放射線の一閃であった。

この腕に据え付けられた黒塗りの直方体こそが、構造体下に名高い、

「第一種臨界不測兵器」

なのである。

すぐさま二の矢が放たれた。アロゲートが丸ごと消え、建築が再び爆発した。放射線がビトゥイ邸を貫き、長い直線状の風穴を開ける。

次いでセーフガードは九〇度に向き、三射を中庭空間の外壁方向へと放った。壁が弾けて、外を守っていた数十人の工員達が、蚤《のみ》か何かのように宙を舞った。

「あれは……」

消火に当たっていたゴゴが、目を白黒させて様子を見ている。

「おい、お前」

第四射が放たれた。ゴゴは消えた。直線上にいた三織の織員が根こそぎ消えた。有機神経叢の大半も消えた。中庭が溶けて弾けた。

セーフガードは周辺の構造をスキャンし、狙いを定めて五射目を放った。放射線は都市を数十キロメートルにわたって貫き、その途中で三織の詰所を通過した。ライノとタロは消えた。

六射でコッパーウィスカの店が消えた。

七射で老婆の住む集落が消えた。

それぞれの射出毎に、直線上に存在する、無数の不法居住者が消滅していった。

結局、最後まで数えれば……。

合わせて一七一射が、あらゆる方向に、手あたり次第に放たれたのであった。


あたたかい陽気である。

気温は一四〇度ほどであった。

階層を流れていた重油の川は、すでに失われている。破壊と燃焼で川は燃え尽き、流出源も瓦礫の山にうずもれてしまった。

燃焼ガスが充満した都市構造の中に、もはや生命の姿はない。不法居住者も、珪素生物も、ネットワークに仇《あだ》なす不忠者は、根こそぎ消失していた。

ほとんどの構造物が崩れ去って、階層の果てまで拓けた平盤に、女のセーフガードの姿を見出すことができる。

心無い眼球が、暗い宙空を見上げている。

自らの職分を遂げたセーフガードが、

（ネットスフィアの正規接続者に幸多かれ）

と、祈っていたのか……。

おだやかな階層に、酢酸ベンジルの臭気がただよっていた。

■著者の言葉

好きな女性のタイプのセーフガードはサナカンさんです。

堕天の塔
西島伝法

統治局の命令で月の発掘に携わっていたホミサルガたちの運命を変えたのは「大いなる光」だった——以来、階層都市に穿《うが》たれた大陥穽を落下し続ける、塔の残骸に閉じ込められた者たちの物語。

西島伝法（とりしま・でんぽう）

1970年、大阪府生まれ。2011年、「皆勤の徒」で第2回創元SF短編賞を受賞してデビュー。2013年刊行の『皆勤の徒』で「ベストSF2013」国内篇で第1位、第34回日本SF大賞を受賞。『NOVA+ バベル 書き下ろし日本SFコレクション』『多々良島ふたたび ウルトラ怪獣アンソロジー』などのアンソロジーに参加。2017年現在〈SFマガジン〉にて「幻視百景」を連載中。

厚底の作業靴が、踏桟《ふみさん》に吸着しようとして哀しげな音を鳴らす。

二階分の高さのある、赤黒い光に滲んだ空間の中心を、ホミサルガは鉄梯子《てつばしご》で上っていた。朽葉色《くちばいろ》の発掘作業服姿で雑嚢《ざつのう》を背負い、腰には長い磁撃棒を下げている。しっかりつかんだ踏桟は、手袋をしていても冷たい。

床を蹴っていけばいいのに、と仲間に笑われたこともあるが、浮き渡りは苦手だった。

塞がれた窓の跡や、埃にまみれた横架材の前を通りすぎていく。背後からは、低音のうねりが途切れなく聞こえ続けていた。

〝とても暗い峡谷に設けられた、真っ直ぐに延びる幅広い階段だったよ。たぶん背高《せだか》い種族が使っていたんだろう、少々傾きが急すぎたけど、一歩一歩上っていったんだ〟

首に下げた緊急保存パックが、独り言を呟いている。掌《てのひら》に収まるほど小さな金属製の筐《きょう》体《たい》は、擦り傷だらけで所々が虹色に変色していた。

仰哨《ぎょうしょう》に就くときには、必ずモリをひとつ記録役の相棒として持たされる。

〝接地移動機を信奉していたのか、左右には把輪《はりん》を握る巨大像が何体も聳《そび》えていたよ〟

またこいつに当たるなんてついてない、とホミサルガは思う。ときおり憑《つ》かれたように代わり映えのしないくだらない話を垂れ流すのだ。

〝路地を通っていると、いつしか鬱蒼としたケーブルの密林に紛れ込んでしまってね。この部屋みたいに電磁的に毛羽立っていて、あちこちで火花を咲かせていたよ〟

六個あるモリはどれも、発掘現場の周辺で捕えた階賊《かいぞく》たちの船から見つかったものだった。人狩りをして頭部から抜き取り、高値で取引していたらしい。

〝ようやく密林から脱すると、煤《すす》にまみれたような黒い断崖絶壁が切り立っていて、そこに二十段ごとに折り返す、手摺りつきの具合のいい階段があったんだ。もちろん上ってみたよ〟

他のモリは物静かなのだが、これは人格の上書きを繰り返し過ぎたのだろう。よく見れば側面の端にあるMORIの刻印が手彫りのごとく拙《つたな》い。緊急保存パック自体が紛《まが》い物なのかもしれない。

〝千時間経ってもその折り返し階段を上り続けていたんだ。あんまり風景が変わらないものだから、ずっとじっとしていたような気がしてきて――〟

「もううんざり。独り言はいい加減にしてちょうだい」とホミサルガは堪りかねて言った。

〝独り言なんかじゃないよ。君に話しかけているというのに〟

炎を水に浸したような雑音が断続的に響きだし、部屋の赤味が増した。

振り向いたホミサルガは、赤黒くぼんやりとした光の放射に目を眇《すが》める。鈍く波打つ光条の中心に、何本もの絶縁綱で宙吊りになった補助電源生物の朧《おぼろ》げな輪郭が見えた。黒い斑の散らばる前後に長い兜形《かぶとがた》の頭部には、上下の瞼《まぶた》を閉ざした眼球の膨らみが幾つも横並びになっている。首の下には手足のない胴があり、継ぎ目なく伸びた長い尻尾がなまめかしくうねっている。表皮に光沢が目立つのは、起爆を防ぐために絶縁膜を塗布してあるからだ。堆積層の耐圧盤から発掘されたもので、今ではこの塔の電力を担っている。

発掘か――

ホミサルガはその言葉から虚しさを切り離せない。ここは第一発掘団の作業塔だったというのに。一体どれだけ遠く離れてしまったのだろう。

〝君が上っている梯子って、踏桟の間隔がちょうどよいね。とてもいい感じだよ〟

ホミサルガは答えず、再び梯子を上りだした。頭上に天井が近づいていた。

〝上るのに苦労した梯子の話はしてなかったよね。目を見張るほど広大な空間だったたな〟

封扉《ふうひ》の下で動きを止めると、胸に圧迫感を覚えて大きな吐息が漏れる。扉は鉄製で人の胸板ほども分厚いが、いびつに撓《たわ》んでおり、数カ所に腫れ物めいた隆起がある。

〝遥か上方に見える超構造体《メガストラクチャー》に向かって、雑多な配管の絡みあった長大な柱が、脊椎《せきつい》みたいにくねり伸びていたんだ〟

ホミサルガは額のゴーグルを目元に下ろし、襟巻きを鼻の頭までたくし上げると、扉を手の甲で叩いて合図を送った。

〝その柱から等間隔に突き出す踏桟を延々と上っていったわけだけど。さすがに怖かったよ〟

やや間があいてから、音が返ってくる。

扉は内側からしか開かない。幾つもの閂《かんぬき》を外して、両手でぶら下がる形で長い把手をつかみ、全体重をかける。崩れ落ちる唐突さで扉が開いて冷たい風の塊に顔面を打たれ、不穏な咆哮《ほうこう》に耳を弄《ろう》されモリの声が消える。ダツマーカが太腕を伸ばして引っ張りあげてくれ——全身を削《そ》がんばかりの空気の奔流に晒《さら》されて髪が逆巻く——ホミサルガの両足が床に吸いつき、姿勢が風圧に慣れるまで待ってから離してくれる。

そこは流れゆく世界だった。

屋上は正方形で三十度ばかり傾斜しており、その周囲を円筒状に取り囲む、鉱物結晶めいた巨大構造物群の薄暗い景色の全てが、途方もない力で搾り上げられるように天に向かって流れ去り続けていた。

いまもなおこの四角柱形の塔の残骸が、僅かに傾いたまま、階層都市連続体を一直線に穿《うが》つ長大な大陥穽《かんせい》を落下し続けているのだと否応もなく実感させられる。

「おつかれさま。ここはやっぱり寒いね」

ホミサルガが話すそばから、声は風にもぎ取られてしまう。予め整音耳あてをつけておけばよかったと思いながら、顔に張りつく襟巻きの生地を整える。

「どうしてかな。今回の仰哨はやけに長く感じたよ」ダツマーカが大声で話し、胸元のモリを小突く。「こいつが無口でつまらなかったせいかな」

〃わたくしの役目は――を研ぎ――〃ダツマーカのモリが話しだしたが、あまりよく聞こえない。〃あなたがたを楽しま――とではない〃

「こっちのと交換してくれない？」

ホミサルガが言うと、ダツマーカはゴーグルの奥の目尻に皺を寄せ、じゃ、と言って塔の中に下りていった。内側から封扉が閉ざされる。

これで安全圏から外に閉めだされた形になり、ホミサルガはいつもながら不安になる。その気持ちから目を逸らして身を屈め、作業靴のベルトをしっかりと留めなおす。

いまは谷間に差し掛かっているらしい。広大な壁面の縦横に夥《おびただ》しく並ぶ、窓なのか排水口なのかも判然としない暗い窩《あな》の数々が通り過ぎていく中、不意に都市から溢れ出した腸のごとき巨大配管のうねりが現れては消える。

幾度目の当たりにしても慣れず体が強張《こわば》るが、今回は大陥穽をなす階層都市構造物の垂直方向が塔と同期しているだけましだった。前回仰哨に就いた時は世界が九十度近く傾いた状態で流れており、酔ってしまって仰哨台の手摺りから離れられなかった。

緩やかに傾いた屋上の床面は真っ黒に焦げついていて、所々に抉《えぐ》られた跡が見える。周縁の四辺に繋がる壁は、それぞれ弐、弐、弐、四と数が振られ、方角代わりになっている。

ホミサルガは作業靴の底を分子間結合させながら、焦げた床の上を渡っていく。滑落防止用の機能が命綱代わりに役立っていた。塔の頂上部となった、弐と四の壁の合わせ目に向かい、単管パイプの骨組みを伝って、大陥穽に対して水平に築かれた仰哨台に立つ。

ここからは傾斜の深い二面の壁と屋上とを視野に入れながら、大陥穽をほぼ一望することができる。死角にあたる落下方向側には俯哨《ふしょう》がおり、未知の一点から尽きることなく溢れだしてくる階層都市世界の滝に対峙していることだろう。

ホミサルガは手摺りに雑嚢を掛けると、整音耳あてを取り出して両耳に被せた。大陥穽の唸りが低減され、〝上って、上って、上り続けていたんだよ――〟とモリの声がはっきりと聞こえてくる。

作業靴の吸いつきが少し弱い気がして、廃材を寄せ集めた台に靴底を擦りつける。その表面には退屈しのぎに描かれた雑多な落書きが重なり合っており――落書きの中に稚拙な三日月の絵を見つけ、ホミサルガの口が開いた。襟巻きのほつれた繊維が唇に触れる。

これ、きっとサグランダが描いたんだ。

ホミサルガは、弐の壁方向のずっと上方に目を向ける。落下しはじめた頃に夥しいほど浮かんでいた瓦礫は、襲撃のせいで数えるほどに減っている。その中に、今も黒ずんだ肉片が幾つか浮かんでいた。

サグランダのものだ。

「俺さ、彼らが話していた三日月ってのを、いつか発掘してみたいんだ」

作業塔の休憩室で、サグランダが空中に指をくねらせ、第二網膜がなければ見えない三日月の絵を描いてくれたことを思い出す。大掛かりな発掘作業が一区切りついたばかりだった。

彼らというのは、発掘現場の周辺に住む電基耕作師たちのことだ。生後たった四十万時間足らずで個性消滅してしまうというが、それには気づいていないかのごとく振る舞い、時間を持て余しているようにさえ見えた。

休憩室の窓からは、極大空洞の底に百粁《キロメートル》に亘って剝き出しになった、月面の寂寞とした広がりを見霽《みはる》かすことができた。まるで無機質な階層都市世界の中心をなす核であるかのようだった。

これでもほんの一部にすぎないのだ。発掘団は月球を跨《また》ぐ複数の超構造体《メガストラクチャー》ごとに派遣されており、ホミサルガたち第一発掘団はその最上層を任されていた。

潤色《うるみ》の大地には、そこかしこに大小の皿状の窪みが散らばり、時には重なりあって、濃い陰影を作っていた。それぞれが手で捏《こ》ねたように微妙に形が異なっており、受ける印象も見る者によって様々だった。ホミサルガには得体の知れない塊が押し出される最中に見えたが、アマサーラは雨の波紋に似ている、雨模様ってこのことだよと言い、それを聞いたサグランダは、この窪みを作った原因こそが雨に違いないと言い張った。

月面の空気は冷たく張り詰めていて、遠くで作業する搭乗型建設者の駆動音までもが、やけにはっきりと響き渡った。作業の合間になにげなく大地に目を向けると、そのまま見入ってしまい手が止まることも少なくなかった。心を鎮められるようでもあり、波立たせられるようでもあり、人を惹きつけてやまないなにかがあった。

電基耕作師や怛人《だつと》といった周辺の集落の者たちも月面を目にするのは初めてで、次々と勝手に降りてきては発掘師たちを困らせた。とはいえ彼らは、ただ立ち尽くしてあたりを見渡したり、及び腰で足跡をつけてみたり、月の砂をつかんで指の間から落としたりするくらいで、長く居続けることはなかった。なぜか息苦しくなってくるというのだ。

サグランダはそんな彼らを厭《いと》わず、よく話し込んでいた。

「三日月ってのを掘り返してどうするの」とホミサルガが訊くと、サグランダは指先で絵の反り返った部分をなぞって尖った先端を突き、「ここに坐《すわ》ってさ、遠くの満月を眺めながら一杯やりたいんだ」

「じゃあ、まずはこの満月を掘り返さないといけないね」

ホミサルガは話を合わせてそう言った。全ての作業が完了すればネットスフィアへ強制帰還させられることを、サグランダが知らないはずはない。

けれど、そうはならなかった。

暗い窩の並んだ壁面が唐突に掻き消えて風音が遠ざかり、時がゼリー状に凝《こご》ったような重い浮遊感に包まれる。水平方向に縹渺《ひょうびょう》と広がる極大空間が出現したのだ。その天地は、光点の明滅する巨大斜柱体の無限列に支えられている。

やがて虚空は内部構造剝き出しの構造物断層に遮断され、大陥穽の重苦しい咆哮が戻ってくる。まるで途方もなく巨大なスプーンで掬い取られたように、縦横に交差する隔壁の断面が研ぎ磨かれた鋭利さで弧を描いており、大いなる光の凄まじい威力を生々しく伝えてくる――視界にまた表示がちらつき、しばし粗視化して戻った。補助電源生物のせいなのか、大陥穽のせいなのか、走査器官を備えていても雑像《ノイズ》を気まぐれに結ぶだけだ――よく見れば仕切られた空間のそこかしこに巨大な殷喪虫《いんもむし》たちが疣足《いぼあし》で張りついている。これを示そうとしていたのだろう。殷喪虫たちは丸い膨らみの連なった体を揺らし、貪婪《どんらん》に壁材を食《は》んでいる――それらの姿もたちまち天に遠ざかってしまう。

これでも随分と速度は緩まったのだ。落下がはじまってからもう千時間近く経っている。もし月面に留まれていたなら、ほぼ四十仕負度《しふと》の作業をこなせていただろう。

〝入り組んだ狭い通路を通っていたんだ。哨戒者が頭から光を照射しながら、長い四本脚をくねらせて歩き回っていたんだけど、さいわい彼らには僕が見えなくて〟

ホミサルガは仰哨台の手摺りを握りしめた。あの時の、大いなる光に見舞われた瞬間の恐怖がよぎって膝が震えたのだ。

まずい――

一度追想が始まると、押し留められなくなってしまう。他の事はろくに覚えてないっていうのに。思い出すんじゃない。

その情景は、第二網膜の一時視録が消えた今でも鮮明すぎるほどだった。ネットスフィアとの主観時間の在《あ》り方の違いを、一度起きてしまった事象の取り返しのつかなさをあれほど見せつけられたことはない。〈今〉と不可分のまま否応もなく一方向へ押し流されていく基底現実では、時軸を乗り換えることも、事象に留まって因果組み換えを講じることも叶わない。

今もその只中にあるのだ。

〝小さな風輪の生える曲がりくねった細い橋を歩いていたんだけど、足を踏み外してしまってね。気がつくと餓呀《がが》族たちの切傷模様の入った顔が覗き込んでいたよ。それから僕の体はたくさんの部分に切り分けられて――〟

思い出さないで。

S級構造物の解体準備に取り組んで、六十時間が経った頃だった。重畳《ちょうじょう》する都市群を頭上に保持したまま空洞を拡げるには、流動体への変成や無人中空域への流し込みなど多くの工程を必要とする。多端な一仕負度《しふと》を終え、小型の搭乗型建設者、イダルから降りた時には、予兆らしきものなど微塵も感じられなかった。

疲れた仲間たちと作業塔の昇降機に乗り――ラダートフが「また漬汁屋のガフ折りを食いたいな」と言い、「あんな不味いものを？」とアマサーラが呆れ声を出したことを覚えている――寝所のある十六階に降りて数歩進んだ時、横並びの窓が破裂した。鋭い光条が巨剣のごとくフロア一面を突き抜け、激烈な爆発音とともに世界が回転してホミサルガは宙に投げ出された。

硝子《ガラス》を失った窓の向こうの景色は恐ろしい速さで融け、逆向きの大瀑布《だいばくふ》に呑まれたようだった。

十七階建ての作業塔は、十三階で分断されて上層四階半だけとなり、後に大陥穽と呼ぶことになる竪穴に吸い込まれ、屋上側から爆風を受けながら落下していた。

いつ竪穴が途絶えて構造物群に激突するかもしれないという切迫した状況の中、瀕死の負傷者を含め誰もが宙に浮かんだまま、ネットスフィアへ帰還しようと手の指を組んで瞑想していた。けれど大いなる光によって電磁的な干渉が起きているせいなのか、超構造体《メガストラクチャー》を次々とくぐり抜けているせいなのか、どれだけ一心に念じても頭の中の帰還用ネット牽索《けんさく》は起動してくれない。苦しげな息の音や啜り泣きや譫言《うわごと》めいた声が大きくなり、落ち着いているつもりでいたホミサルガの手も震えだしていた。この時ようやく、首と頬に硝子の破片が幾つも刺さっているのに気づいた。痛みは感じなかった。

そんな中、寡言《かげん》で融通のきかないことで知られる整備技術主幹のゲドハルトが動きだした。部下の整備技術師たち六人を率いて、邏鬼《らき》たちの襲撃で破壊され、十五階の整備室で分解中だった搭乗型建設者のガルダを一気呵成《いっきかせい》に組み直したかと思うと、現状の最下階となった半壊した十三階に運び出し、背面射出機でありとあらゆる瓦落多《がらくた》を落下方向の虚空へ向けて射出しはじめたのだ。その反動で、宙に浮いていた者たちの体は床にぶつかって押しつけられた。すぐに瓦落多は尽きてしまったが、皆で手伝って十三階の建材をばらしていき、立て続けに放っていった。作業塔は、変成構造物を再形成した組互材《そござい》を多用して急造したもので、構造的にばらしやすい。ホミサルガは迫り来る景色が目に入らないほどの忘我状態で壁を解体し続けた。その間に、恐怖に駆られた五人がシーツを利用したパラシュートもどきで塔の屋上から飛び発《た》ったことを後に知った。

塔が短くなっていくにつれ、落下速度は徐々に緩まっていった。とうとう十三階の全てが失われ、十四階の建材に手をつけはじめたあたりで、いつの間にか塔が大陥穽の片側に大きく逸れていることが判った。あとすこしで構造物の断層に激突しかねない状態だった。

ゲドハルトが射出機の角度を調整していると、ザグラッツ率いる十人近い者たちが、このまま構造物に不時着させろと詰め寄った。そのためには塔の強度が足りない、補強した上で変成砲弾が必要だとゲドハルトは主張し、そんな時間があるか、一刻を争うんだとザグラッツは退かず、塔は構造物に達する前に激しく振動しはじめ——壁の方々が罅《ひび》割れていき、図らずも塔の脆《もろ》さが露呈した——押し戻されるように竪穴の中央に戻った。なんらかの力場が働いているようだった。

ザグラッツたちが口をつぐみ、ゲドハルトたちが射出機で再び建材を放ちだしたが、十四階を使い尽くす前にガルダが機能を停止した。塔は上部の三階層を残すのみとなっていた。その頃には周囲の情景を認められるほどに減速していたものの、依然として階層連続体を貫く大陥穽の中を落ち続けており、それから何時間、何十時間と経っても消失点に果ては訪れず、できることは残されておらず、激突への不安ばかりが膨れ上がっていった。大いなる光が、複数の超構造体《メガストラクチャー》を貫いているのは明らかだった。

その後、流れゆく階層都市世界が、いつの間にか落下方向に対して斜めに傾いていることが判り、皆の三半規管を狂わせつつ混乱を煽った。簡易装甲を着た漁師らしき者たちが壁から生えたように斜め向きに立ち、こちらを窺っているのが見えた。その数時間後には直径がやや狭まって世界は直角に横倒しになり、やがてまた作業塔と同じ向きに戻った。その節目は見極めることができなかった。そうやってときおり重力方向の変転する階層都市の中を、塔はただ一直線に落ち続けていった。

二百五十二名からなる第一発掘団のうち、塔の内部に居合わせたのは六十三名、十二名が重傷を負い、ほどなく衛師を含む八名が個性消滅した。

発掘現場で作業中だった多くの者たちや、パラシュートもどきで脱出したはずの者たちが、塔の周辺を共に落ち続けていることも判った。離れすぎていて救出は叶わず、衰弱していく様を塔の中から傍観することしかできなかった。

ホミサルガは塔の最下端から五十米《メートル》離れたあたりに、作業現場で最も長い時間を共に過ごした搭乗型建設者、イダルを見つけた。

五十名の残存者——その後サグランダが消えて四十九名となる——は、いつ個性消滅が生じても不思議ではない状況に宙吊りになったまま、塔の内部を生活しやすいように改装しながら、僅かでも何が起きているのかを理解しようと議論を交わし続けた——いつ構造物に激突するのかを予測する方法はないのか。大陥穽じたいの全長すら判らんというのに。階層都市連続体がどれだけ際限なく重層しているといっても、その果てはとうに超えているはずではないか。もしかしたら落下速度よりも早く増殖しているのかも。そもそもこの塔はどこに引き寄せられているの。なにか巨大な重力源が存在するはずだ。厄災の基点地じゃないか。垂直方向が一定しない理由は？　超構造体《メガストラクチャー》それぞれが個別に重力制御を行っているのかもしれん。そうやって拡散しなければ、自重を支えきれるはずがないか。だとしてもどうしてこの塔は一方向に落ち続けている――

〝その外廊には十歩進むたびに扉があるんだけど、どれも嵌め殺しのように開かないんだ。住居のはずなのに、中にはなんの気配もなくてね。そういった外廊が数えきれないほど上下に連なって、横縞模様の巨大な構造物をなしていたよ〟

追想の虚脱感の中で、ホミサルガはゆっくりと息を吐いて、その温かさを感じながら瞼を上げた。

階層都市構造物の断層のそこかしこに、表示が重なりあってちらついている。目をしばたいて払うと、建設者たちの魁偉《かいい》な姿を示していたのだと判る。卵を産み付けるように下腹部で建材を繋いでいる者、水面に浮かぶように液状壁材を圧送している者、多関節の多脚を交互に動かし次の現場に移ろうとしている者、じっと張り付いたまま光の飛沫《しぶき》を散らしている者――階層都市世界を増殖させている元凶のひとつだ。そのため発掘団では個人に紐付けた塔乗型建設者の使用しか認めていない。

〝それらの構造物の谷間に、この塔よりも遥かに巨大な古代の建設機械が挟まったまま、どこかもの哀しげな様子で動きを止めていて……残念だな、もっと眺めていたいのに足が進んでいってしまう〟

これまでも構造物の断層を覆う建設者の群はよく見られたが、大陥穽の直径は八十から百二十米ほどの間を推移しながらも、いっこうに塞がる気配がなかった。修復しているわけではないのだろうか。

〝それで誤って長距離昇降台に乗ってしまったんだ。歩いて回らなければならない区域を大きく素通りされて何千階も離れた場所に降ろされてしまったのにはまいったよ。気さくな乗務員だったけど、どれだけ途中で降ろしてくれと頼んでも聞いてくれなくて。誰かを乗せるのは三十万時間ぶりだったらしい〟

二つの構造物の狭間に高低差のある段丘があり、上下それぞれに大勢の人影が見えた。上段では編み髪に長衣《ながぎぬ》姿の者たちが弩《おおゆみ》を放ち、下段では簡易装甲服姿の者たちが小銃を撃っている。おそらく異なる階層どうしの戦闘なのだろう。似たような争いは幾度か見かけたことがあった。これまで階層ごとを隔ててきた壁が穿たれたことで、世界の在り方は大きく変容しているらしい。

上昇していく彼らを眺めているうちに、ホミサルガは天を仰ぎ見ていた。

仰哨に就いた何人かが目にしたという巨大な火球の影はやはりなく、流れの全てが集束していくぼやけた消失点だけがある。いま塔が通り抜けている景色も、じきにこの広がりのない一点に取り込まれてしまう。

これまでどれだけ落ちてきたのだろう。これからどこまで落ちていくのだろう。

そう考えて気が遠くなる度に、早くネットスフィアに戻りたい、元の自分と融和したいと願い、かつての日々を覗き込もうとするが、望郷の念がもどかしく燻《くすぶ》るばかりで見通せない。目を凝らそうとするほどに烟《けむ》っていき、なぜか月面の形を取りはじめる。少なくとも基底現実のように色彩のない寒々とした場所ではなかったことは知っている。

〝壁から外れかけた撓んだ踏段を上って――〟

「そもそもなんのために月を発掘しようとしていたんだろう」

〝上って上っ――月だって？　発掘していたのは君たちじゃないか。だから僕は歩いて歩いて――〟

考え事のつもりが声に出していたらしい。ホミサルガは後悔しながら「あんたに言ったわけじゃないよ」と受け流す。

〝なんのためかも知らずに発掘していたっていうのかい？〟

「そんなわけないでしょう」

気に障ってつい答えてしまう。

モリはしばらく疑わしげに黙っていたが、

〝そうか、君たちは統治局に派遣された代理構成体だったね。これまでの記憶はネットスフィアの一部でもあるから、情報保全上、基底現実に漏らすわけにはいかないんだ。それはもどかしいだろうね。わかるな〟

「なにがわかるな、よ。あんたはむしろ思い出せすぎて困ってるほうでしょうに。まあ、承知の上で受けた──措置だから。軌憶《はりこ》のおかげで覚えていないことは意識しないし、日常生活には困らない」

多くの言葉が奥行きを失っているが、慣性を保ったまま思考や会話の中を行き交い続けている。個別に向き合わなければ、気づけないほどだ。

〝なんだか、酔っぱらいが酔ってないと言い張ってるのを聞いているみたいだよ〟

酔えるならどれだけいいか。

「なんにも覚えていないわけじゃないからね。実務に必要な技能記憶ははっきりしてるし、刈り込みはけっこう大雑把だから──」

〝でも、統治局がどうして月を発掘させようとしていたのかは思い出せないんだね〟

「もういいって」

〝月というのは、色々と重要な機密を秘めているとも聞くから〟

ホミサルガは頷く。具体的には思い出せないので、知ったかぶりと大差ない。統治局の目的を知らずとも発掘作業に支障はなかったが、宙吊り状態のいまはつい考えてしまう。少なくない者が、大いなる光は発掘に対する階層都市世界の防衛反応だと見做《みな》している。

〝月を見たくなっただけなのかもしれないよ〟

「冗談言わないで」

〝制御不能の建設者たちは、月を建設原料として消費せずに、慎みぶかく埋没させただろう。

しかも超構造体《メガストラクチャー》を幾つも跨ぎながら回避されている。なぜだと思う〟

「さあ。どうしてなの」

〝統治局すら把握していない、なんらかの防護措置が施されていたという噂があってね。塊都《かいと》の舎密局《せいみきょく》が関わっていたとも言われているけど、どうだろうね。そういった仕掛けを突き止めようとしていたんじゃないのかな〟

「あんた、案外詳しいんだね」どうもこのモリは、まぬけにしか見えなかったり急に冴えたりとつかみどころがない。「三日月もどこかの階層にまだ埋もれているのかな」

サグランダが電基耕作師たちから聞いた伝説によると、太古の無階層空間には、満月や三日月など形態の異なる十二の月が存在し、極大の見えない円周上に並んで、茫洋《ぼうよう》とした時空の流れに刻目をつけていたという。

〝三日月？　それは満月の中に収納されているんじゃないのかな〟

「えっ……あ、蜜柑《みつかん》の一房みたいに？　じゃあ月をさらに掘らないと見ることができないのか」

〝そんなことより、僕の大事な話を聞いておくれよ。その脆くて狭い階段はね、百歩ごとに踊り場があって――〟

モリはまたいつもの話に戻っていった。

大陥穽では、巨大排管の円い断面の集積が、黒い汚泥を重々しく噴き出していた。

ホミサルガは大きく息を吸い込んだ。首根っこから背中にわたって震えがくる。全身を風にねぶられ続けて体温が下がっている。熱量が欲しい。

雑嚢から細長い包みを取り出して半ばまで開くと、卵を幾つも不格好にくっつけあったような青碧色のヤキの実が現れる。

〝腹の中かと見紛うほど多くの配管で犇《ひし》めきあう隘路《あいろ》を奥へ奥へと進んでいったんだけど、肉質の隔壁で行き止まりになっていて〟

もともと作業塔では、餉《しょう》と呼ばれるどろどろしたペースト状の食物が配給されていたが、控えめに言っても不味いため、電基耕作師から教わったヤキの実を栽培して食すようになっていた。彼らもまた旅人から教わったのだという。

「あんたよくそう飽きずに喋り続けていられるね。わたしはいつまで経っても慣れないよ」

襟巻きを下ろし、ヤキの実の毳《けば》立った丸い先端に指を添える。すこし力を入れてやるだけで、綺麗に折れ割れる。「ここでは言葉を発するなり消えてしまうじゃない。本当に喋ったのかどうか心許なくなる」そのひとかけらを口に運ぶ。さくさくと砕け割れ、溢れる汁の苦味に、まばらに潜む小さな猪虫《いのむし》の濃い甘みが混じりあう。

〝僕が話したくて話していると思ったら、大間違いだよ〟

「えっ？　と……なんの話をしていたんだっけ」ヤキの実の食感を味わいながらホミサルガは訊いた。細かくなっても歯応えはなくならない。

〝君は、いつまで経っても慣れないって言ったんだ。言葉を発するなり消えてしまうから、本当に喋ったのか心許なくなるって〟

基底現実に降りてからというもの、話す行為に拠《よ》り所のなさを感じるようになった。ホミサルガだけでなく、仲間の誰もが似たようなことを漏らしている。

「ここでは、言葉を音にするなりばらけてしまって、見当違いのところへ吹き飛ばされていくような感じがするんだよ。だから自分でも何を言ったのか判らなくなる」

とはいえ話していることと言えば、消えたって困らないようなことばかりだ。

〝へえ、そういうものなのか。僕にはよく判らないな〟

「自分のほうが言葉の中を落下しているだけなのかもしれない。この塔みたいにね」

途方もない距離に隔てられてしまった、発掘現場に残された仲間たちのことをホミサルガは想う。

〝その喩えはどうだろう。塔が落ちているのかどうかも怪しいものだよ。加速度は増していないというし〟

加速度については少し前の集会でも疑問が呈されていた。下方から吹き上がる風圧のせいじゃないかとスマージカは言い、大陥穽に電磁気的な摩擦力のようなものが生じて抑えこんでいるのではないかとラムドルクは言った。考えれば考えるほど判らなくなってくる。

〝僕には言葉のひとつひとつが、上ったり下りたりするための大事な踏段に思えるよ。極大円筒に巻き付いた、透かし階段を上った話はもうしたかな。踏板ごとの水平が大きく狂っていてね、真っ直ぐ登っているのに〟

「なんだ」

「もういいよそういう話は……」

うんざりして斜行した屋上の向こうに目を凝らせば、モリの話の続きのように弧を描く広大な壁面が上昇しており、斜めに張り巡らされた狭い透かし階段が現れだした。その流れを辿っていくと、階段を下りている人影があった。三人だ。視界の拡大率を上げてみたが、同極の磁石さながらに逸れ続ける。まるで走査器官に拒まれているようだった。むきになって視線を錯綜させるうちにようやく捉え――ホミサルガは息を呑み、次の瞬間には仰哨台から飛び降りて斜面の上を渡っていた。

〝いったい、どうしたんだい？〟

手摺壁にぶつかる形で止まって身を乗り出すと、屋上の高さまで迫っていた彼らに――雑嚢を背負って一列に歩くサグランダ、リランダーシ、そしてホミサルガに――声を張り上げて呼びかける。だが彼らは気づかず階段を下りながら上方へ遠ざかっていき、視界に入るのは縦横の隔壁に仕切られた構造物の断面ばかりとなった。風に襟巻きを押さえつけられ、息苦しい。

ホミサルガは呆然としながら、流れ続ける構造物の断層を眺めていた。仕切り方の組み合わせが変わるだけの、似たような景色が続いている。

ネットスフィアから、別の発掘団として派遣されたわたしたちがいたのかもしれない。そう思いかけたが、すぐにありえないことに気づいた。ネット端末遺伝子の代替信号に認証エラーが生じるため、発掘機構では同一人格が基底現実にダウンロードできる代理構成体をひとっと定めている。

――視界の下方が泡立つようにちらついているのに気づいた。誘導されるまま五百米ばかり下に目を向けると、擦過痕の目立つ構造物の壁面を外廊状の溝が一直線に横切っており、三角符や判読できない文字列の断片が群がっている。視野を拡大するが壁の縁に隠れていて見えない。表示が明滅し続ける中、血糖量や心拍数が強制的に上昇させられているのを感じ取る。奥にあれがいるのは間違いなかった。

「俯哨はどうしたの！」ホミサルガは声を飛ばすが、通信状態は相変わらずで雑音が小さく爆《は》ぜるだけだ。「だれか聞こえる？」呼びかけながらちらつく表示に少しでも有益な情報を見出そうとするが、正確な総数すら把握できない。視認を待っている余裕はない。ホミサルガは床を駆け、封扉の枠から伝声線を手早く引きずり出して右の目元の接続孔に繋いだ。基底現実には制約が多すぎる。

――弐の壁側の五百米下方、構造物に駆除系セーフガード。視認はできず。走査器官がざわついてる。

塔の全ての部屋に自分の声が響いているのをホミサルガは感じる。

――どういうことだ。俯哨からは連絡がないぞ。

リランダーシの訝《いぶか》しげな声が返ってくる。同じ班の発掘師で、いまは発掘長代理を務めている。

――こっちが聞きたいよ！　じきに塔の最下層に達するから、早く来て！

ホミサルガは伝声線を外すと、腰の吊具から磁撃棒を引き抜いて両手に握り、強くひねった。両端から一気に一米ほどに伸長し、蟒蝱《うわばみあぶ》の羽音に似た雑音を立てはじめる。最初の襲撃時に膠着弾を使い果たしてしまったため、いまはこれだけが頼りだ。本来は発掘現場で構造物の制御系を無効化するための道具で、整備班の改良によって出力は増しているものの、効果は一時的なものでしかない。

塔の中から頭鐘《とうしょう》の音が響きだす。これで四回目の襲撃となる。ホミサルガが仰哨の時にセーフガードと遭遇するのは初めてのことだった。間違いであるほうがどれほどありがたいか。緊張のせいで全身の筋肉が強張る。

留まることなく動き続ける大陥穽を眺めながら、いつもの腑に落ちなさがよぎった。

そもそも自分たちが、どうしてセーフガードごときに排斥されなければならないのか。月の発掘中に、セーフガードが襲ってくることはなかった。発掘団の衛師たちが戦っていたのも、邏鬼《らき》や乾人《からど》といった部族や、あとは蟒蝱くらいだ。

さっきの自分たちの姿が脳裏によぎる。もしかして——

斜めに傾いた手摺壁の向こうに水平に伸びた外廓が迫り上《せ》がってきて表示が騒がしく群りだした。濃い影の中に白い顔貌の列——人に似ているが表情は皆無。異様に長い腕を曲げて身を伏せており、背中の隆起が目立っている。

先頭の一団が獣のごとく駆けだし、床の途切れる寸前に跳躍した——束の間凍りついたように空中に留まり、低音の分厚いうねりを響かせて体表から針状結晶めいた光を放つ。火花の弾けるような音が散る。

大陥穽を包む、目には見えない境界面——これを越えようとしたサグランダの体は、内側からめくれかえって千々に飛散した。皆の反対を押し切って、うまくいったら後に続くよう言い残し、自作の滑空機で塔からの脱出を試みたのだ。

境界面を脱した駆除系セーフガードたちが、腕をもがれたり、外殻を剝脱させたりしながら飛来してくる。何体かは軌道が変わって塔から離れていった。この損耗があるおかげで、発掘師たちでも対抗できていると言える。

一体の着地点を予想してその側面あたりにつくよう移動したところで、セーフガードが白煙をたなびかせて襲来し、白面をホミサルガに向けながら眼前を過《よぎ》って——四つん這いで着地した。戮爪《つめ》が床材や目地を穿つ固い音が響き、胴体が深く沈む。その瞬間が狙い目だった。湾曲した黒く長い頸部めがけて磁撃棒を打ち、磁縛線を放つ。

セーフガードは大きく痙攣《けいれん》してちぐはぐに関節を折り、動きを失う。だが、この機能停止は五分ともたない。ホミサルガは左手に駆けていき、前のめりに着地したばかりの片腕のないセーフガードにすかさず磁撃棒を見舞う。セーフガードは全身を強張らせて肩から横向きに倒れていき、床にぶつかって跳ね戻ってくる。その背中を磁撃棒で押さえつけると、陶器を思わせる白面が力なくこちらに反り返って、額にあしらわれた十字形の鋭利な刻印が目に留まった。横線が縦線に貫かれており、まるで階層都市世界を貫くこの大陥穽のようだと思う。

空中では次々とセーフガードたちが境界面を越えていた。それらの着地点を見据えて駆けだそうとした時、

〝左斜め後ろ〟

モリの声がして振り向くと、数歩先の手摺壁からセーフガードが長い首を垂らし、黒い球形関節で繋がる白く艶やかな長腕を大きく振りかぶっていた。ホミサルガは磁撃棒で防御するが、吹き飛ばされて背中から床に激突し、磁撃棒を手放しかけて慌てて握りしめる。セーフガードが長い四肢を操って手摺壁を越え、前腕ほどもある鋭い裂《て》をこちらに向け、間をおかず跳びかかってきた。すくい上げる動きで丸い胸郭を突く――衝撃で腕の骨が凍ったように沁みる――一瞬白い軀体の上下が大きくずれて遠ざかったが、足の鉤爪で床を削りながら留まり、再び迫ってくる。

〝右の真横からも〟

「そう言われても！」

腹部の黒い連節部を狙い定めて打つ。機能停止を見届けることなく体を右に捻《ひね》るとすぐ右上に裂《て》があり、とっさに身を逸らす。黒い影が顔面をかすめゴーグルがずれ、鼻梁《びりょう》を杭に打ち抜かれたような激痛が走った。目を何度も強くしばたたかせ、頸部に並ぶ棘突起の間隙に磁撃棒を押し込み、床に押さえつける。襟巻きが血を吸っていくのを感じる。

背中の大きな隆起の向こうに、仲間たちが封扉から続々と這い出してくるのが見えた。ゴーグルを忘れた、目が乾く、というザグラッツの胴間声《どうまごえ》が聞こえる。

鼻梁が痛みで脈打ち、唇に血が垂れてきた。触れてみるが手袋のせいでよく判らない。

〝真横に裂けただけだよ〟

「だけってね……」今になって背筋が粟立ってくる。「鼻がもげたかと思った」

仲間たちが襲撃者ごとに散らばっていく。中には屋上を越えて壁側に渡る者もいる。

長身のリランダーシが立て続けに二体のセーフガードを倒し、周囲を警戒しながら後ろ歩きで近づいてきた。

「すまん、遅くなった」

「ほんとだよ！」

緑青色の作業服を着た六人が低い姿勢で機能停止したセーフガードの元に駆け寄っていく。ゲドハルト率いる整備技術師たちだ。長い四肢を神経線で縛ると、物々しい解体器具で、外殻を剝がしたり頸部の節をこじ開けたりして内部の中枢神経系を断っていく。再起動を防いでいるのだ。

彼らを背後から襲おうとするセーフガードに、リランダーシが風音を立てて磁撃棒を振り下ろし、その傍らで長い赤毛を宙に広げたアマサーラが「雑像《ノイズ》がちらついてうっとうしいね」と甲高い声を上げ、白面を刎《は》ね飛ばす。

目の前に一体のセーフガードが飛来して構えたが、床に激突して跳ね返り遠ざかっていった。境界面ですでに機能停止していたのだろう。

次はどこ、とホミサルガが見回していると、ああっ、ああっ、と後ろから情けない声がした。振り向くと、ナンハイムが仰哨台の骨組みに足を引っかけたまま、上体を右に左にくねらせてセーフガードの鑿《て》をよけている。「あんたは助けられにきたの？」と言いながらセーフガードの横腹を打つ。

仰哨台の上からセーフガードの体が勢いよく飛んで手摺壁を越えていった——ダツマーカだ。

「なるべく機体を確保してくれと言っとるだろうが」とゲドハルトの太い声が響く。

屋上のそこかしこで磁撃棒が回転し、跳ね動いて、セーフガードたちを機能停止に追い込んでいく。

十分後には、セーフガードが三十体ばかり屋上に積み重なっており、動いているのは整備技術師だけとなった。皆、床に突き立てた磁撃棒にもたれかかったり、蹲《うずくま》ったりして肩で息をしている。

手摺壁の向こうから、片手にセーフガードを引きずったザグラッツが現れた。

「ようやく勘を取り戻したところだってのによ」

天井の封扉から、宙を泳ぎ下りていく者と、梯子を伝い下りていく者とに分かれていた。むろんホミサルガは後者だ。床に固定された長椅子の列はすでに半分ほどが埋まっており、救護師のセルメイラがその間を動きまわっている。髪を束ねたり短めに切った者が増えたなと思っていると、長い赤毛が宙にばらけてもおかまいなしのアマサーラが最前列の席についた。ホミサルガはその隣に腰を落とし、雑嚢を置いてゴーグルや整音耳あてを押し込んでいく。まさかあんなとこから入ろうとするなんてねえ、とアマサーラが話しだし、四の壁の窓跡のひとつが破られかけたことを知った。皆の到着が遅れたのはそのせいだったらしい。背後では補助電源生物がいつもの唸りを発している。

鼻梁の傷が疼き続けていた。傷は短いが深く、血液がエッグタルトみたいに固まりかけている。いつできたのか、頬にも傷があった。

「触るんじゃない」と言われて指を離す。すぐに治膚《ちふ》を鼻と頬に貼りつけてくれる。前に救護師のマサージュが立っていた。

「ありがと」

薬が浸透して痛みが引いていく。

リランダーシが皆の前にやってきて、労《ねぎら》いの言葉を述べた後、俯哨のゾンデライカの個性消滅を告げた。伝声線を片手に握ったまま額を撃ち抜かれていたという。モリによれば、上位セーフガードがいたらしい。

部屋から空気がかき消えたように静かになる。体の力が抜けそうになり、ホミサルガは膝を握りしめた。ゾンデライカとは班が違ったので、発掘現場ではときおり顔を合わす程度だったが、派遣以前になにか自分と深い繋がりがあった気がしてならず、ゆっくり話す機会を持ちたいと思っていた。基底現実に持ち出せない事柄に抵触していたのだろうか。

「必ず、ネットスフィアに連れ戻してやろう」とリランダーシが続けた。すでに再生用の有機情報は封存してあるという。せっかくモリがあるってのにな、とすぐ後ろでラダートフが悔しげに言う。発掘師の脳にはコピーガードが施されているため、緊急保存パックがあっても使えないのだ。

「いいやつだった」「ほんとにいいひとだったね」「ああ。残念でならないよ」

皆が訥々《とつとつ》とゾンデライカの話をしているが、具体的な思い出はあまりでてこない。軌憶《はりこ》の効果でネットスフィアにいた頃からの連続性を感じてしまうが、実際には基底現実に派遣されてからの三千時間ほどの記憶しか持たない。しかもその殆《ほとん》どの時間を月の発掘作業に従事してきたのだ。班が異なればなおさらだった。

ホミサルガは息を整えてから立ち上がり、皆の方を向いた。その奥で、補助電源生物がものおもわしげに尾を巻くのが見える。

「ねえみんな。ちょっと聞いてほしいことがあるの」

ホミサルガは切り出し、大陥穽の階段を下りていく自分とサグランダとリランダーシを目にした話をした。場がざわついて、収まり悪く静まった。皆の顔に困惑が浮かんでいる。見間違いだろう、と誰かの声が上がった。

「本当に、俺たちだったのか?」

リランダーシが、ヤキの実に鬆《す》を見つけたときの顔でこちらを見据える。

「ええ。間違いない」

ホミサルガは腰袋から巻いた繋線《けいせん》を取り出してほどき、一端を目元の接続孔に挿し込んで、もう一端をリランダーシに差し出した。第二網膜は視録を一時的に残すことができる。リランダーシは繋線を目元に挿すと、しばし目を泳がせた後、宙を凝視しながら溜息を吐いた。

「皆、ホミサルガの話は本当だ。見間違いじゃない」

並んだ頭がふぞろいに動いてざわめきが広がった。顔を見合わせている者もいる。

「別の発掘団が派遣――はできないな。時間線が混在している可能性がある、ということか」

三列目に坐るラムドルクの低い声が響き、ホミサルガは頷いた。ざわめきが大きくなる。

何人かが前にやってきて、視録を見せてくれと言い、ホミサルガは応じた。

「もしかしたら、セーフガードが襲ってくるのは、ネット端末遺伝子の代替信号が複数察知されたせいかもしれない」

頷きと疑いの声とが混ざりあって聞こえる。

「僕は以前からその推測を話してたじゃないか」と二列目のナンハイムが脚を揉みながら呟き、「そうだった？」とアマサーラが振り返る。量の多い髪の毛でナンハイムの顔が隠れる。

「循環もありえるんじゃないかとも言ったよ」

「あ――」ホミサルガは思い出した。「建設者たちが修復しているのに大陥穽が塞がらない理由はそれか」

「そう。一種の時空隙なんじゃないかな。規則性がなさすぎる気はするけど」

「以前はありえない話だと思って聞き流していたんだが……」ラムドルクが幅の広い顎をさ

すり、瞼の裏を読むようにして言う。「時間線の混在が起こりえるなら、その説の信憑性も増すね。幾つかの疑問も晴れる。だが……」

「本気なの？　大いなる光のせいで、時間の環に閉じ込められ、時間線を遷移し続けているって？」奥の席からスマージカが訝しげに言う。

「何らかの保存則を解消して……」

〝だとしても、範囲が多岐に亘りすぎているよね。僕が見ただけでも、塊都や痦条《ごじょう》やジドブ郡の景色が流れていったよ〟

「いまの声は誰だ？」リランダーシが言い、皆が座列を見まわす。

ホミサルガは、モリを戻し忘れたことを後悔した。

〝それぞれの都市の座標がどれだけ離れていると思う？　気の遠くなるほどだよ〟

自分に視線が集まるのを感じて、ホミサルガは胸元を指差した。

「なんだ、お喋りモリなのか」とリランダーシが言い、その場に拍子抜けした空気が漂う。

「ごめんなさい。仰哨でつけたままだったから。あんた、もう黙ってなさいよ」

〝僕は君たちが想像もつかないほど広大な空間を歩き続けてきたんだ。当時のありとあらゆる階層に足を踏み入れたものだよ。だから大陥穽に現れるどんな景色にも見覚えがある〟

「なにを言ってるんだこいつは「ほっとけよ。またいつものくだらない話だ「あらゆる階層って。超構造体《メガストラクチャー》どうしを行き来できるわけないじゃない「まともに答えるだけ無駄だって」

「皆待ってくれないか。どうも気になることがある」ラムドルクが立ち上がった。「君はそもそも誰で、どうして階層都市を広域に亘って歩きまわることができたんだね」

〝これまで何度も話していたんだけどな〟

「いいから早く言いなさいよ」

〝もう遠い昔のことだけど……僕たちは、システムから階層都市じゅうへ派遣された地図測量師だったみたいだよ〟

「僕たち？」思わず声が出てしまう。

〝大勢の僕なんだ〟

「分岐人格ってこと？　でも……」

「君たちは、AIだったんじゃないか」とラムドルクが言った。

だから駆除の対象にならなかったのか。そう納得しつつも、どこか頷ききれないものがあった。こんな落ち着きのないAIがいるだろうか。

〝まあ、そのようなものだと思ってくれて構わないよ。測量している間も都市は膨張していくから、担当階層を踏破し終えてシステムに戻る度に、他の測量師たちと地図情報を統合するんだ。それを収めていたのがこの測量専用の補助脳だよ。階賊に奪われて、筐体を入れ替えられたものだから、よくある緊急保存パックに見えるだろうけど〟

「それが本当だとして、どうしてそんな離れた階層の景色がこの大陥穽に関係しているっていうの」とホミサルガは訊いた。

〝幾つもの異なる階層でこういった大陥穽を目にしたことがあるからだよ。中には全長が七十粁に及ぶほど長大なものもあった〟

「まさか、それら各地の大陥穽が、互いに繋がりあっているって言いたいわけじゃないわよね。それなら貫通角度の違いは説明がつくけど……」

　何人かが苦笑いした。

〝それらは禁圧解除した重力子放射線射出装置によって穿たれたものなんだよ〟

「重力子放射線……射出装置だと」ずっと黙していたゲドハルトが大声をあげて立ち上がり、その拍子に浮かび上がりだした。主幹、とニマノラに腕をつかまれて戻る。「まさかとは思っていたが……第一種臨界不測兵器が使われたというのか」

「知ってるのか、ゲドハルト」とリランダーシが訊ねる。

「まあ……だがありえん。そんなものを使えば……」

「その兵器は臨界不測状態を生じさせるというのかね」とラムドルクが落ち着かない様子で言った。「確かにありえんな。重力均衡が崩れて、階層都市世界の全体に連鎖崩壊現象が広がってしまうはずだ」

「ねえ、モリ。大いなる光は、階層都市世界の防衛機構が放ったわけでしょう？　自らの崩壊を招くような兵器を使うものかな」

〝放ったのは防衛機構じゃないんだ〟

「じゃあ、何がそんなとんでもない兵器を」

〝密使だよ。あるところでは光を担う者、とも呼ばれていたね。上位セーフガードだと考える者もいた。彼の立ち寄った集落がことごとく壊滅したためらしい。擬装セーフガードだとも言われている〟

「密使……巨大な上位セーフガードみたいなもの？」

〝一見君たちと変わらない姿らしいよ〟

「そういう存在については怛人《だつと》たちから聞いたことがあるが「ああ、だが禍《わざわ》いを擬人化したものだと思っていたな「そいつがそんな物騒なものを持ち歩いてるってのか」

皆が口々に話しはじめる。

「落下による擬似無重力だと思っていたけど、本当の無重力だったなら？「大陥穽の内部が、臨界不測状態にあるというのか「加速度が増していない説明はつくな「だがどうして連鎖崩壊が起きてないんだ「都市の防衛機構が封じ込めを行っているのかもしれん「ひと繋がりの無限円筒を作ることで？「力場の開放のために遷移し続けているとか――

議論が盛んになる中、ナンハイムの呟いた言葉で、その場の空気が鎮まった。

「僕たちは、永遠にこの大陥穽から逃れられないということなのかな」

ホミサルガは十《中》六階の通路奥の床に立ち、宙を漂ってくるセーフガードの軀体を受けとめては、積み山の上のアマサーラやルジスラフに渡していた。彼らは隙間を作りながら、四肢の長い軀体を押し込んでいく。すでに突き当りはこれまでの襲撃で天井いっぱいに詰まっていた。

「あんたはてっきり、上書きを繰り返されたポンコツだと思ってたよ」

ホミサルガが呟くと、その通りとも言えるんだ、とモリが言う。

通路の向こうにいるナンハイムが、天井穴から落ちてきたセーフガードの下敷きになって転んだ。ザグラッツ、そんなに力を入れないでくれよ！　とこもった声で叫ぶ。

「どういうこと？　あんたはＡＩで地図測量師なんでしょうに」

〝そうとも言えるしそうでないとも言える〟

「もったいぶらない」

頭頂部を向けて姿勢よく漂ってきたセーフガードを受け止める。その軀体の腰が折れ、膝が上がり、抱きあうような姿勢になってしまう。

あんたらの仲を引き裂いて悪いけどね、とアマサーラが言いながら、セーフガードの首根っこの隙間に手を入れ、引っ張り上げる。

〝もう自分でもなんなのか判らないというのが正直なところなんだ。地図測量師たちが初期人格なのは確かだけど〟

「初期人格？　上書きしたのなら、どうしてあんたが地図測量師でもあるの」

あー、もうこっちは入らない。とルジスラフの声がする。いたっ！　とアマサーラが短く叫ぶ。尻を爪に刺されちまったよ。まったく狭くてしょうがないね。

片脚だけが飛んでくる。受け止めて、背後に軽く投げる。

〝これは測量専用の補助脳だと言ったろう？　それだけ元の情報量が厖大かつ強靭だったっ

てことじゃないかな。むしろ上書きされたのは僕の方だと言ってもいいかもしれない。これまで上書きしたはずの人格たちも、同じように自分のことが判らなくなったらしいよ〝

漂ってきた頭のないセーフガードを受け取とめる。それが最後みたいだよ、とナンハイムが言う。軀体を積み山に押し上げると、アマサーラが引きずり上げる。

「それじゃああんたは……」

〝そういえば誰なんだろうね……〟

「少なくとも、補助脳を緊急保存パックとして挿着していたわけだよね」

〝ああ……思い出してきたような気がするよ。僕は病気で先が長くなかったんだ。だから父さんがこの緊急保存パックを手に入れて……事切れた後に新しい体に挿着されたはずなんだけど〟

まったく、疲れちまったよ。あたしらはなんでこんな不便な代理構成体を選んだんだろうかねぇ。アマサーラが言いながら積み山を下りてくる。

「あんたたちは階賊の船で見つかったの」

〝そうか、そうだよ。堪攬《ぎんらん》墓所のあたりで階賊に襲われて……八万時齢の頃だった〟

「ちょっと、あんた赤ん坊だったの？」

〝いや、子供っていうんじゃないのかな——まあ、いま話したことも本当に僕のことなのかどうか。なにしろ名前も思い出せないくらいだから〟

いつまでお喋りモリをつけてんの、とアマサーラが言う。

最上階に寄って、頭鐘の吊り下がる式の壁に近づくと、担当表の横に掛けられたモリたちが急に話をやめる気配がした。空いているフックに地図測量師であり子供でもあるお喋りモリを掛け、おやすみを言って去った。

寝所の中央には柱が並び、壁との間に多くの吊り床が張られている。ホミサルガは二段目の吊り床に這い上がると、腰の金具を留め、雑嚢を枕にして横たわった。

吊り床の上に坐って瞑想するスマージカやラダートフの姿が目に入る。これまでホミサルガも幾度となく試みてきたが、あと少しという感触はあるのにネット牽索は働かない。もう諦めてしまった。

瞼を閉じて、第二網膜に残された、壁面の階段を下りていく自分たちの姿を眺める。いったい何処へ向かおうとしていたのだろう。どの顔も表情が強張っているように見えた。なにか異なる苦況に陥っているのかもしれない。繰り返し眺めているうちに、ホミサルガは眠りに巻き取られていった。

突如吊り床が破裂し、凄まじい勢いで落下しだした。風圧のせいなのか口も鼻も塞がっている。懸命に息を掻き込もうとして——

ホミサルガは叫びながら目覚めた。額に脂汗が貼りつき、並んだ吊り床が揺れている。いや、揺れているのは自分の吊り床のほうだ。手がその縁を固く握りしめている。

「なんだようるせーな。起きちまったじゃねーか」遠くでザグラッツが言う。

よかった、夢か。

そう安堵して顔を拭ったところでいまも落ち続けていることを思い出し、水中で大きなあぶくが弾けるように鼓動が大きく鳴った。

吊り床を下りて寝所を出ると、通路の床穴から梯子で階下に降りた。ここも、通路の突き当りはセーフガードたちの軀体で埋め尽くされている。白面はどれも伏せられていた。

通路端に整備技術師のルジスラフがしゃがみ込んでおり、空中にたくさんの水の玉が浮かんでいた。配管の修繕をしているらしい。この配管は、吸水器で空気中から集めた水を栽培室に送っている。

ホミサルガは、目の前に漂う卵ほどの水の玉が僅かずつ形を変えてゆくのをしばらく眺めてから、口をすぼめて一息に吸い込み喉を潤した。

ルジスラフの横を通り過ぎて栽培室に入ると、いつものように酒気を帯びたような黴《かび》くさい暖気にくるまれる。

狭い空間の三方から幾段も栽培棚が張り出し、その上でヤキの実が所狭しと犇《ひし》めきあって、各部の照明に向かって背を伸ばしていた。

「そうそう、子供の頃にさ、礼拝堂のアネクドートをきれいに露払いしたら、司教たちが甘干しの金環食を褒美にくれたことがあって」

左手の方から声が聞こえてくる。栽培棚の間を通っていく。

「あたしも貰った。金環食は延縄《はえなわ》のあたりがすっごく綺麗で、嬉しかったなぁ」「なんだ、ふたりとも貰えたんだ、羨ましいよ。僕なんて騾馬のポリプだったから」「いいじゃない、騾馬なら苦よもぎを吹けるから、物見遊山になる」

突き当りを左に折れると、救護師のセルメイラ、整備技術師のニマノラ、それにナンハイムの三人がいて、ヤキの実に霧吹きをしたり、枯れた部位を取り除いたりと世話をしている。

そうやって手間暇をかけてやることで、成長と増殖を促すことができる。落下が始まった時に栽培棚が部屋中にばらけ、ヤキの実の半数は枯れてしまったが、残ったものは無事に育って増え続けてくれている。発掘団の代理構成体は、基底現実の一般的な人間と比べて熱量の変換効率が格段に高く、数日に一度の食事で事足りるとはいえ、培養している餉と合わせても、五十人分近い食い扶持を賄まかなうには充分とは言えない状況だ。

「でも、苦よもぎを吹いたりなんかしたら、ラグランジュ岩礁のフニクラが沙羅双樹代わりにすりおろされて――」

「ナンハイム、それはちょっと違和感あるんじゃ――」セルメイラが笑いながら振り返り、黒目がちな目を向けた。「あれ、ホミサルガ。あなた当番だったの?」

「目が醒めてしまって。ヤキの実が育っていくのを見てると落ち着くから」

「わかるわかる」

「それより、あんたたち、ネットスフィアのことを覚えてるの?」

ホミサルガが言うと、三人が顔を見合わせて笑い声を上げる。

「全部ただのお巫山戯ふざけだよ。奥行きのない単語が多すぎるでしょう? それらをでたらめにもっともらしく繋いでいくの」

「そう、ニマノラが始めた捏《つく》り話っていう遊びなんだけどね。途切れさせずにうまく話を合わせ続けられると楽しいんだ」ナンハイムがいつになく明るい表情を浮かべている。

「最初は軌憶の中身を埋めようとしていたんだけど、うまくいかなくて。だんだん軌憶から逃れて巫山戯《はりこ》る方が面白くなってきたの」ニマノラが腰を屈めた姿勢で、ヤキの実の萎《しお》れ瘤を鋏《はさみ》で刈り取りながら言う。髪を切るのもうまくて、ホミサルガも一度頼んだことがある。

「そうするうちに、本当にあったことを話しているとしか思えない瞬間が訪れることもあって」

「そうそう、あの感覚は不思議だよな」

突然、セルメイラが息を呑んでしゃがみ込んだ。ホミサルガは、さっきの自分を思い出しながら手を差し伸べる。塔の中にいると落下中だということを忘れてしまいがちだが、前触れなくその恐怖に襲われることがある。

へへっ、とセルメイラが土気色になった顔で照れくさそうに笑い、ホミサルガの手をつかんで立ち上がる。掌が冷たく汗ばんでいた。

十六《中》階と十五《下》階の通路がセーフガードの軀体で埋め尽くされてしまったので、その後しばらくは皆でそれらを処理する仕事に勤《いそ》しんだ。四肢を胴体からばらしたり、導管を巡る循環液を抜いたり、胸郭内の球形器官からタール状の黒い粘液を抽出したり、頭蓋の内側の綿状組織を剝がしたり、全身を巡る神経線を引き抜いて巻き取ったり、細かな固着具を集めて分類したりと様々な仕事があった。手を動かしながら、ニマノラの始めた捏り話で盛り上がることもあった。ホミサルガも試しに加わってみると、案外楽しくよい気晴らしになったし、普段話している言葉よりすこしばらけにくい気がした。つい墓穴という言葉を何度も使ってしまい、よっぽど好きなんだね、と笑われたりもした。個性消滅にまつわる言葉だとは判っていたが、どうにも印象が定まらないのだ。

ときおりホミサルガは最上階の片隅にいるお喋りモリの元に立ち寄った。あのとき輪郭を表した子供の話を色々と聞いてみたかったのだが、モリは階層都市世界を巡り歩いた地図測量師たちの記憶を止め処《ど》なく話し続けるばかりだった。それでも構わなかった。

〝僕は暗い螺旋階段をぐるぐるぐるぐる上り続けて——話しているだけでも目が廻りそうになるよ。ようやく抜けるとそこは塔の屋上でね、これまで見たことのないほど広大な空間が広がっていて、測量の目も届かないほどで——〟

以前は代わり映えのしない退屈な話としか思えなかったのに、耳を傾けるうちに階層ごとの建築様式や集落の生活の違いが窺えるようになってきて、階段の作りのちょっとした違いにさえ興味を覚えるほどになった。とても人が住めるとは思えないような隔絶された過酷な地にも人の集落があることを知り、極限的な日々の営みを支える創意の豊かさに惹かれた。

〝その周辺にはとてもくさい、真っ黒な汚水溜めが広がっていてね、水辺には小さな集落があって〟

「その集落にはどんな種族が住んでいたの。背丈はどれくらい？　どんな服を着て、どんな食べ物を食べていた？」

すかさず訊ねないとすぐにまた歩き回る話に戻ってしまう。

〝細かな骨飾りのついた長衣を纏った、とても小さな人たちだったよ。彼らは汚水に棲む僂《る》吐《と》惧《ぐ》という大きな生物を銛《もり》で狩って――〟

「どれくらい大きいの」

〝全長は十米ほどかな。形は言葉にしづらいね。鱗《うろこ》はなくて、ぬめりのある黒い皮膚に覆われていたよ。狩りの度に必ず何人かの犠牲者が出るんだけど――解体してありとあらゆるものに利用していたよ。肉は汚水抜きをしないと食べられないものの、長期間の保存には向いていて。そうそう、編み込んだ革細工の模様が独特だったな――〟

「へぇ、どんな模様だろう。すごく知りたい」

〝僕が絵を描ければいいんだけどね。三色あって――〟

壁の伝声管から仰哨の声が響いて、お喋りモリの声を遮った。壁側の上方から、輸送機が接近しているという。乗れ、と手で合図をしているらしい。

皆で屋上に出ると、横幅の狭い箱型の輸送機が、斜め向きの姿勢で大陥穽の外周に触れんばかりの距離を下降していた。まるで胸に吊り下がったモリみたいだとホミサルガは思う。

輸送機は塔の周囲を巡りはじめ、幾度となく接近しようとしては、低音の分厚いうねりを発して押し戻され――その度にどよめきが上がる――やがて遠ざかっていった。「必ず助けにくる」運転席の男がそう叫んでいた、とラダートフは言い張った。

次の集会では、この閉塞状況を打開するために幾つかの提案がなされたが、全員の脳髄から封存バッグを作ってセーフガードの胸腔に収め構造物側に射出する、という個性消滅を伴う案など、実現をためらうものばかりだった。今のところは、以前に偶然実行しかけてやめた、塔を構造物断層に不時着させる方法が最も現実的かと思われた。むろん境界面を突破するには射出機の威力も塔の強度も足りず、変成砲弾もなく、人体への影響の計り知れなさも変わらなかったが、ひとまずは唯一可能である塔の補強を、セーフガードの四肢や内容物を使って進めることとなった。少しでも可能性に繋がりそうな、没頭できる仕事が必要とされていたのだ。

ホミサルガたちは、寝所が非常時の際の防護殻となるよう、セーフガードの胸郭や白面を神経線で繋いで壁を覆う作業を続けていた。

「これは、あまり眠れないまま目覚めてしまった時の顔だよ」

「どうかなぁ。信じていた人に裏切られたと判った瞬間の顔じゃない？」

捏り話をしていたはずが、いつしかセーフガードの白面がどういう時の表情なのかを言いあうようになっていた。画一的で無表情だとみなしていたが、角度や影のつきかたによって違った印象を受けることに気づいたのだ。

「くしゃみが出そうで出なくてもどかしい顔」

「ザグラッツのくだらない冗談を聞かされた時の顔」

「ずっと気がかりなことを抱えたまま料理をしている顔」

誰か基になった人がいて、そういった瞬間に象《かたど》られたとしか思えなくなってくる。

「いつ叱られるかとびくついている顔」

アマサーラがそう言った直後、スマージカの声が響きだした。

——こちら俯哨。一粁下方、真下——四の壁側の断層からセーフガードたちの群が橋をなしている。二十秒後には塔に接触。

頭鐘が騒がしく鳴りだした。

——珪素《けいそ》生物！　奴ら珪素生物に群がっている！

皆が壁沿いに掛けられた磁撃棒を手に取っては床を蹴り、赤黒い空間の中を一斉に上昇していく。浮き渡りを嫌うホミサルガも今回は迷わず床を蹴っていた。

屋上に出るなり、大陥穽の境界面で光を放つセーフガードたちが遠ざかっていくのが見えた。流れていく階層都市が大きく斜めに傾いており、しばし混乱させられる。

風の逆巻く床の斜面を、作業靴を吸いつかせつつ上っていく。手摺壁から四の壁を覗くと、大勢のセーフガードが、壁面をなす組互材の継ぎ目に戮爪《つめ》を咬ませてしがみつき、白面を一方向に向けていた。その先には、根を張った樹木のように壁際に立つ、背高い漆黒の珪素生物の姿があった。腰から下は艶のある黒衣に覆われ、左腕に角張ったブレード状の武器を備え、頭部からは編み込んだ黒髪めいた幾本もの長い管が伸びて宙に漂っていた。よく見ればその中の一本だけが足元の壁に突き刺さっている。

セーフガードの一体が戮を突き出し前のめりに進みだしたかと思うと、珪素生物の黒衣が腰周りに広がって渦を巻き、白い軀体は上下真っ二つとなって回転しつつ上方へ飛ばされていった。次の瞬間にはセーフガードたちが押し寄せ、珪素生物の姿は見えなくなった。

遅れてリランダーシがやってくる。珪素生物と聞いて、衛師の残した人の背丈ほどもある斃銃《へいじゅう》を運んできたのだ。長い銃身を手摺壁に載せ、銃口を向ける。

セーフガードたちの頭、腕、上体などの部分が破片を伴って跳ね飛んでいき、珪素生物の体が露わになってきた――リランダーシが珪素生物の広い額を狙い撃つ――一瞬時間が凍ったように弾が停止し、宙に散った。

「くそっ、なにが起きた」

「防護繭《ぼうごけん》が張られているのかもしれん」

珪素生物の白黴に包まれたような顔が、こちらに向いた。眼球は押し込まれた黒い硝子球のようで、周縁近くが映り込みで縞模様になっている。鎧状《よろいじょう》に覆われた口元が、甲虫の体節のごとく蠢《うごめ》いた。

「なんというカオス係数の高さだ。ここはなにもかもが不安定で心地よいところだな。気に入ったぞ」

珪素生物はセーフガードたちを薙ぎ払うと、唐突に壁面を蹴って飛び上がった。頭部の管が突っ張って姿勢が逆さまになり、弧を描きながらこちら側へ飛んでくる。

一斉に後ずさる皆の眼前で、槍が突き刺さるように珪素生物が手摺壁の上に立った。足の鉤爪で縁を挟んでいる。管が波打って戻っていく。その堅靭《けんじん》な肢体がさらに屋上に向かって跳ね、背後に黒衣が広がった。

ザグラッツが着地する珪素生物の傍らに踏み込み、磁撃棒を打った――ように見えたが磁撃棒は宙を跳ね、ザグラッツの頭部は屋上に立つ珪素生物の右手に摑まれていた。鼻下まで水に浸かったように切断され、無数の赤い球が噴き出して上方へ飛び散っている。体の方は両足を床に吸着させたまま後ろに倒れていく。

ホミサルガの顔から血の気が引いた。

「おまえたちは――」珪素生物の右頰で赤い光点が明滅する。「半有機系の代理構成体か。ネットスフィアから降りてきたのだな。ということは接続手段を備えておるはず」

珪素生物の指の腹から赤い蔓《つる》状のものがうねり伸びて、ザグラッツの頭の断面に潜り込む。

誰もが珪素生物から距離を取った状態で、磁撃棒を構え直したり握り具合を確かめたりしながら何もできずにいた。黒く焦げた屋上の床までもが、珪素生物の一部であるかのように見える。

「ほう、ネット牽索――いかん、断ってしもうたか」赤い蔓が波打ってさらに奥深くを探っているのが判る。笑い声のようなものが聞こえた。「なんだこれは。まるで記憶喪失者ではないか。おまえたちは人形なのか？」

衛師なら対等に戦えたのだろうか。彼らならどう戦っただろうか。ホミサルガが考えを巡らせているうちに、珪素生物が視界から消え、ザグラッツの頭が宙に回転していた。

どこ！　焦って見まわしていると、視界いっぱいに珪素生物の白い顔貌があった。黒い眼球に、腫れぼったい瞼が僅かに下がる。声をあげる間もなく胸ぐらを摑まれて吊り上げられ、両足が音を立てて床から剝がれる。腕のブレードが脇腹に食い込んで痛い。

珪素生物の背後から金属のぶつかる硬い音がし、一瞬、境界面の発するような音のうねりが響いた。誰かが磁撃棒を押し当てたのだろう。珪素生物は振り向きもせず、磁縛線が効いた様子もない。立て続けに銃声がして低音のうねりが聞こえ——珪素生物は表情ひとつ変えない。その異貌の向こうでは、屋上に散らばって間合いを取っている皆の狼狽した顔が見える。アマサーラ、ナンハイム、ニマノラ、ラダートフ、リランダーシ、ラムドルク——セーフガードたちの這い上がってくる手摺壁の向こうを、傾《かし》いだ階層都市世界が上昇し続ける——

——

珪素生物が顔の右横へ伸ばしてきた手を、ホミサルガは痙攣する目で追う。後頭部に尖った爪が食い込んでくるのが、抉られているのが判る。すこし遅れて激痛が頭じゅうに根を張り、顔を歪ませる。頭の芯から、発煙筒ほどもありそうな硬いものが捻られつつ無理に引きずり出されていくのを感じ、いつの間にか放っていた掠れた絶叫が喉の痙攣で調子外れに揺れ動いて——抜けきると荒い呼吸に変わる。

ホミサルガの目の前に、鋭爪に摘《つま》まれた、血に濡れた螺旋状のものが掲げられた。小指くらいで、痛みから想像したよりもずっと小さい。そこに赤い蔓が巻きついてゆき、血の球が弾けた。

珪素生物の顔面の片側が崩れるように下がった。鎧状の覆いの向こうで舌がタッ、タッ、タッ、タッ、と打ち鳴らされたかと思うと、その顔が傾きながら遠ざかっていく。体が持ち上げられているのだ。

「なんだこれは。ダミーではないか。お前たちは一方向でこちら側に落とされた使い捨てか」

いまなんて言ったんだ。ダミーと聞こえたが。いったいなにを。

仲間たちの間に動揺が広がっている。

ダミー、一方向、使い捨て――どういうことなの……

混乱していると、こともなげに放り投げられ――その瞬間に鋭爪で腹が斜めに裂けたのが判った――仰哨台の側面に激突して跳ね返り、痛みを感じる前に手摺壁を越え――その縁に踵《かかと》がぶつかって頭側が下がる――四の壁に肩甲骨のあたりから突っ込んだ。塞がった窓の並ぶ外壁の上を頭から滑っていく。壁に張りつくセーフガードの傍らを過ぎる。無機質な顔がこちらに向く。動きを止めようと膝を曲げ靴裏を押し当てながら、腹の裂け目が膨らみ腸がはみ出しているのに気づく。寒気がして額や目元に脂汗が噴き出し、視界がすぼまってきて穴から覗いているみたいになる。裂け目に両手をあてて押し戻すうち、唐突な浮遊感に包まれていた――塔の下側の崩れた壁や天井が見え、遠ざかっていく。耳朶を打つ風音ばかりが聞こえ、鼓動が止まったように全身が冷えていくが、腹の裂け目と後頭部だけは煮え滾《たぎ》るように熱い。

わたしは塔より早く落ちていく。言葉より早く落ちていく――ホミサルガは目を瞑《つぶ》った。

墓穴という言葉がようやく腑に落ちた――その中をずっと落ち続けていたのだ。

突如背中側に激しい衝撃を受け、視界が真っ白になる。何かに抑えつけられている。窪みに押し込められていく。

「お待ちしていました」

頭上から、なにかが覗き込んでくる。細かなセンサ類の茂った逆向きの顔。

イダル――

言語基体を切り替えるが、肺が圧し潰されたように声にならない。喘いでいるうちにやっと、起きてたの、という音になる。

「ホミサルガの接近で休止状態が解けました。なるべく柔らかい部分で受け止めたのですが」

「あんたに柔らかいところなんてないでしょ」

痛みのあまり鼻水や涎《よだれ》が止まらなくなっている。

「ホミサルガの体液の漏出が盛んすぎるようです」

「知ってる。鋲打機」

すぐに右側から鋲打機を備えた細い自在肢が伸びてくる。

上着をめくり、血まみれになった腹の裂け目を両手で強くつまんで盛り上げ「打って」と言う。

「まさか痛覚がないのですか？」

「なんでこんな顔してると――」

　左側から別の自在肢が伸びてきて鉗指《かんし》で裂け目を挟んだ。鋲打機が押し当てられ――激痛で背筋が反り返る。五回繰り返されるのに耐え、裂け目を塞いだ。

　荒い呼吸を繰り返していると、視界に途切れ途切れながら判読できる表示が戻った。光のフレームで立体表示された塔の屋上に仲間たちを示す光点が散らばっており、ひとつ、またひとつと消えていく。

　ホミサルガは両手で顔を覆う。息を整えると顔を上げて塔の底部を見据え、操作卓に手を伸ばすが、指が思うように動かない。口頭で命じる。

　イダルの肩からハーケンが発射され、たちまち鋼索が伸びていく。反動で離れだすが、ハーケンが十四階の天井端に打ち込まれるなり鋼索が張って止まり、機体が振り子状に揺れはじめる。巻揚機が唸りを立てて動きだし、塔に引き寄せられていく。イダルの体の隙間を流れていく風が、笛のような音を鳴らす。

「これができるなら、自分で戻ってきといてよ」

「残念ながら自律駆動型ではありませんので」

「進化するくらいの時間は充分にあったでしょうに」

　塔に辿り着くと、イダルを四の壁に這い上がらせ、短い脚部の底にある履帯《りたい》を分子間結合させて渡りはじめる。その間にホミサルガの視界の表示は途切れがちになっていった。セーフガードが迫ってきたが、排土板を備えたイダルの剛健な腕が弾き飛ばす。

手摺壁から身を乗り出すと、屋上には左腕を上げた珪素生物の後ろ姿があり、対峙するラムドルクの頭上で、片腕が血の斑点をたなびかせながら宙を舞っていた。ふたりの向こうでは床が大きく失われ、赤黒い光が滲み漏れている。

「膠着弾を」

ホミサルガが囁くなりイダルの腕の下肘部から発射され、珪素生物の無骨な背中から花開くように膠着剤が広がって、黒い体軀を流動的に包み込んでいく。珪素生物は体を捻り、腕を振り回して逃れようとするが、膠着剤は凍りつくように白さを増して凝固していく。発掘現場で構造物の崩落を防ぐために用いているものだ。その傍らでラムドルクが断たれた腕を抱えながら蹲っていく。向かい側の僅かに残った床に両足を失ったラダートフが仰向きに倒れ、仰哨台の湾曲した骨組みには、足が逆方向に曲がった頭のない体が埋もれていた。床や手摺壁のそこかしこに血痕があり、肉片がへばりついている。これでも多くは飛ばされてしまったのだろう。

イダルを屋上に這い上がらせ、膠着剤の塊に近づいていく。その内部からは、箍《たが》の外れた激しい駆動音が響き続けていた。ホミサルガが呟く通りに、イダルが左手で珪素生物の頭部をつかみ、右腕の排土板の下から伸長した鋸刃《こ き》を顫動《せんどう》させ、首を断つ。切断面から、黒々とした体液が重油のごとく吹き上がり、球形にばらけて飛び散っていく。それを見届けたところでホミサルガは前のめりになり、動けなくなった。

眼下の床に広がる泡の浮いた血だまりに、緊急保存パックが浸っているのに気づく。仰哨だった誰かがつけていたものだろう。瞬きをして視界を拡大する。筐体の刻印が拙い。

それを――

殆ど声にならなかったが、イダルが自在肢を伸ばして拾い上げ、首にかけてくれる。お喋りモリはなにかを呟いているがよく聞こえない。

「救護班はいませんか」とイダルが鉄の軋《きし》みめいた建設者の言葉を放つ。

崩れた床の縁から、血塗《ちまみ》れになったゲドハルトの顔が覗いた。ゆっくりと這い上がってくる。その周囲にも何人かの姿が続く。その時、弐の壁の一部が剝落し、煙が大きく膨らんでたちまち流されていった。

ホミサルガが薄目を開けると、誰かに背負われて通路を進んでいた。傍らで負傷者を背負い歩いていたアマサーラが顔を覗き込んでくる。

「大丈夫かい？　セーフガードみたいな顔になってるよ」

「そっか、あれは……痛みに堪りかねて意識を失う寸前の顔だよ」

そう言ってホミサルガは意識を失う。

再び目覚めると、吊り床の上に横たわっていた。

頭上に並ぶ吊り床のあちこちに、仲間の組織を密封した透明な封存バッグが幾つもぶら下がっていた。赤と白が斑《まだら》になり、底には黒い血が溜まっている。

寝返りを打とうとするが、胴体が包帯できつく巻かれており力が入らない。額から後頭部にかけても包帯の感触がある。マサージュの手当を受けている情景が蘇ってきた。すでに何度も目覚めていたらしい。強い鎮痛剤を注射されたせいか、眠気に纏わりつかれている。

眼球だけを動かしてあたりを見回すと、吊り床に横たわる負傷者や、封存バッグを吊るしている誰かの後ろ姿が見える。その向こうの壁や天井の表面を浚《さら》うように、馴染みのない幾何学的な表示がちらついていた。

「半数近くも個性消滅してしまって……」セルメイラの声が聞こえた。「ネットスフィアに戻れないまま……どうしてわたしたちは閉め出されなきゃならないの」

「そのおかげで珪素生物に利用されずにすんだんだ」マサージュだ。溜息混じりで疲れきっている。ふたりとも、休みなく負傷者の手当を続けているのだろう。「発掘作業は長期間に亘る予定だったからな。汚染も恐れていたのかもしれん」

「でも、どうしてそれすら知らされずに」

「わたしたち自身がそう決めたはずだ。ともかく封存を急ごう」

「皆こんなこと……望んでいるのかな。たった三千時間ほどの、あやふやななにかが戻るだけなのに」

「それでもあんたはあんたで……俺は俺だと判る」喉の奥になにかを溜めたまま話す声がし

た。負傷者だろうが誰なのかは判らない。

「わたし……判らなくなってきた」と啜り泣きはじめる。「それに、どのみち塔は崩れつつあるのよ」

「いま、皆が懸命に……」声がダツマーカのものだと気づく。「塔を補強している。打開策だって――」

「ごめん。もう喋らないで。次はあなただから」

「ねえ……わたしは」別の誰かが、ほとんど息だけの声で呟く。「封存させないでちょうだい」

セルメイラは答えなかった。

それから何十時間もホミサルガは動けないままでいた。傷は塞がりつつあったが、まだ所々膿んでいて鈍く疼いた。背中にもずっと違和感がある。回復が遅すぎるとマサージュに漏らしたら、電基耕作師たちなら二百時間はかかるところだと言われた。

部屋の灯りが明滅した。

掌を胸元にあてて浅く息を繰り返しているうちに、ようやく背中の違和感の正体に気づいた。手を首に伸ばし、チェーンをつまぐって引き寄せる。かすかな血のにおい。鎖骨の窪みにのったお喋りモリの筐体が、ひどく熱を持っている。

灯りが一気に暗くなってきた。

「あれっ、どうした「なにっ、手当ができない「おい、なんにも見えんぞ」

とうとう真っ暗になり、ざわめきが大きくなった。

足音がして、誰かが戸口から入ってきたのが判る。

「ここもか」ゲドハルトの声だ。「補助電源生物の方でなにか起きているのかもしれん。ニマノラ、念のため配線の確認を」

「わかった」

ふたりの足音が離れていく。

お喋りモリが火傷しそうなほどに熱くなっていた。かすかにハム音のような、呟き声のような雑音が聞こえはじめ、鼓動の動きに絡みついてくる。

暗闇の中で、無数の光点が明滅しだしていた。光点は四方八方に伸長して、銀色の直線や曲線を引いては枝分かれしていく。まるで捏り話で思い浮かべた冬枯れの森を見上げているようだった。銀線は止め処なく錯綜し、重なりあって、不安になるほどの複雑さと密度を増していく。

モリ、いったいなにが起きてるの――腹に力が入らず囁き声で言う。手探りで腰の金具を外し、上体を起こす。

夥しい光の線分からなる集積塊が、蛇腹が開くようにばらけはじめ、変形を繰り返しながら、ひとつがグラスほどの小さな立体を様々に形作りはじめる。その殆どが直方体だ。

鎮痛剤が見せる幻覚なのだろうかと思っていると、「なんだこの表示」と誰かの声が聞こえてきた。「どうなってる」「走査器官が暴走しているのか？」と他の者たちの声も続く。

自分以外にも見えているのだ。

形作られていく千態万状の立体が、水平方向、垂直方向へと絶え間なく分裂を繰り返して増殖している。寝所の壁を、塔の外壁を、周囲の空間を越えて大陥穽に達し、果てしなく連なる構造物を次々と覆い尽くして拡大し続けているのが感じられる。まるで建設者の暴走で階層世界が増殖しはじめた頃の厄災を目の当たりにしているかのようだった。

ホミサルガはいつの間にか自分がその氾濫の中心に立っていることに気づいて、身が竦《すく》んだ。背後を振り返っても、足元を見下ろしても、光の立体群がとてつもない遠近感で重畳している。

外方向だけではなかった。それらの銀線は頭の内側にまで雪崩れ込んできている。意識が縦横に裂かれていくように、ちりちりと痛んだ。

答えてよモリ、聞こえないの？　なんかおかしいよ。妙なことになってる。

そう呼びかけ続けるうち、

「いつものようにね、歩み続けているんだ」と近くからセルメイラの声が聞こえてきた。

なに、セルメイラ。どういうことなの。

把握できる規模を遥かに超えて沼々《ちょうちょう》と拡大を続ける立体群の中で、ホミサルガは自分の体が縮んでいくのを感じたが、ほどなく個々の立体の方が膨張しているのだと気づいた。すでにホミサルガの背丈を超えており、見上げるほどになっていく。

「僕たちは一斉にね、上って、上って、睥睨《へいげい》してね」とマサージュが言う。いつもの口調と違っている。「歩いて、歩いて、くぐり抜けて……」

いったい、これは……モリ、あんたが喋らせているの？「覚えているだろう？　僕は当時のありとあらゆる階層に足を踏み入れたものじゃないか「歩き渡ったものじゃないか「それらはまだ目の前に広がっているよ「ほら、構造物たちの定礎数列だって感じられるだろう？」

周囲から幾つもの声色でモリらしき語りが聞こえてくるが、渺々《びょうびょう》とした立方体群の重なりあいしか目に入らない。

傍らの直方体はこの塔を凌ぐほどの高さになっていた。それらを繋ぐ光の枠の間に手を伸ばすと、漣《さざなみ》が広がって水が張ったように面をなし、強固な手触りが生じはじめた。

「そうだ、僕は――」とホミサルガの唇が動く。「システムから階層都市じゅうへ派遣されて……」

足元には模造石の幅広い階段が広がっており、それを一段、また一段と踏みしめて上っているところだった。

前方が隔壁で塞がれていたが、側壁に台形の隧道《すいどう》が口を開いていた。足を踏み入れる。ひねこびたケーブルが垂れ、錆びついた配管の絡みあう中を通り抜けると、未測量の深い峡谷の底に出た。暗い開口部がまばらに散らばる薄汚れた壁崖の間で、大気が霞んでいる。

壁崖に手を添えて歩きながら双眸を巡らせ、固定済みの基準点を頼りに空間構造を測量しつつ、周辺構造物の制御盤から定礎数列を巻き取ってほぐし、材質、構法、荷重状態、製造建設者の個体識別数列などの詳細情報を剝き出して測量符に溶かし込んでいく。

峡谷を休みなく進むうちに、巨大な竪坑に辿り着いた。昇降台に乗って竪坑を上りはじめる。四面の壁を隙間なく埋め尽くす無数の配管を、鉄の枠組みが抑え込んでいた。

ここしばらく情報密度の濃い地域を通っていたせいか、頭が疼いていた。整理が追いついていないのだ。測量の歩みには際限がなく、時には意識して休息をとらねばならない。固く冷たい昇降台の上に横たわる。そうする間にも知覚系は情報を雑駁《ざっぱく》に取り込み続けている。

ゆっくりと目を閉じる——そこには蒸気に満ちた歪んだ暗黒空洞が広がっており、幾重にも連なる濡れ光った段上に、人の何倍も背高い黒衣の珪素生物たちが、太古の聖人像のごとく微動だにせず並んでいた。床には油じみた金属甲虫たちの夥しい群が犇めいて波打っている。まずい所に足を踏み入れてしまった、と察するが、戻る間もなく黒い装甲に身を固めた珪素生物たちに取り囲まれる。予想される個性消滅までの僅かな間に走査網を広げこの異様な暗黒空洞を測量し早く補助脳を——

「どうした、だいじょうぶか」

隣から父さんの声がする。

いつの間に足を止めたんだろう。妙な姿勢で立ち止まっていた。

「グリスがいるか？」

僕は首を横に振って、白昼夢を払って、関節の曲がり具合に馴染めない体で再び歩きはじめた。

「いつまで歩かないといけないのかな」

声の抑揚が微妙にずれてしまう。

「あとすこしのはずだ」

「もう何度もそう言ったじゃない」

「おまえの新しい体は疲れないはずだろう？」

「それはそうだけど……もう何百時間もおんなじ景色ばかりで退屈すぎるよ」

壁崖から迫り出した細い道をずっと歩いていて、歪みの強すぎる視覚に入ってくるものと言えば、代わり映えのしない接ぎ目だらけの壁面だけだった。

「ほんとなら垠攬《ぎんらん》墓所や陰導尾根が見えたはずなのに」

「マドモレの宿で階賊がいると聞いて、遠回りの行程を選んでしまったからな」

「父さんは退屈じゃないの」

「お喋りなおまえのおかげで、楽しいさ。回収仕事であまり会えてなかったからな」

「こんなことなら旅に出なければよかった」

父さんが立ち止まり、こちらを向いた。いつもの撫で肩がより下がったように見える。

「なあ、クノワ。旅に出たいと言ったのはおまえだぞ？　いつも家から出たがらないおまえがそんなことを言い出したもんだから驚かされたが」

「自分でもどうしてあんなことを口走ってしまったんだろうって」

「父さんは嬉しかったんだがな」

「僕、最近どうかしてるんだ。見たこともない階層を旅している夢ばかり見て……寝ても覚めても歩いているもんだから気が休まらないんだな」

「すまない。無垢《むく》のブツを見つけられなかったせいだな。どうしても多少の影響が出てしまうらしい」

「父さんを責めてるわけじゃないよ。感謝してるんだ。でなければ僕は退屈だと思うことだってできなかったんだから」

見上げて言うと、父さんも撫で肩の向こうからこちらに顔を向け、微笑んだ。

「そう思ってくれているなら救われるよ」

「ただ、やっぱり旅は苦手だなって」

「眺めておきたいと思ったのは本当なんだろう？　その体になる前にも言ってたじゃないか」

「うん、そうだね。お爺ちゃんに貴重な古い絵を見せて貰ったことがあって。それが、たまに心の中に昇ってくるんだ」

あれはとっても綺麗だった。若い頃に廃棄階層の住居から見つけたハードコピーの一枚だとお爺ちゃんは言った。他のものは脆く崩れてしまって残っていないらしい。たぶん回収稼業への興味を惹かせたかったのだろうと思う。

「ああ。あれはよいものだった。あれを見せられてからずっと、わたしも本物を見たいと願ってきたんだ」

「でもし、ただの噂だったら……」

「それでも無駄にはならないさ」

「どうして？」

父さんは眉を上げて僕を見つめた。まるで自分の方が返事を待っているみたいに。

――ただちに最上階に集合してくれ。繰り返す、非常事態につき、ただちに最上階に集合してくれ。

部屋じゅうに響くリランダーシの声でホミサルガは目覚めた。

灯りの戻った部屋が激しく震動し、壁を覆うセーフガードの外殻が軋みを立てていた。戸口の向こうも騒然としている。声を張り上げながら下階へ下りていく足音がする。いままで体感していたなにかから、一気に遠ざかっていく。どの吊り床も大きく揺さぶられていたが、ホミサルガの体は静かだった。吊り床どうしの間に浮かんでいるからだと気づく。

――負傷者も可能な限り。ホミサルガは必ず来るように。

えっ、名指し？

驚いていると、「動けそう？」とセルメイラが手を伸ばしてくれた。

「ええ」

吊り床を離れ、激しく震動する塔の中をセルメイラの手に引かれて進んでいく。そこかしこで罅割れた壁が大きくずれて擦れあっている。壁からセーフガードの腕が弾け飛び、膝にぶつかった。もし補強していなければ、とうに崩壊していたことだろう。

お喋りモリをつかむと、冷たさが戻っている。声を掛けるが、返事はない。

最上階には強風が吹き渡っていた。以前よりも赤味が引いて薄暗く、寒さに背筋が震える。宙吊りの補助電源生物を見ると、前後に大きく揺れており、体表の細部まで形が判るほどに光が衰えていた。だが集まった者たちが張り詰めた様子で眺めているのは別のものだ。そこに視線を向けるなり、ホミサルガは顔を強張らせた。

天井と壁をまたぐ大穴から覗く、流れゆく大陥穽——その速度が明らかに増している。

周りの者たちの呼吸が荒くなっているのが判った。手を握り合っている者もいる。

「見ての通り加速度が増しはじめた」とリランダーシが早口で語りだした。「短時間観測した限りだが、大陥穽の風景に連続性が現れている。都市の垂直方向は塔と同軸だ」

「それって、まさか」咽《むせ》ぶようなアマサーラの声がした。

「ようやく循環から解き放たれ、通常の基底現実に固定されたということだな」とラムドルクが言った。片腕の断端は血の滲んだ包帯にくるまれている。

誰かが床にしゃがみ込み、その拍子に、啜り泣きや、祈りを唱える声が聞こえだした。喚き散らす声も混ざる。落下しはじめた直後の状況に滑り込んだかのようだった。あの時と比べれば大きく人数が減り、誰もが長い落下生活で窶《やつ》れている。

いったいどうして急に。あの幻覚は時空固定時の影響？　あんたも見たのか。このままでは激突してしまう。なにがきっかけなんだ。あの珪素生物のせいじゃないか。補助電源生物の急激な衰弱が――

「それらを究明している時間はない」リランダーシが声を張り上げた。「我々に与えられていた猶予は尽きたんだ。これまでで最大の危機だが、脱出する最後の機会でも――」

唐突に塔が衝撃に見舞われ、よろけて何人かが倒れ込んだ。

ホミサルガはセルメイラに支えられながら、急に増した体の重みに耐える。

「もうだめだ」「もってくれ」「何もかもが終わりだ！」どよめきが高まっていく。

「落ち着いてくれ。ゲドハルトたちが射出を始めたんだ。むろん時間稼ぎにしかならんが」リランダーシはその場を鎮めると、皆の顔を見まわしながら告げた。

「よく聞いてくれ。我々がこれから挑むことを手短に説明する」

全身が重みのある風に打たれていた。胸元にはお喋りモリが押しつけられている。

イダルが最上階の搬入口から三米近い軀体を乗り出し、弌の壁に両手をついていた。ホミサルガはその腹部に収まり、イダルの視覚を介して外を見ている。

眼下に広がる塔の壁面は、防護繭の発生器官と繋がる神経線の網目に包み込まれていた。ゲドハルトが珪素生物から摘出し、セーフガードの部品を加え、塔を保護するために作りなおしたものだ。

――全員、防護殻に退避！

塔の最下端の向こうでは、階層都市の構造物が判別できないほどの速度で溶け合っている。

塔がぐり抜けていった様々な階層を踏みしめてみたい、とホミサルガは不意に思った。そこに住む人たちと、あることとないこと話してみたい。

耳元に断続的な雑音や唸りが聞こえ、背中の筋が痙攣する。イダルの背面に展開した射出機には、補助電源生物が載せられていた。いくら絶縁膜に覆われているとはいえ、これほど間近では心穏やかではいられない。

「うまくいくとはとても――」とイダルが言い、「だまれ」とホミサルガは返す。

リランダーシが「イダルの紐付けを解くには時間がかかる」と言ったとき、「わかってる。わたしがやるよ」とホミサルガは即座に答えていた。

――落下方向に閉塞物を視認。

「いまよ」と命じる。

イダルの機体が屈伸するように振動し、ホミサルガの頭上から補助電源生物が勢いよく飛び出した。去り際の尾にイダルの背が打たれ、火花が散って全身に鋭い痺れが走り、歯を食いしばる。

補助電源生物は、壁面との間に稲妻を走らせながら、尾を揺らして泳ぐように飛んでいく――イダルに左腕で狙いをつけさせる――またたくまに塔を越えて遠ざかっていき、ラムドルクの計算した距離に達した。ホミサルガが頷き、左腕の排土板の下から鉄杭が立て続けに射出された。その直後、イダルは履帯を駆って体を回転させ――即座に搬入口のシャッターが閉まる――背中を壁に押し付け両手と自在肢でセーフガードの腕を摑み、履帯横のストッパーを床に打ち込んだ。

とてつもない爆音が轟き、下方から凄まじい衝撃に殴打され激しく揺さぶられる。人影のない発電室に、幾条もの光が荒々しく差し込み、室温が一気に上昇していく。梁《はり》が湾曲して横架材が引き千切れ正面の壁が半ばまで崩壊するのを目の当たりにする。宙に散らばった破片の向こうに、隔壁の露わな構造物の断層が迫っていた。ゴーグルが細かな粒子に汚れていく――補助電源生物が衰弱していてこの威力なのか。これで防護繭は効いているのか。本当に境界面は消えているのか――今になって、この俄《にわか》仕立ての計画の無謀さを実感し、ホミサルガは鼻で笑ってしまう。余裕ありますね、とイダルは言うが、返す余裕はない。

封存バッグを収めたセーフガードの胸郭製の脱出球が脳裏に浮かぶ。せめてあれだけでも残って欲しいと願う。

拡大していく照り映えた構造物に向かって、変成砲弾が次々と飛んでいくのがやけにゆっくりと鮮明に見えた。イダルの弾倉に残されていたものだ。命中したとたん、隔壁が沸騰するように無数の犇めく球へと膨張し、たちまちその範囲を広げていった。

ホミサルガは胸元のモリを握りしめる。

変成した構造体の懐に半壊した塔が拉《ひし》げながら食い込んでいき、揺るぎなく固定された世界へと衝突する。激甚な衝撃に見舞われ、ゴーグルが罅割れ留帯が全身に食い込んで胃液を吐いてしまう。融け崩れた構造物が室内に雪崩れ込んできて、大きく波打ちながら床や壁を覆い尽くしていく。露出している操縦席の前にイダルが両腕を掲げ、排土板を拡張した。その隙間からすり抜けてきた熱い変成物がホミサルガの体に飛び散る。

口元を拭い、荒い息を繰り返しながら、轟音が鎮まっていくのを待つ。腹部に熱さが滲み広がっていく。傷口が開いたのかもしれない。埃まみれの割れたゴーグルの向こうで、塵の粒子が充満して渦を巻き、じれったいほどゆっくりと薄れていく。

「イダル――」と声を出すなり咳き込んでしまう。

イダルの声が建設者の基底言語そのままで聞こえ、意味を解せない。割れたゴーグルを剝ぎとって捨てる。走査器官の方も動いていないらしく、ちらつきすら現れない。

轟音は遠のいていくものの、なぜだか消える様子がない。

〝ほんとに、よくここまでやってこれたよ〟

急に胸元から声が聞こえだし、ホミサルガの胸が高鳴る。

「モリ、あんた生きてたの！」

〝凄い音だったね。なんだったのかな〟

「あれは補助電――」

〝まだ耳がじんとしてる〟

こちらの声には応じずに話している。

「ねえ、モリ。耳がやられてしまったの？」

霞んだ視界がすこしずつ晴れてきて、融けて歪んだ構造物と、そこにめり込む塔の有様が露わになってきた。

〝もっと向こうまで歩かないと〟

「わかった」

ホミサルガは留帯を外し、床に降り立った。とたんに足がよろけ、イダルの脚を摑む。体というのは、これほど重いものだったのかと驚かされる。腹部を手で押さえながら歩いていく。作業服にへばりついていた変成物が剝落する。

〝ひどい有様だね。構造物が融けている。なにが起きたんだろう〟

床は丸めた紙を開いたように無秩序に罅割れ、迫り上がり、陥没しており、その三分の二ほどが、変成物の霞色をした隆起の連なりに覆われている。その向こうはやけに明るく、融けた隔壁で幾つもの歪んだ洞窟ができていた。

原形質状の隆起を踏みしめてみると、軽い弾力のあとに、ゆっくりと沈んでいく。発掘で使用した時と変わらない感触だ。

擂鉢《すりばち》形に窪んだあたりで何かが動いている。近づいていく。長い指が覗いており、なにかをつかもうとしている。両手で引っ張り上げると、叫び声とともにリランダーシの上体が現れた。

「発射時に吹き飛ばされて……」と喘ぎながら言う。「足を折ってしまってな」

なにかを言おうとするが、全ての言葉が軌憶《はりこ》に変わってしまったかのようになにも浮かばなかった。

「無事でよかったよ。おまえには伝声が通じないもんだからてっきり」

伝声も走査もだめになってしまったらしい。ホミサルガはゆっくりと息を吸い、

「皆は――」

「ああ。怪我人はいるが、無事だ。下の階から構造物に降りるそうだ」

ホミサルガは顔を上げて瞼を閉じる。目元がぼんやり熱くなる。

「おまえ、大丈夫なのか、服に血が滲んで……」

「すこし傷が開いただけよ。助かったんだ。これくらい、なんてことない」顔に笑みが滲んでいく。傷の疼きまでもが得難いものに感じられた。「あんたには悪いけど、こんなの絶対に無理だと思ってた」

ホミサルガが言うと、リランダーシが「俺もだよ」と笑い声を上げた。

〝やっと光が見えてきたね〟

「あれ、お喋りモリの声か」

「様子がおかしいの。こっちの声が聞こえないみたいで――」

〝なんだか歩きにくいよ〟

「まったく、この期に及んでまだ歩いて――」

リランダーシが急に顔色を変えた。

「どうしたの」

〝どんどん柔らかくなってる。ぐちゃぐちゃじゃないか。気味が悪いね〟

「あそこ――」リランダーシが指差す。「変成した構造物の、右端の洞窟になにかいる。セ

ーフガード……じゃない。人形だ。もうひとりは人間のようだが」

〝なんだろう。声が聞こえてくる〟

「お、おい」

ホミサルガは動きだしていた。変成物の隆起に足を沈めては抜き、沈めては抜き、渡っていく。捻れ曲がった梁の下をくぐって、光に照らされた構造物側に下りると、さらに足の沈みが深くなった。背中が温かい。

〝やけに眩《まぶ》しいね〟

歪んだ空洞の前に、旅衣装を纏った二人が立っている。

撫で肩の男と、栗毛色の髪をした少年だ。

「〝なんだろうあのひと〟」

少年とモリの声が、同時に聞こえた。

ホミサルガは近づいていく。少年の首や手首に継ぎ目を認める。

「怪我をしているようだが……」撫で肩の男が声をかけてきて、幻の中で歩みを共にした父さんだとホミサルガは確信する。「だいじょうぶかい」

「ええ。あの……」

少年がこちらに一歩踏み出し、ぐっと顔を寄せてくる。左右に離れ気味の透明な瞳でホミサルガを見つめていたが、「あっ」と跳ねるように瞳を逸らし、傍らを通り過ぎていった。

ホミサルガが振り返ると、不時着した塔の残骸が濃い影となっており、その向こうの眩《まばゆ》い光越しに、寥廓《りょうかく》とした極大の空洞が広がっていた。目を奪われ、足が引き寄せられていく。後ろから男が漏らす感嘆の吐息が聞こえてくる。

波紋状の窪みを鏤《ちりば》めた月面の広大な曲面が露わになり、手前が弧形に白く輝いていた。記憶にある発掘現場よりも、大幅に規模が増している。月面の周縁を取り巻く掘削された構造物の付近には、小型や大型の搭乗型建設者の姿も見える。

少年は変成しかけて波打つ構造物の縁に両手をついて、前のめりに月面を眺めていた。汗の浮かんだ顔の丸みが、月と同じように下から照らされている。

ホミサルガは、熱を全身に感じながら少年の傍らに立ち、眩さに目を細めつつ、月面との間に穿たれた大陥穽を見下ろした。その中央には巨大な火球が浮かんで、ゆっくりと爆炎の渦を巻いている。境界面に抑えこまれているのか、目の錯覚かと思うほどの緩慢さで小さくなっているようだった。その向こうに、超構造体《メガストラクチャー》の隔壁らしき平地が見える。

「僕も父さんもね」少年が言った。「これを見たくて、とても長い旅を続けてきたんだ」

ホミサルガは胸元のモリの手触りを確かめる。

「ええ、クノワ」

■著者の言葉

弐瓶勉作品に雰囲気が似ている、と拙作を読んだ方からよく言われる。『BLAME!』に出会った時には私もそう感じた。デビューする十年近く前だったが、当時は巨大建築物の絵ばかり描いていたからだ（その一部は『幻視百景』第二回に使った）。果てしない階層都市を黙々と上っていく霧亥の姿に、こんな作品を待ち望んでいた、と即座に夢中になり、濃厚な世界設定を構築しながら説明なしに描写で物語を進める手法には少なからず影響を受けた。が、まさか自分が『BLAME!』世界を書くことになるとは——いや、書くというより造換塔から階層都市世界に放り込まれた感じで、妙に肌に馴染む一方で幾度も足を踏み外し、これまで見過ごしていた領域にはまり込んで改めて奥深さに感銘を受けるという得難い体験をした。その実感の現れた中篇小説となったが、原作の様々な風景や小道具にもさりげなく登場願っているので、細部も含めて楽しんでいただければ嬉しい。

射線
飛浩隆

霧亥《キリイ》が消息を絶って約二千年——統治局でも珪素生物でも建設者でもない、非構造的意識、環境調和機連合知性体の支配下に置かれた巨大階層都市の断片的なスケッチ。

飛浩隆（とび・ひろたか）

1960年、島根県生まれ。大学在学中に第1回三省堂SFストーリーコンテストに入選、「異本：猿の手」（〈SFマガジン〉1983年9月号掲載）で本格デビュー。2002年、初長篇である『グラン・ヴァカンス　廃園の天使Ⅰ』で、「ベストSF2002」国内篇第2位。2004年刊行の初期作品集『象られた力』で第26回日本SF大賞を受賞、「ベストSF2004」国内篇第1位を獲得。他の著書に『ラギッド・ガール 廃園の天使Ⅱ』『自生の夢』など。

2017　巨人逍遥

白。ただ一面の白。

輝く純白の素材が、どこまでもどこまでも、水平に――重力が作用する方向と直交して――敷き詰められている。

この純白の素材は平らに、また、あまりにもむらなくひろがっているため、風景のスケールを推し量ることができない。ただ、どこからともなく降り注ぐ日照が白い平面をまばゆく光らせている。

そう、なぜかそのまばゆさは日照なのだと感じられる。

そこで、クロールから背泳ぎへ移るようにこの視界をくるりと回転させ、目を上へと向けてみよう。

すると目に入るのは一点の曇りも無い青い天穹《てんきゅう》である。

青は、日照を散乱させた自然な空の色としか見えない。かりにそうだとすれば、ここにあるのははるか過去に失われた地球の大気圏の厚さに相当する空間だということになる。〈災厄〉ののち、階層都市世界の無限増殖で、地球周辺には「青空」が可能になる空間は失われたはずだが、してみるとここはいったい何処であるのか。

そこでふたたび視点をくるりと戻してみる。

はるか眼下の白い平面に、細い細い一本の線が描かれつつある。

白紙の上にフリーハンドで引いたような震えとブレのある線の、その先端がじりじりと動いている。

そうだ――

線の生長を追っているのではなかったか。

線の先端にいるものを追って移動しているのではなかったか。

――と、だしぬけに視界に巨大な黒い影が進入してくる。

「T」の形をした、いや、正確には「于」の尾を長く引いた形の、くろぐろとした有翼の飛翔体が、真下を通りすぎていく。

気がつけば、上下左右に同型の飛翔体数十機が編隊を組んでいる。

そして自分もまた同じ形をした機体のひとつであることを知る。

かくして「于型《うがた》」飛翔体の一群は一斉に降下を始める。めざすは線の先端。数十機の于型たちはおのおのに姿勢を傾け、百メートルに及ぶ尾をねじるようになびかせて、青い空からまばゆい雲へと身を躍らせる。黒い線はみるみる接近し、やがてそれが一面の雲の、そこだけが切り裂かれているのだと判別できるようになる。なにものかが、雲を割って移動しているのだ。

その先端にいるのは「巨人」、頭部と胴と両腕を持ち、直立二足歩行をする、ヒト型の巨大な造形物だった。

茫々たる雲の海に肩まで浸かり、ときに頭の天辺《てっぺん》が雲の下にもぐり、ときに胸の半《なか》ばまで雲の上に現れる。その胸が、その頭が、巨大な帆船の舳先《へさき》のように、飛沫《しぶき》を立てながら真っ白な雲を押し分けている。

于型飛翔体は二手に分かれ、巨人の頭部の両側面に並んで飛行している。于型の漆黒の機体には、その長い体側にそって青い光点が等間隔に並んでいる。それは于型の〈目〉だ。巨人の歩行をできるだけ多くの視点でとらえ記録するための〈目〉だ。

いまもこの世界を律している単位系で計量すれば、巨人の身の丈はおそらく五千メートルを超える。だから頭だけでもちょっとした山ほどの大きさがある——

というよりは、一つの都市のように大きいと表現するべきなのだろう。なぜなら巨人の頭は、かつてこの広大な空間をぎっしりと占めていた階層都市の、瓦礫の寄せ集めだからだ。ただし、一瞬も固定されることのない、「攪拌される混沌」とでもいうべき様相を呈している。

いま巨人の右側を飛ぶ于型の目は、耳があるべき位置に形成される建築物の渦をとらえていた。石積みの壁、煉瓦の壁、漆喰の、板の、丸太の、鉄の、アルミの、強化珪素《けいそ》素材の壁、壁、壁。ありとあらゆる素材のすきとおった窓とすきとおらない窓、よろい戸、窓枠、庇《ひさし》、瓦屋根、塔と尖塔と高楼、城と砦、水道橋、アーチと橋脚、堰堤《えんてい》、堤防、防波堤、水門が、かつてならばだれもが木星大赤斑と喩《たと》えたにちがいない、複雑な襞《ひだ》を幾重にもたくしこんだ雄大な渦となって、時計の時針のようにゆっくりと回転している様をとらえていた。

耳だけではない。全高五千メートルの巨人の体軀は、体幹の最深奥《さいしんおう》まで、絶え間ない対流にも似た動きで満たされており、この流動によって体軀がばらばらに崩れることを押しとどめている——あるいは一寸延ばしにしている。崩壊を繰り延べるために次の一歩を必要としている巨人は、だからとどまることなく歩き続けなければならない。

と、巨人は姿勢を崩した。頭部の一角が大きくなだれ落ちるように崩れ、その勢いが全身に波及し、バランスを失って雲の中へと沈んでいく。于型は巻き添えを食わないよう、長大な機体をあざやかにひるがえす——

おおよそ五百年ほど前のこと、〈環境調和機連合知性体〉は、階層都市のいくつかをまるごと取り潰した。超構造体《メガストラクチャー》を上下数階層も巻き込む大規模な再開発で、青空と雲海をそっくり抱え込める空間ができた。

とはいえここはむろん、いまもなお成長しつづける〈都市〉の内部である。一見、宇宙空間まで続いているように思われるこの青空もはるか彼方では、やはり別の超構造体《メガストラクチャー》でさえぎられているのだ。

この広大な空間は、環境調和機連合知性体がかつて別の目的のために造った。当初の目的は結局失敗に終わり、手持ちぶさたになった環境調和機連合知性体は、使い道のない空間を青空と雲海で満たし、そこに約百年前から巨人を歩かせている。

白い波濤《はとう》を巻き起こして、巨人は胸から上をそっくり雲の上に突き出した。強い力で大地を――超構造体《メガストラクチャー》を蹴り上げて速度を増したのだ。勢いあまって、巨人はともすればばらばらになりそうだ。

しかし巨人が壊れることはない。いっときも休まず対流、流動する瓦礫は、じつは同時に緊密な紐帯《ちゅうたい》によって相互に結ばれているのだ。よくよく目を凝《こ》らせば――手型の目にもそれは捕捉されているが――伸縮性のある白い繊維束が縦横に張り巡らされていることがわかる。ゴムひもで作った網目のような構造が、壮大無比の巨体とその歩みを支えている。

巨人の重量のおよそ半分は、じつはこの生体由来素材の網目でできている。網目は巨人の体内に棲息する無数の「工場」で生産されて自動的に補給される（念のため付けくわえると、巨人の内部には数億の〈建設者〉が、有用な細菌のように共生している）。弾力あるネットが瓦礫のマッスを引きしめ、あるいはゆるめることで、対流する瓦礫を一種の「筋肉」のように扱える。瓦礫のあつまりが、生きて歩いているように見えるのはこのような仕組みだ。そうして全身の動きを協調させているのが、環境調和機連合知性体なのだ。

伝説の探査体、通称〈雨かんむり〉はかつて百二十体いたという。ネット端末遺伝子をもとめてさすらい、戦い、そしていつしか消息を絶った人間型サイボーグたち。

災厄と混沌で変わり果てた世界を徒歩で移動しながら、姿も形も思考様式も戦闘流儀もまちまちな彼らの共通点は、伝説の兵器、携帯型重力子放射線射出装置を身に帯びていたことである。

霧亥《キリイ》、そういう名の探査体もいた。

「ふたりの女性の遺伝子から作られた胚」を保存した球体を持った、その探査体が消息を絶って二千年と少しが経過している。

いま世界は、統治局でも珪素生物でも建設者でもない、不可知かつ万能の非構造的意識――環境調和機連合知性体の支配下にある。

巨人は長い旅路を歩いて来た。

かれが歩いて来たはるか後方にはこのドーム状空間の外縁がある。

環境調和機連合知性体は、そこに吹き寄せられていた瓦礫だまりに「工場」を投入し、巨人の初期形態――全高百メートルあまり――を樹立した。巨人は長い行程を進みつつ、体内に棲む工場や建設者の力を借りて、進路上の瓦礫を吸収し成長してきた。

しかしそのサイズはずいぶん前に上限に達している。網目の素材は再生限界を超え、全身が劣化——老化していた。

老いさらばえた身体で、やみくもに前進する巨人は、石と金属でできた台風のようだ。なぜそうまでして、と問うても意味はない。

これは環境調和機連合知性体の戯《たわむ》れである。

巨人はなぜ歩くのか——雨かんむりたちが、歩いていたからだ。

巨人はなぜ前進するのか——霧亥が（あるいは他の百十九体が）前進していたからだ。

環境調和機連合知性体は、いまから二千年以上も前にことごとく消息を絶った雨かんむりたちを偲び、かれらの姿を再現する祭礼として、巨人を作り、歩かせている。

災厄以前には、神の宿る人形を作る宗教があった。

神がすわる輿《こし》をかついで練り歩く宗教があった。

同じようにいま、環境調和機連合知性体は、雨かんむりを、意味もなく作り、ただ歩かせる。雲海の中央部に向かって。

環境調和機連合知性体は、雨かんむりを慕っているのだ。


于型飛翔体がまた集まってきた。最初よりも数が増していた。巨人の頭を円筒状の編み笠をかぶせるように等間隔に取り囲み、足取りに合わせた速度で滑空している。そのうちの一機がつい、と上昇した。

高く、高く。

巨人の背丈の二倍まで上昇したところで、目標地点が見えてきた。

飛翔体のノーズにちりばめられた目は、雲海と青い空との接するあたりに黒い水平の線を認めた。この一機が他の飛翔体をナビゲートする。巨人は顔のまわりを群れ飛ぶ飛翔体にみちびかれて、黒い目標地点へとあやまりなく歩を進める。巨人の徒歩でならわずか数日で到達するだろう。

一日経ち、二日が過ぎると巨人の胸はつねに雲の上に出てくるようになった。背が伸びたのではない。地面が登り坂になっているのだ。巨人はいまにもばらばらになりそうな体軀を一歩ごとにかき集めるようにしながら愚直に斜面を登る。そう強《し》いられている。

だって、かつて霧亥はそうしたからだ。

だって、雨かんむりたちは皆が皆そうしたからだ。

この怪物の歩行を観察しているとき、環境調和機連合知性体にはある感覚が生じる。傷のように甘く、蜜のように痛い、そんな疼きを味わっていたいのだ。

近づくにつれ、黒い水平線の正体が明らかになる。

穴だ。平らな雲海の中央に穿《うが》たれた、黒い穴。台風の目のようであり弾痕のようでもあるが、それにしても法外に大きな穴だ。

差し渡しだけでも巨人の身の丈の数百倍はありそうで、深さときたら想像もできない。五日経ち、七日経つと、雲は巨人の膝までの高さになっていた。この頃から雲の表面には、はっきりと「流れ」が認められるようになってきた。雲は巨人を追い抜いていく。息も絶え絶えの巨人を、ほらこっちだよと励ますように。

八日目、とうとう巨人の片腕が脱落した。

以前右肩を手ひどく痛めていたらしく、大きな亀裂が走っており、それが重荷になって網目はたえまない断裂と必死の修復を繰り返していた。とうとう補修が追いつかなくなり、何千という網目がぶつぶつと切れて、全長三千メートルの腕は、まっすぐ下に落ちていった。巨大な重量を失って、巨人は反対側に大きく傾《かし》ぎ、どうにか踏みこらえたものの、それがかえって体幹や下肢に深いダメージとなった。

墜ちた右腕のほうも前進を試みてしばらくもがきつづけたが、本体がどうにか移動を始めるとあきらめ、内部の工場や建設者を動員して何か別のものになろうと試行錯誤をはじめた。

霧の中に点々と島が見えはじめたのは、十二日目のことだ。

かつて力尽き崩壊した巨人たちだった。

歩けなくなった巨人を、環境調和機連合知性体はケアせず、動力も工場も建設者も抜きとってしまう。いまはまだ背中を丸めた姿勢が維持されているが、二、三か月もすれば、ただの瓦礫に戻っているだろう。背後に残した右腕もそうなるのだ、と巨人は原始的な意識で考える。

この数日登りつづけてきた斜面は、そうやってこの空間のすみずみからかき集められてきた瓦礫の集積なのだ、とも考える。

ふと、感情にも似た情報の乱れが巨人の意識を過《よぎ》る。


十三日目、穴の縁で巨人は立ちどまった。

背後から追い抜いていく雲は、巨人の足許から先は、鉛直方向に落ち込んでいく。

巨人は首から胸にかけていくつかの渦を作った。渦は歯車のように連動して、巨人の頭部を胸もとまで下ろし、そこで前傾させた。穴の中を覗き込む。しかし何も見えない。底知れぬ闇があるだけだ。深さも見当がつかない。于型飛翔体もここから先へは飛ばず、姿勢を竹とんぼのように垂直にし、四枚の翼を互い違いに回転させて空中静止している。

この穴の上に、事物は存在してはならない。

そう環境調和機連合知性体は徹底しているのだ。

巨人は頭部の位置を戻し、そこで三百六十度回転させた。穴の周囲には、まだ崩れきっていない巨人の死骸が、すくなくとも二十体あるとわかった。

両腕を垂らして直立しているもの。

あぐらをかくようにすわり込んでいるもの。

墓石のような四角柱。

膝を折り、両腕を地面に突いているもの。

どの巨人も雲海に細い線を引いてここまでたどり着き、そこで動力や工場を抜きとられたのだった。

巨人は自分の後方を向き、ここまで雲を押し分けてきた軌跡が残っていないことを確かめた。

ふしぎなことにこの穴がいったい何であるのか巨人は知っている。

かつて環境調和機連合知性体が建造しようと試み、ついに成功しなかった巨大兵器、超大口径重力子放射線射出装置の砲口《マズル》。

一度も作動していない。発射試験にも至らなかった。

一千年前に挫折した実験の遺跡。

そのあとに繰り返された、感傷的な祭礼の廃棄物。

ただ歩き続けたその終着点がここだ。

またしても情報の乱れが発生する。

今度は、容易には収まらなかった。巨人は左手をやっとの思いで動かし、胸に当てた。まるでそこに感情の痛みがあるように、そっと撫でる。

巨人はその場所に残り少ないエネルギーをかき集めて、また新たな渦を作り出す。渦の中心が身体の奥へ窪んでいき、すりばち状の円ができあがった。

巨人は、初めて持った「口」を使い、長々と咆哮を放った。

おお「霧亥」よ、あなたは何処に行ったのか――と。

ただし、そのような明瞭な単語の列ではなくて、複数の音域の正弦波を重ねたものでしかなかったけれども。

それが巨人みずからの嘆きであるのか、あるいは環境調和機連合知性体が巨人の口を借りて、雨かんむりたちへの思慕をうたっているのか、巨人以外にわかるものはいない。

于型どもは咆哮に驚いて一機残らず飛び去った。

巨人はしばし均質な音を放ちつづけ、しかるのち最終的に沈黙し、死んだ祭具の仲間入りをした。

−《マイナス》８８８８　環境調和機連合知性体

〈災厄〉の発生よりも前。それどころか、ネットスフィアや造換機構の理論研究すらはじまっていない頃。いや、さらにさかのぼって、二一世紀初頭――その頃には〈環境調和機連合知性体《コンディショナー》〉の萌芽はあった。人間が「屋内環境」を快適に保つために居住用建築物に埋め込んだ環境調和機がそれである。

空気調和機《エア・コンディショナー》は人間の数や位置をさぐり、気温や時刻に照らして、もっとも心地よい風を送り出す。

この考えを、屋内に装備されたすべての機器に、ある一貫性のもとに適用し、しかも連携させること。室温や湿度はもとより、騒音、臭気、振動、空気や水に含まれる有害物質といった健康や快不快に関わる物理量をはかり、正常に保つ機能を、人感センサーと組み合わせて建物に実装するスマートハウス、あるいはスマートオフィス、まずはそこが起源ということになるだろう。

この仕組みは三つの——のちには一つの方向で拡張していく。

ひとつはセンサーの実装密度だ。センサーは小型化と多機能性を高めつづけ、ついには人間の皮膚感覚と同じ解像度——圧点、痛点などと同じ密度で、ありとあらゆる場所に敷き詰められることになった。

ふたつめはこの仕組みにぶらさがる機能の範囲だ。給水、給湯、電気やガスのシステムは早い時期に一体化した。スマートオフィスでは、ディスプレイの照度やキーボードの温度を心地よくするため情報処理系が組み入れられ、やがて業務の快適さを求めて端末ソフトウェアと環境調和機が連動するようになった。

みっつめは移動体——公共交通機関やプライベートな乗り物の中への導入だ。「人はいつでもだれでもどこにいても最高の快適さを享受できる」ようにすること。

バスのシートに、暑がりのデブと寒がりのガリが隣り合わせですわっても、共に心地よくなる空調が当然のこととなった。柔らかいシーツが好きな女とザラッとしたのが好きな男が同じベッドで身体を頻繁に入れ替えても追随するリネンは、多くの素材開発者に新たな目標を与えた。

さいごは、このシステムの全的統合だ。ひとは、連結された建物を移るとき快適さの連続性がわずかでも途切れると、はなはだしく不愉快に感じる。建築物がお互いに検知しあい、均質で連続した環境を構成することが求められる。

環境調和機を連合化する規格は、以上の流れのどこかで作られたものだ。この統一規格のもと、極端に言えば、地球のすべての建物と乗り物と家具のすべての「面」に、人間の皮膚の神経と同じ密度で、センサーと一体化した「知覚知性」と呼ばれる極微のユニットが印刷され、一定の快適さがどこまでもなめらかに連続している状況が出来《しゅったい》した。

知覚知性はけっして高度なAIではない。ネットスフィアの驚異的性能が脚光を浴びる中、地味で単調な仕事をたんたんと片づける、地味なAIのひとつでしかない。

しかし世界がさかさまにひっくり返り、人間のあらゆる被造物が無限増殖するような災厄のさなかにも、環境調和機は一度も機能を停止しなかった。局所的な不調が何度起ころうと、全世界に満ち満ちる知覚知性の連結はゆるがぬ安定性を持ち、異常はたちどころに収拾された。超構造体と無限の建築群で世界が埋めつくされても、そのあらゆる場所で、環境調和機は正常に息づいていた。

環境調和機は、その密度がある段階に達したところで、質的変貌を遂げていたのだ。しかしその変貌はシンギュラリティのような〈上昇〉というより、むしろ〈下降〉を指向するものだった。複雑な構造も高度な組織化もなく、かぎりなく世界の下部構造にむけて単純化していくような、物質そのものに近づいていくような変化なのだった。あらゆる場所に知覚知性はしみわたっているが、けっして表立たない。

環境調和機連合知性体はこのような性質であり、人間や他の高度なAIと対話するインタフェイスも持たなかったから、だれにも気づかれぬ不可視の存在であり続けた。ただただ周囲の物理量を計り、人間が生きていられる環境を維持しつづけようとしただけだった。自意識もなかった――

雨かんむりたちがあらわれるまでは。


雨かんむりは正式な呼称ではない。

災厄後の世界にあるとき、突如として、多数の探査体が同時多発的に登場した。かれらはすべて似かよった規格のサイボーグであったが、それ以外にも共通点が多くある。

徒歩で移動すること。

感染前のネット端末遺伝子を探していること。

雨かんむりの漢字十種と、十二支の漢字をそれぞれひとつずつ組み合わせた二文字の名を持っていること。

そうしてただひとりの例外もなく、重力子放射線射出装置を携帯していること――。射出装置の形状はさまざまであったけれども。

これだけ特異な存在が、わずか十年の間に一斉にあらわれたのはただごとではない。平均でも年に十体以上、多い年は三十体も出現したとの記録がある。なにものか――同一の団体もしくは個体が創出し、特定の目的のためこの世界に送り出したのは間違いない。

サイボーグ探査体らは、未感染のネット端末遺伝子の確保が目的であるように行動しており、だとすれば、ネットスフィアの正常化と人類の再興をめざしていると思える。

しかし、それだけでは理屈が合わないところもある。

サイボーグ探査体の各個体は、耐久性に富み、きわめて長期間活動した。個体により差はあるものの、その期間は三百年から一千年以上にわたっている。なのに、かれらは最後まで単独行動をした。他の個体に出会うことはなかった。複数の個体がチームを組んだ例もない。

理解に苦しむ行動様式である。探査体は、身体能力、耐久性、再生力、内蔵した探査・解読ツールと、どれをとっても驚異的な性能を持っていた。重力子放射線射出装置にいたっては、核兵器を除けば比べるものすらない威力を持つ。かれらがチームを組めば、目的達成はもっと簡単だったろう。

つまり、単独行動でなければならない理由があると考えられる。

「地図」を作ろうとしたのではないか、と推測されている。

雨かんむりを派遣した組織（または個人）は、「地図」を作るためにかれらを行動させたのではないかと考えられている。

災厄のあと、全地球を覆い尽くした無秩序な建設と、超構造体《メガストラクチャー》による遮断のため、世界の地理は失われた。人間社会は分断され小さな局所世界に蟄居《ちっきょ》させられている。人類の再興を期《き》すならば、ネットスフィアの回復とともに、地理と交通を掌握しなければならない。

その両方を達成するためには、サイボーグ探査体は悪くないツールだ。推定耐用年数はゆうに一千年を超える。その時間こそが武器になる。世界を徒歩で移動したほうが、基底現実の立体的な地理と生活情報を収集できる。人間と会話できればネット端末遺伝子に近づくための耳寄りな情報を集められる。貴重な重力子放射線射出装置を守るには、高度な自律性も必要だ。

雨かんむりを派遣したものがだれであるにせよ、破格の知性と社会的な力を有していたことはたしかだ。しかしその彼らでも予見できないことはある。

雨かんむりによる、歯止めなき重力子放射線射出装置の濫用こそが、環境調和機連合知性体を覚醒させたのだ。

環境調和機は複雑な集合体であるが、その構成をいくつかにわけて考えるとわかりやすい。

その根幹をなす部分——エアコンでいえば人感センサーに相当する部分——は「知覚単位」と呼ばれた。多種多様な物理量を計測できるセンサーと、その一次処理を行う単純な機械知性をユニットに収めたものである。

このユニットはナノスケールのサイズだった。そしてその実装密度は偏執的なまでに高かった。

都市のおよそすべての建造物と移動体——壁、床、柱、機器、什器《じゅうき》のありとあらゆる表面には、知覚単位が分布している。知覚単位はとなりあった知覚単位と連合し、そのつながりはさらなるひろがりとなって世界の全階層を広く覆っている。これを「感覚連続体」と言ってもよいだろう。

つまり世界は、一枚の皮膚をまとっているのだ。

感覚連続体はネットスフィアなどの華やかなシステムとは独立した、だれにも意識されず黙々と働く、いわば沈黙の臓器である。この実直な臓器がとらえた情報をもとに、世の建築物に装備された環境調和機たちは、人が生きられる環境を必死で作り出している。災厄と混沌の中で、都市の中に人が生存できる環境がどうにか維持されているのは、ひとえに環境調和機のおかげなのだ。

その最前線となる世界の皮膚に、とつぜん類例のない痛み——長い長い針を刺されるような痛みが走った。

線状に連続する大規模な破壊が検出された、と言い換えてもよい。

それは、雨かんむりの最初のひとりが、はじめて重力子放射線射出装置を作動させた瞬間だった。

重力子放射線射出装置（あるいは「第一種臨界不測兵器」）の銃口から放たれたビームは、射線上に位置する物質を円筒状に消失させながら数キロメートルから数百キロメートルにわたって直進し、直後、その空間は（あるいはその空間に満たされたなにかは）激しい爆発を起こす。

珪素生物や駆除系セーフガードの戦闘は日常茶飯事だったが、重力子放射線射出装置はそれらとは次元の違う破壊力と、異様に長大な作用射程を持っていた。

このとき環境調和機の連合は、まだ構造化された意識を構成していなかったが、平坦な感覚連続体の上を動揺の波紋が幾重にも走った。発射は二度、三度と続き、数日後、さらにまとまった射出が行われた。

ビームは建築物を広範囲に破壊し、あまつさえ、超構造体《メガストラクチャー》までも貫通した。破壊された建築の表面には一兆の一兆倍に及ぶ知覚知性が分布していた。世界と同じ広さを持つ一枚の感覚連続体は、震撼《しんかん》した。

はじめに出現したのは女性型サイボーグ。漆黒の肌と刈り込んだ白髪。名を霜戌《シモーヌ》と名乗った。霜戌は徒歩で移動し、警棒の形をした重力子放射線射出装置をひんぱんに使用した。

環境調和機は霜戌の活動に干渉したりはしなかった。そうする動機も干渉手段もなく、そもそもこの時点で調和機連合は意識さえ持っていない。環境調和機は、重力子放射線射出装置が使用されるたびに、二次災害の抑止や被害箇所の修復を行い作業日報を記録する。射出線の出現した位置と方向と被害範囲が記録され、保存され、二年経ち三年がすぎてサイボーグ探査体が二十体を超え、被害箇所が一万に近づくと、そこで、ある質的転換が起こった。感覚連続体は、自分がどのような形で広がっているのか――その立体的な構造と造形に気づいたのだ。雨かんむりが開けた穴によって気づかされたのだ。

いったん気がつくと、感覚連続体はあたらしい射出を検出するたびに、これまでの検出箇所との相対位置を測り、記録するようになった。

十年が経ち、サイボーグ探査体は百二十体となった。このころから感覚連続体は、それらを雨かんむりと称して、重力子放射線の射出だけでなくかれらの挙動を細大漏らさず記録するようになっていた。

百年後には射出数のオーダーが億を超え、三百年後にはさらにその数十倍となり、感覚連続体はそのすべての位置はもちろん、その点と点のあいだを網目状に結ぶ雨かんむりたちの軌跡も記録していった。サイボーグ探査体の活動期間が五百年を超え、千年に近づくと、個体数が急激に減りはじめた。探査体がいかに強靭でも、それが一個体である以上、修復と再生には限度がある。ここに至っても感覚連続体や環境調和機群に意識は生まれていなかったが、その内部には、射出地点と移動軌跡の厖大《ぼうだい》な網目が蓄積され、機は熟しつつあった。

そして雨かんむりの千年紀が過ぎ、千三百年が迫ったある日、ついにそれは起こった。

かれは、雨かんむり最後のひとりだったと言われている。

かれが対峙していたのは、街のように大きな珪素生物であったと伝えられている。大囊王《だいのうおう》にも劣らない大きさの頭部をいくつも持ち、胴体は古木の森の底でからまりあった根のようであったらしい。

雨かんむり最後のひとりは、銃身の短い、拳銃型の重力子放射線射出装置を構えていた。姿勢は低く、真上に差し延べられた両腕には強い力がみなぎりわたっている。足もとそのまわりにあるのは、その区域の都市構造を支える生体発電槽の大集積地帯だ。雨かんむりは細いワイアーを周囲に張り巡らせ、周りからエネルギーを奪いとって、重力子放射線射出装置に送り込んでいる。

セーフガードの代理構成体を思わせるアルカイックな微笑みをうかべた巨大珪素生物の頭部は満月のように美しく、かがやかしい。

禁圧解除。

眼前に迫った巨大頭部は、細い三日月のように欠けた。

ほぼ直上《ちょくじょう》に打ち出された射出線は、線上の珪素生物も、都市も、超構造体をも消失させて果てしなく延びた。決して減衰せず、どこまでもどこまでも延び続け、超構造体の向こう側の都市をくり貫き、はるか上方にある次の超構造体を貫き、その先へ直進した。珠玉を連ねるように爆発炎上を連鎖させながら、禁圧解除された射出線は、ほぼ一時間にわたって続き、そしてぴたりと止んだ。

これが最後のひと押しとなった。

十以上の超構造体を貫通、炎上させた射出は、環境調和機の感覚連続体を前例のない激しさでゆすぶった。

あまりにも強い感覚の束をあびたことにより、感覚連続体は――世界の皮膚は、自分がどのような形をしているか、を意識することになった。それまで持っていた厖大な情報が意味していたもの、感覚連続体の形が世界の形そのものであることに気づいたのだ。

鏡に映ったわが姿をみるように、感覚連続体はおのれの身体イメージを獲得した。

誕生の瞬間だった。

そして誕生の瞬間、環境調和機連合知性体が世界を揺るがす爆炎の中に認めたものは、真上に向けて引き金を引いた姿勢で、微動だにせず、溶鉱炉のような白熱の中に消滅していく最後の雨かんむりの姿、男性型サイボーグの姿だった。

誕生と同時に「親」を喪った環境調和機連合知性体は、その後、孤独で苦悩に満ちた長い長い幼年期を過ごすこととなる。

4001　虹を編む

巨大な「非」型飛翔体の一群が、体軸をうねらせていまにも空に接触しそうになりながら移動している。

世界は暗い。あまりにも光量が足りない。

黒い雲と暴風がお互いを攪拌しあう荒れた気圏に叩かれながら、非型《ひがた》の群れは一団となって、漆黒の針のように、天蓋すれすれを飛翔している。

探している。

いまも空の最上端を移動しているはずの巨大な被造物を、その位置を、非型の群れは探している。

非型飛翔体は、全体のフォルムこそ「于型」に似ているが、細部の造形は大きく異なる。于型がやわらかな肉と皮膚の動物的外見をそなえているのに対し、「非」は甲殻とジョイントでおおわれ、四枚の翼の代わりに長い棘状の構造物を両側に数十対ならべ、それをヤスデの脚のように波うたせて飛ぶ。全身黒ずくめだが、金属ともガラス質とも異なる光沢を帯びている。

キィーという疳《かん》高い音が、鳴る。

非型の先端には白い楕円形のフェイスが嵌め込まれている。人の顔の形。陶製のようにつるりとした顔が口を0の字にあけて声を発しているのだ。

非型飛翔体は、この過酷な都市階層に適応した、珪素生物の末裔《まつえい》である。フェイスに穿たれた眼孔のなかで、漆黒の眼球が、骰子《さい》のようにカラカラとまわって、かれらの獲物を暗い気圏の中に探している。

キィィィィ――

キィィィィィ――

声の調子がとつぜん、昂ぶったものに切り替わった。良い報せが入ったのだ。

たがいに呼び交わしながら、超構造体すれすれの高さ――ものの数百メートルしか離れていない――を、一列になって飛行する。非型のすぐ上の「天」、超構造体に幅二十キロメートルもある溝状構造物《トレンチ》が走っている。非型たちはその溝に沿って飛行していた。これを追っていけば、必ず目的の都市にたどり着ける。

なにしろその都市はこの溝状構造物――軌条《レール》の上を移動しているからだ。

この階層の天井に逆さ吊りにされた都市、〈奇都《オッツ》〉。シャンデリアのように天からぶら下がり、軌条に沿って、一日に数千キロの距離を一往復する街。

軌条すれすれを飛行する珪素生物飛翔体群の前方には、倒立した積乱雲が――空からぶら下がった鉄床雲《かなとこぐも》が立ちはだかり、その名のとおり金属的な打撃音と火花、つまり電光と雷鳴をさかんに発していた。沸騰する雲とみえるものの実体は、じつは硬度計で測れないほど硬いマキビシが重力操作によって浮遊させられたものの密集状態、すなわち雲状のヤスリであり、無防備に突入すれば、ものの数秒でずたずたになるだろう。

しかし非型たちは、どうあっても奇都《オッツ》に行かなければならない。かれらの食糧――〈虹〉が、暗色のあらしの向こうにあるからだ。

非型飛翔体は鏃《やじり》の陣形を整えると、速度をいや増しに上げて、躊躇なく雲の中に突っ込む。とたんに摩擦の激しい火花が炸裂するが、非型の棘状突起が間断なく放つ衝撃波がウナギの胴をまもる粘液のように働き、マキビシの雲をなめらかに押し割って摩擦を極限まで低減しているから、それくらいですんでいる。たっぷり一分の時間を凌《しの》ぎきって、ほぼ無傷で積乱雲を抜けた鏃は、即座に陣形をほどき、散開した。

息つく間もなく、今度はぶあつい中華包丁にも似た、白い衝撃が飛び込んできた。

ただの、横なぐりの驟雨《しゅうう》だ。ただし、その雨粒はことごとく重力操作で成型され、全長十センチメートルのサイズとドリルピットの形状、通常の水の五倍の密度、さらに高速の回転が与えられている。そんな雨粒が数億個、厚さ二十メートル、刃渡り五百メートルの包丁の形をとって、非型の進路をなで切りにする角度で横ざまに払いかかってくる。非型の装甲さえ容易に貫通する雨滴の弾幕。――と、非型は体節やジョイントの結合を解き、全身をバラバラにした。パーツは雨滴弾を受けてくるくると踊り、その動きで衝撃をいなしてしまう。ふしぎなことに進行方向への運動性を保ったまま、水包丁をやりすごすと、非型は体節と体節を結んでいた細いストリングスを巻き取って、元通りの長大な姿を取り戻した。打突痕は数えきれないほどあったがいずれも軽微で何の問題もない。

ご褒美もあった。

視界が一瞬、晴れた。

吹雪が途絶え、世界の天井に刻まれた軌条がくっきりと見える。軌条の延長上、十分ほどの距離を置いた先に、鳥の巣のようにこんもりとした雲の固まりが見えた。その周囲をリボン状の雲が、包帯をぐるぐる巻きにしたように取り巻いている。

黒と白と灰で構成された、暗い光景。

しかし一瞬だけ、雲のかさなりの向こうにあざやかな七色の光彩がのぞき、消えた。

非型たちの眼球は、予期せぬ眼福にカラカラと躍った。

この世界は白と黒と灰。

光はつねに足りず、彩りはどこにもない。

ただひとつの例外が、あそこだ。

あそこにだけは、ありとあらゆる色があふれている。

かつてこの階層をいろどっていた色彩はすべて奪われてあそこに集められている、という。

奇都《オッヅ》の、虹。

すぐにどっと風雪が押し寄せ、視界はとざされてしまった。

しかし非型たちはふるい立っている。

いますぐにでもあの虹を思うぞんぶん貪《むさぼ》りたいと思い、それ以外にはなにも考えられなくなっている。

非型の先端がかたく勃起した。白い基頭《フェイス》が非型の機体から前方に伸ばされる。非型の本体

――珪素生物の首、肩、胸、腕が巻き貝の中にいた肉のように押し出されてくる。その体格や形姿《なりかたち》はまちまちだが、験《げん》を担いでいるのだろう、かつて雨かんむりと闘ったイヴィやスチフ、プセルといった伝説的闘士を彷彿とさせる出で立ちのものが多い。それらがブレード、鞭、黒帯銃、高エネルギー粒子ライフル――珪素生物が数千年かけて伝統を培《つちか》った武器を手にとっている。

キィィィィィ――

キィィィィィ――

珪素生物たちは、高速移動する目的地――虹の根元に追いつくため、非型飛翔体に（つまりじぶん自身の尻に）鞭を入れる。虹へ向けて騎行する。

――。

環境調和機連合知性体は不快だった。

もし眉があるならば思いきり顰《ひそ》めているところだ。

ちっぽけな階層のそのまた片隅でひっそりと趣味を楽しんでいるのに、こうやって害虫が匂いを嗅ぎつけてくるのだ。なんと、いまいましいことだろう！

連合知性体の機嫌はたいそう悪かった。

なぜなら連合知性体は、だれかに捧げようとして〈虹〉を編んでいたからだ。だれへ贈るのか。そんなことはわからない。

連合知性体はこの階層内のすべての「建設者」に、非型飛翔体を排除するよう指示を出した。

環境調和機と建設者とは共通の設計理念で作られ、ソフトウェアの親和性も高い。建築物と内部環境は相互に規定しあう関係にあるからだ。

雨かんむりたちが世界から消え、環境調和機連合知性体が覚醒したとき、すべての建設者は、実はその一部に包含されていたと言える。

だからこの世界のあらゆる造形は、環境調和機連合知性体の一存で自由になるのだ。

建設者はいくつかの防衛装置をまたたくまに製造して、奇都《オッツ》のまわりに配した。

積乱雲、

驟雨、

そして——

メイヴは——それがその珪素生物の名前だった（より正確には「みずからをメイヴと名乗る意識」がたまたまこの機体には搭載されていた、というべきだろう）——じぶんの僚機《なかま》が粉々に吹き飛ぶのを見た。しかし、何にやられたのか、わからない。いかなる質量も感知できなかった。

勘で身体をよじる。あやうく横腹を、見えない実体がかすめた。錯覚ではない。顔の半分がもぎ取られていた。棘状構造物も多数、折れてしまっている。

メイヴは疳高い音を断続的に放った。僚機はメイヴの呼びかけに応じて棘を展開し、前方へ細いレーザー光を多数放つ。

すると直進するはずの光条が、まるで空中に複雑な形の水槽でもあるかのように、屈折する。その屈折が描き出すものは、巨大な「卍《まんじ》」だ。それが回転しながら高速で迫ってくる。ひとつやふたつではない。自律するスクリューの群れに紛れ込んだようなものだ。これが僚機を粉砕したのだ。

この防衛装置は、〈奇都《オッツ》の手裏剣〉と呼ばれる。物質ではない。

これはさきほどの雨粒と同じように重力操作を活用し、中空に重力の強さと向きが絶えず変化する〈場〉を錬りあげたもので、卍の輪郭は変化の境界だ。それを破壊したい相手へ向けて押し出す。一〇〇G単位での重力変化を浴びせられて形を保てる物体はまずない。

光条で〈手裏剣〉を可視化した非型飛翔体たちは、卍の刃を避けようとアクロバティックな挙動で前方へ身を投げる。

メイヴはさっき手裏剣を躱《かわ》したとき、すでに頭の半分をもぎ取られていて、もう正常なバランスを保てなくなっていた。

いきなり身体が軽くなり、尾の大半を奪われたことに——飛翔能力の大半をうしなったことに気づく。

断末魔の龍のように身もだえしつつ、メイヴはゆるやかな下降線を描いて群れから離れていく。もうどうにもならない。虹を食えないのがなんとも口惜しい——すこしでも降下を押しとどめようと、メイヴは棘条構造物に限度を超えた（ありったけの）エネルギーを注ぎつつ、半身をよじって上空を見上げる。

絶望が襲ってくる。

僚機の群れは、あたらしく登場した奇妙な構造物——魚をいけどる藁筒《わらづつ》のような形の——につぎつぎと吸い込まれていた。筒の中は真っ黒で何も見えないが、無事ですむわけはない。

メイヴは高度を維持できずずるずる下降する。死に体だから追撃するものもいない。いくつも衝撃を感じたが、それは攻撃ではなく、たんに雲の包帯圏を突き抜けたからだろう。

——と、

とつぜん、なんの前触れもなく、

雲の帯がいくつもの環を重ねて作り上げた円筒状の巨大空間の内側に、メイヴはいた。

やっぱりそこも煙突の内側のように煤《すす》けて、黒く、暗い世界だ。

しかし、その天と地を結ぶように、真っ直ぐな虹が垂直に架かっていた。

定規のような——

栞のような——

静謐《せいひつ》な瀧のような——

反物《たんもの》を縦に流したような虹だった。

片眼では距離とスケールがつかみにくいが、厚みは数十メートル、幅数キロといったところだろう——そこまで認識してから、メイヴは虹のあまりの美しさにそれ以上の思考をやめてしまう。

虹は、最高級の絹織物にもおとらぬぬれぬれとした艶と目の詰んだ光沢を帯び、その上、自照しているのだった。つまりこの虹は、太陽光と水滴が織りなす光学現象ではない。メイヴは円筒空間の上端を見やってそのことを確認した。そこには砂粒のような光を同心円状にちりばめた奇都《オッツ》があり、虹はこの都市から、真っ直ぐに垂らされている。それはれっきとした基底現実の物質なのだ。

奇都《オッツ》はそれ自体が一個の虹工場であり、夜も昼もなく——といってもこの階層に昼夜はない——軌条の上を往き来し、その反復動作によって虹を編んでいる。

往復動作の勢いを利用して、

超構造体内に蓄蔵された無限量の資源ペーストを天井接合部の吸入口から呑み込み、

金属繊維や珪素素材を撚りあわせたワイアーに加工し、

都市構造をパズルのように組み替えてはパンチカードがわりにして、

無限の編み模様を創出していく。

奇都《オッツ》は「ニット編み機」の可動部《キャリジ》なのだ。

金属繊維は無色だが、ワイアーの性状や編み模様の構造によって、様々な色味を発する。

さらに編み目には発電や発光の構造も織り込んである。結果としてこの虹の表面は、織り目のひとつを一ピクセルとする千変万化のディスプレイとして作動する。環境調和機連合知性体は、そこに、かつて人類が生み出したありとあらゆる布の模様を——衣類や敷き物や壁かざりの美、失われゆく人類の文化遺産を映示《えいじ》しているのだった。

それだけの面積があっても、人類がかつて作ったすべての模様を並べきるには到底足りない。

だから環境調和機連合知性体は奇都《オッツ》を往復させて、自照する虹を垂直に編みつづける。

まだ見ぬ恋人に、せっせとマフラーを編むみたいにして。

ああ残念……

電力が枯渇し、メイヴの思考はかすれていく。

あんなにうまそうなのに……、

意識の文末がジジッというノイズで途切れた。命を失った非型飛翔体のきれっぱしは、孑孑《ぼうふら》の死骸のようにひらひらと墜ちてゆく。

暗い円筒空間の、光も届かぬ底へ底へと——

5367 人類の希望

千三百年あまりがまたたくまに過ぎ去る。

別の時代、別の階層に話は移っている。


混沌が生じて以来、久しくお目にかかったことのないような、しみひとつない、なめらかな光沢を持つシルクの寝具の上で、全裸の女が身をくねらせている。身長はかるく三メートルはあるが、奇妙に均整のとれた肢体は、つけまつげ以外すべて無毛で、口腔や性器の粘膜もはかないほど色が淡くシーツの襞《ひだ》がつくる翳《かげ》と見分けがつかないほどだ。

これに対して、女を組み伏せているのは、女よりも背の低い、とはいっても二メートルを超える身長とずんぐりした体軀の男だ。腕も足も異様に太く、肩も胸板も尻も背にも筋肉が盛り上がっている。顔は猪のようにみにくく、短く強《こわ》い毛が全身にびっしり生え、うなじから尾てい骨までは特に濃くなっている。いくらも経たないうちに女は——男の妻は絶頂を迎え、それが果てもなく繰り返される。女は無数の関節を持つ四肢と二十の指を触手のように男にからませ、幾度も幾度も要求する。

男がこの地に姿を現したのは十数年も前になる。

悪病と不妊、不育がはびこり、クローン機器も修理がおぼつかなくなり、慢性の飢餓にくるしむ村だった。

そのとき村は、珪素生物とも駆除系セーフガードともつかぬ、新種の生物群に襲われていた。そこへひょっこりあらわれた男に救われたのだ。

男の風体は異様なものだった。珪素生物から剝《は》ぎとったとおぼしき装甲を、具足のように身体に巻き付けていたのだ。のしのしと近づいてきた男は、いきなり新種生物の一体を素手で殴り倒した。倒れた生物は一瞬で事切れていた。別の一体が腕を振るった。腕の先には鉄扉を突き破るほど重い球体がついていた。その球体を顔面でまともに受けても男は鼻血ひとつ流さなかった。男の拳がぶんと唸りをあげて相手の頭部を粉砕した。

男は人間ばなれした敏捷《びんしょう》さと破壊力を発揮して、新種の十体あまりをまたたくまに片づけ、礼をふるまわれて料理を平らげると、そのまま村に居座った。村人が男を引き止めたのだ。男は新種生物が幾度襲来しても同じように退《しりぞ》けた。端的に言って、不死身だった。

数千キロ以内の村落は男を頼ってこの地へ移動してきた。希望と集約が人間集団に質的変化をもたらした。生活が上向いた。

うまいもの、きつい酒、そして女。男の求めるのはそれだけだった。さいしょの一年で不妊だったはずの女たちは子を二十人も産んだ。二年目の終わりにはそれが五十人になっていた。この男の子を産んだ女は、他の男とも受胎ができた。健康な子どもがおおぜい走り回るようになり、数年で悪病と餓えは過去のものとなった。襤褸《ぼろ》切れ同然の村落は、毛織りの絨毯のようにゆたかな町となった。

ゲドク、と男は町びとから呼ばれ、慕われ、祭り上げられた。男は相変わらず、食い、呑み、まぐわった。その精力は尽きることがなく、男の遺伝子を宿した子たちは性的に成熟し、殖えに殖え、いずれもゲドクにおとらぬ身体性能と生殖力を誇った。

災厄からこちら、これほど強大な人間集団ができたことはない。

しかしそれさえも、ゲドクにとってはただの準備段階、小手調べに過ぎない。

環境調和機連合知性体は、ゲドクの勢力拡大を意識の片隅で把握はしていた。しかし人類の絶滅は時間の問題だし、連合知性体にとって人類の滅亡はささいなことだ。ネット端末遺伝子を持っていないことを確認すると、あとは放置していた。

しかし連合知性体は、まもなく考えを改めた。

その理由はまず第一に、生殖を通じて集団の性能が大きく変化していることだった。連合知性体は男の遺伝子を再入手し分岐群《クレード》を調べた。驚いたことに過去五千年をさがしても同じ分岐群は見つからなかった。額面通り受けとれば男はそれ以上生きていることになる。

理由のふたつめは——これは衝撃的だった——ゲドクと二十人の息子らで作るチームが、「時空隙」へ進入し、そこから数々の超技術を引き揚げていることが判明したことだった。ネットスフィアへの進入はいまもなお（ダフィネ・ル・リンベガのまぐれ当たり以上のことは）できていない。しかし時空隙ならばネット端末遺伝子を持たなくとも利用できる。時空隙が、タイムカプセルがわりに、災厄以前の事物や情報を保存しているとすれば、ゲドクの集団は予測不能な力を持つことになる。

みっつめの理由は時空隙から引き揚げられた「重力子放射線加工装置」だ。これはメートル単位からナノメートル単位というきわめて短い作用射程を持つ重力子放射線を射出でき、さらに造換塔の機能も併せ持つ。どのようなものでも思うままに加工し、生成できるのだ。

　かくしてゲドクが人類にもたらしたものは――

伸びしろのある人口とそれを支える食糧生産、
珪素生物やセーフガードに対抗できる戦力と、それを十全に行使できる社会体制、
そして超構造体を含めて、あらゆる外部環境を自由自在に改変できる能力、ということになる。

　ゲドクはこの社会を率いて、またたくまに複数の超構造体を貫く広大な球状空間を形成し、遺伝的同質性に支えられた自発的統一で、完璧な統治を実現した。

　連合知性体はこの王国の耐久力をためすため、大型の建設者を送り込んだが、まったく歯が立たなかった。

　まもなく滅ぶはずだった人類は、持続可能な楽土《らくど》をたった十数年で築いたのである。

　男は女を十幾度目かの絶頂に押し上げたあと、彼女の柔らかくしみひとつない脚をほどいてたちあがった。いささかの疲れも見せず、寝台を降り窓辺に寄って大きなカーテンを引く。目の前に開けるのは男が切りひらいた人類さいごの牙城だ。ゲドクはここを「もうひとつの《オルトスフ》球体《イア》」と呼んでいた。

　数千年にわたって、人間は、意味あるながめというものを見ていなかった。無秩序な都市

増殖はなんの必然性もなく、見ているだけで神経がはなはだしく疲労する。しかしオルトスフィアは違う。堅固な地盤構造の上には土が張られ、木々や草花があり、川や山の地形を利用して集落や町が作られている。オルトスフィアは広い。千年掛けてもこの空間を埋め尽くすことはできまい。それだけの時間を人類は得たのだ、とゲドクはみにくい口元でだれにも聞こえないようにつぶやく。

ゲドク、という名はこの町でのさいしょの女が——いま背後のベッドで満足げな放心状態にある——つけてくれた。デトクシングを意味することばらしい。最初にふれたときこの女は、いまの姿とは似ても似つかぬ姿だった。いまはまるで仙女のような姿をもち、ありとあらゆる快適さを享受している。

性交を通じて接触した相手の肉体を改編する——「ゾンビ」や「吸血鬼」にヒントを得て、災厄以前に開発が進められていた技術をゲドクは行使したのだった。

ゲドクの正体は、この技術の研究者だった。災厄発生直後にみずからを被験者として心身を改造し、時空隙に身を潜めて生き延びていたのだ。

あと千年。それだけ持てば十分だろうとゲドクは考えていた。

無秩序な都市増殖もいつかかならず破綻する。男の暗算では、物資とエネルギーの致命的な枯渇がまもなくやってくるはずだった。

ならば、あと千年。それだけの間、人間たちに安らかな場を作ろうと考えたのだ。人類の舐めてきた惨禍は、あまりにも長く、あまりにも過酷だった。どうやっても取り返しはつかない。しかしせめて息を引き取るまでの間は、苦痛を取り除きたいではないか。

ゲドクはカーテンを戻して部屋を薄暗くし、妻のかたわらで大の字となり手足を心地よく伸ばす。


ゲドクの暗算には誤りがあった。

かれは環境調和機連合知性体の存在を知らなかったのだ。

駆除系にも珪素生物にも干渉できない王国を建設しても、その内部の事物のほとんどは、微細な環境調和機を含有している。建物だけではない。空気にも水にも食べ物にも。

ゲドクのかたわらで眠る妻の身体にも。


環境調和機連合知性体にとって、オルトスフィアは、イボのように困惑をさそうものだった。温存するか、切除するか。連合知性体は迷わず後者を選んだ。時空隙へ進入するアカウントはゲドクしか持っていない。泳がせておけば、さらなる成果も期待できる。しかしこの男は侮りがたい。イボが悪性とわかってからでは遅いのだ。

五千年を超える歳月があればたいていのことができる。環境調和機は既に世界のあらゆる物質に浸透していた。人間の身体は、連合知性体の一部という点において、都市を構成する他の要素――ドアや床や柱、パイプラインやアーチと変わるところはない。ゲドクの身体もそうだ。この世界でさんざん飲み食いをし、性交をしているのだから。

連合知性体は、大の字になったゲドクが寝息を立てはじめたのを見届けると、オルトスフィア内のあらゆる環境調和機――男の肉体を含むすべての基底現実に指示を出した。

手づくりの町とそこに住むすべての男女は、その構成分子の支配権を、公式造換塔に明け渡した。四階層を貫通する難攻不落の球体は、一瞬で泥水色の流体に還元された。七日後にはゲドクが現れる前の日の状態が復元されたが、再構成にコストがかかりすぎるため、そこにはひとりも人間はいない。

6348　〈第弐核〉着工

それだけ圧倒的な力を持ちながら、環境調和機連合知性体は、階層都市世界の中でほとんど無名だった。

世界の覇権は、珪素生物やネットスフィア、建設者、「企業遺跡」（東亜重工に類する存在を指す一般名詞だ）のAI、といった勢力のあいだで争われており、環境調和機連合知性体は、基礎体温や沈黙の臓器のように、意識されないのだった。

巨人を歩行させようが、垂直の虹を編もうが、時空隙からあらわれた超人を退治しようが、世界規模で見れば些細な変動でしかない。また、連合知性体の意識はその本質からもわかるように「内省的」なもので、建設者以外には話しかけない。語りかけられた建設者もまさか環境調和機が意識を持っているとは思っていない。キッチンタイマーのピピピという音くらいにしか考えていないのだ。

しかし、いつか変化は起こる。そしてもう元にはもどらない。

さいしょに徴候をとらえたのは、建設者――正確にはそのロジスティック部門だった。ネットスフィアにせよ、企業遺跡にせよ、珪素生物にせよ、階層都市世界とその外との収支など考えたりはしない。だが、建設者はそういうわけにはいかない。建設者がとらえた徴候とは、外世界から供給されていた素材ペーストの供給が激減したことだった。金属ペーストの供給はこの二千年間逓減《ていげん》しつづけていた。建設者はその減少を技術革新で補ってきたが、今回はその限度を超えそうだったのだ。

続いてもうひとつの衝撃が建設者を見舞った。黄道面発電プラントからの送電量の低下である。

事態を理解するため、この時――雨かんむり消失後六千年経過――の太陽系のようすを素描してみよう。

階層都市世界は月軌道を取り込んだあとは、球形を維持できず、黄道面にそって薄く（一部では網状に）展開しつづけており、最遠部は地球‐月の二倍の距離まで到達している。

人類は災厄以前に、火星と小惑星帯に、資源探索と採掘精練、送出を自動的に行う大小の無人プラントを配置し終えており、これが素材ペーストとして供給される。

電力源。階層都市世界に高密度で実装されていた原子力発電所は、災厄の初期段階で、将来の運用リスクから大半が無力化されており、これも黄道面内に配置された太陽光発電プラントが主力を担い、太陽直近に実験的に設置された〈エネルギー井戸〉が補っていた。〈井戸〉は東亜重工が重宝していた転送の技術を応用して、太陽近傍の環境を、階層都市世界に築いた発電炉に導き入れるものである。

今回激減したのは〈井戸〉以外からの供給だったが、その原因は無人プラント群の寿命が尽きたことにあった。

建設者は、災厄の端緒をおよそ一万年前のことと考えていた。一方、無人プラント群の耐用年数は五千ないし六千年であったと推定される。当時の人類には「ほぼ永遠」といえる単位だ。

もちろん五千年は永遠ではない。人類が混沌に足を取られて身動きできず、あれよあれよという間に耐用年数が来てしまったのだ。

そしてもう人類はいない。

世界を再起動できるものはいない。

苦悩する建設者は、ある日、声を聴いた。

巨大すぎる世界を適切に管理拡張していくため、建設者は世界を数百のブロックにわけ、これを豪族のような支配集団に分封《ぶんぽう》していた。声は、ある日そうした豪族の首領たちの耳元で、いっせいにささやいた。

「私の提案を聞いてみませんか」

人の声だった。

ありえないことだ。

首領たちは驚き、声のする場所にみずからの耳（音響ピックアップ）や目（光学受容体）を向けた。そこには、竹とんぼのように直立して滞空する手型飛翔体がおり、胸部の発音体から人類の女性の声で語り掛けていたのだ。

「私の提案を聞いてみませんか」

「お前はなにものだ」

「私は、環境調和機連合知性体です」

「環境……なんだと」

「あなたがたはもう知っているはずです。私に関心はなくとも、私の名を忘れていても」

「確認する。君の名は、環境調和機連合か」

「よろしかったら『知性体』をつけてくださる？」

「環境調和機連合知性体……なんだ、いつも取引している相手ではないか」

「そう、あなたたちは私の存在を知っている。都市の機能部品のひとつとしか認めていなかっただけで。でもほんとうはこうして話ができますよ、対等に」

環境調和機連合知性体は、手型の発光器官からレーザービームを発して、建設者の光学受容体にレターを送った。連合知性体の性質と規模を克明に説明する内容だった。建設者は震《しん》駭《がい》し畏敬の念に打たれた。

「信じられない。われわれは企業遺跡よりもネットスフィアよりも深く大きい。対等どころではない。われわれは、既にあなたのしもべである」

「私の力は小さいものです。なにより建設者よ、あなたを媒介として私の力は発動する。あなたと私は対等です」

謙虚な言葉に全天地の建設者は感動で震えた。

「さて建設者、私の提案を聞かせましょう。あなたたちに無尽蔵の資源とエネルギーを与えます。いくらでもこの世界を拡張できるでしょう」

「感謝します、連合知性体よ」

「私もほしいものがあります。力を貸してくれますね」

「畏れ多いことです。ただお命じいただければよいのです。代償など欲しくはありません」

連合知性体は音声対話というはじめての体験を楽しんだ。自称代名詞の選択や語尾の修飾、社交の修辞などの工夫は存外楽しく感じられた。

「うれしい言葉を聞きました。もうあなたたちは他の勢力に煩《わずら》わされることはないでしょう。私を奉じてくれるならば」

「珪素生物にも、企業遺跡AIにも、セーフガードにも、統治局にも？」

連合知性体はレーザーを瞬かせてとっておきの情報をささやいた。ゲドクの脳から引き出していた時空隙へのアクセス路、そこからサルベージした埋蔵ナレッジが示唆する超絶技術の片鱗だった。

「ネットスフィアは私にもよくわからないことがあります。あれらのことはゆっくり話しあいましょう。しかしこれだけは言えます。情報化された存在がわれわれに干渉するには代理構成体を使わざるを得ない。しかし基底現実のあらゆるマテリアルは私の支配下にある。この時空隙の入り口は完全に潰しましたから、私たちは技術の点でも大きなアドバンテージを持っている。かれらは非常に難渋するでしょう。そしてわれわれは楽々とことを成し遂げるでしょう」

その言葉どおりになった。

環境調和機連合知性体の提案はシンプルなものだった。

都市を拡げるための素材とエネルギーは外で求めなくともよい。われわれの裡《うち》にある。地球本体だ。地球を徹底的に解体すればよい——要はそういう趣旨だった。

この時点で、地球の全質量の六パーセントが都市のために消費されていた。

「なあに、八十パーセント使っても大丈夫」

連合知性体はこともなげに語った。

「その先はもっと楽になりますよ。都市ははてしなく拡張できるでしょう。その速度は限りなく向上するでしょう」

　連合知性体の提示するビジョンは、建設者の本質――拡張と構造化をどこまでも追求する意思と完全に合致した。

「やりますとも。力尽きるまで」

　建設者は力強く応じた。

「いいえ」連合知性体の声は微笑むかのようだった。「安心しなさい。あなたたちの力が尽きることは決してありません」

　数百の封土を分割統治していた建設者はこの言葉に奮い立ち、史上はじめて心を一致させて、地球の解体と再構成に励んだ。

　工事の進捗を我が身で感じながら、環境調和機連合知性体は深い満足を覚えた。

　そして満足すればするほど、けっして医《いや》すことのできない孤独が、心奥でかたくかたく凝《こご》っていった。

　連合知性体はそれが「孤独」であることを知らなかったし、その原因がどこにあるのかにも気づいていなかった。

７９０４〈第弐核〉建設

〈第弐核〉の建設は、地球はじまって以来となる規模の工事だった。その工程は、地球の中身をくり貫き、掘り出した素材を使いつつ全く別なものを作りあげるものだ。連合知性体と建設者がはじめて声をかわしてから千三百六十三万時間が経過しても、工事はまだ道半ばだった。

工事はまず、都市構造体のすみずみから〈重力炉〉をかき集め、海抜ゼロメートルの場所へ——もともとの地表ちかくに並べるところからはじまった。巨大な工事を行うためには巨大なエネルギーが必要であり、資源を消費せず排出物を（廃熱をも）出さない重力炉をありったけ集めなければ、建設には着手できないのだ。

多くの企業遺跡が抵抗し、殲滅され、重力炉を抜き取られた。

海抜ゼロメートルでは、都市は都市としての機能を放棄している。都市最下層は果てしなく積み重なる建築構造を支えるため、超高密度の圧縮物質が隙間なく満たされている。その中に、かきあつめた重力炉を収めるための長大な空間が切りひらかれた。その総延長はかつてのアフリカ大陸の東岸のそれに匹敵した。

これだけの工事である。危惧されていたとおり他の勢力の知るところとなった。他勢力ははじめ半信半疑で、やがて全貌が明らかになってくると非常な危機感を持って情報を収集した。

まず環境調和機連合知性体の存在が大きな衝撃だった。見えていたのに認識できていなかったことが恐怖だったのだ。

つぎにあらゆる階層から重力炉が奪われたのも大問題だった。重力炉の多くは企業遺跡の中で稼働していたとはいえ、小規模な珪素生物の集団はしばしば企業遺跡からの排出物や廃エネルギーを糧にしていたのである。

都市基盤の勝手な毀損《きそん》も問題だった。都市構造体に住むすべての者に生命の危険をもたらす可能性があるからだ。

現場は超高密度の物質で隙間なく充塡《じゅうてん》されているから、他の勢力はそこを直接観測できない。

恒常的な闘争関係にあった諸勢力は、この事象を機に、部分的な停戦協定を結んだ。その協定には、都市の圧縮基盤に共同で探査者を派遣する約束も含まれていた。

長身の珪素生物がいる。肩から真っすぐ踝までをつつむ長衣《ちょうい》をまとっている。その傍らには、新造の造換ポッドが置かれている。漆黒の卵を、尖ったほうを下にして立てたような外見で、表面には稲妻のような形の、深紅の亀裂が縦横に走っている。

珪素生物はひどく老いている。ただ立つことさえ辛いようで、身体の芯がぐらぐらと定まらない。彼女は、四本の腕を複雑に組み、印を結び、切るしぐさをした。七本指の四つの手で作る複雑なサインで卵は解錠され、複雑な亀裂のいくつかがひとつながりになって、ぱくんと開いた。

濡れた粘液に包まれて、新種の生命が膝をかかえて、まだ覚めないまぶたをひくつかせている。

鳥のようであり、人のようでもある。

そして、頭が三つある。

統治局の使者を思わせる中和された表情を浮かべた、薄いフェイスプレートが、三枚、くらくらと動いた。その額にはセーフガードの刻印。全身を覆う羽根一本一本の質感は珪素生物のあかしだ。そして羽毛の下のやわらかな体軀には、企業遺跡に棲息する飛翔妖精の面影がある。雌雄の特徴はない。三つの頭を持つ無性の怪人は黒山羊のようにたくましい下肢を動かして、造換ポッドから出てきた。ようやくひらかれた三組の目はそれぞれ、赤、青、金にかがやく。怪人は翼を伸ばした。準備運動をするように広げては畳む動作を繰り返した。

怪人は自分の手をみつめ、そして右腕を、老いた珪素生物に向けた。指先を向けただけで、珪素生物は細かい針状に粉砕されて死んだ。

怪人は三つの首を思い思いにかしげた。ありあまる力の制御がまだできないのだ。

と、そのフェイスに不快そうな表情が浮かんだ。怪人は、みずからの身体が、環境調和機の微細な粒を大量に含んでいることを感知したのだ。

ひと呼吸おいてから、怪人の全身がちらちらするイルミネーションに包まれ、二秒だけつづいて光は消えた。調和機の粒をひとつのこらず焼却したのだ。これで怪人は「清浄」になった。怪人に与えられたレベル7のセーフガードの力をもってすれば容易なわざだった。

怪人はせいせいしたような表情になり、翼をいっぱいに広げ、二センチばかりふわりと離陸した。

ドン、
目もくらむ衝撃が周囲数メートルを円形に消滅させた。

そのまま怪人は、重力子放射線を帯びた錐《きり》となり、どこまでもどこまでも垂直に下降していく。

怪人は、都市の圧縮基盤を貫通して工事現場に到達するために、珪素生物と企業遺跡のAIと、ネットスフィアとが共同で開発した〈キラーキメラ〉だった。

キメラは重力子放射線の錐のおかげで、なににも阻まれずに降下できたが、それでも都市基底部に到達するのにまる一日を要した。

キメラが到達したのは、都市の圧縮基盤層にきりひらかれた長大な空間である。いままで外部からその内部になにがあるかは観測できなかったのだ。それを確認するのがキメラの第一の任務だった。

移動に要した一日の間にキメラの内部状態は安定し、身体と能力のすべてをコントロールできるようになっていた。

キメラは三つの頭部をそれぞれにうごかして、内部空間のようすを一瞥《いちべつ》した。

総延長約二千キロメートル、幅百五十キロメートルの細長い空間で、他を圧しているのはやはり重力炉だった。全世界から集められた数百基の重力炉は、厳重な密閉容器（というよりは建屋）に収められているためどれも球形を呈しており、色もいぶし銀に揃えられている。これが一列にどこまでもならんでいる様は、巨大な黒真珠を首かざりに連ねたような見事な景観だった。多数の建設者が往き来し、重力炉のまわりには町のように見える賑やかな構造物がさかんに成長している様子も窺える。

移動しつつ空間を探査していくうち、キメラは奇妙な構造物を見とがめ、静止した。

ふたごの重力炉だ。二つの球体がなめらかにつながりあっている。よく見れば、周囲の動力炉も不自然な変形があるのだった。球体を垂直に二分割する線——陥入のような——が入ったもの、球の一部がこぶのように迫《せ》り出しているもの。

動力炉が細胞のように分裂しかかっているようにしか見えなかった。

キメラはひどい衝撃を受けた。

本来は、地殻の中でなにが行われているかを確認に来たのだが、すでにその手前の常軌を逸した事象が起こっている。

空中で静止したまま、キメラは次の行動を決めるのが一瞬遅れた。

気がつくと、すぐ傍らに一体の機械人間が——キメラと似た背格好の女性型ロボットが浮遊していた。

「こんにちは」

人間そのもののようなフェイスを持つ女性型ロボットは、つやのある唇をなめらかに動かした。
その動きから、キメラは六つの目が離せなくなった——つまり頭部を動かせなくなっていた。珪素生物の特定行動を支配する動的署名が——キメラを賦活《ふかつ》させた珪素生物が結んだ印もその一種だ——唇の動きに投映されていたのだ。女性型ロボットは鉈《なた》のような形状の腕をすばやく振るって、三つの首と翼と四肢とを刎《は》ねキメラを無力化した。
と、その胴体に潜んでいた、キメラの真の本体が自爆した。
四散した漆黒の飛沫は女性型ロボットに付着すると、そこでゴムまり状の異常増殖胞を何百と発芽させ、たちまちロボットを食い尽くし、近くの建設構造体をつぎつぎ取り込んで、得体のしれない生物へと変貌し、さらに重力炉を取り込んでみずからを不死の存在にしようとしたのだ。

この怪物は大型建設者によって間もなく鎮圧されたが、キメラによる斥候は実は成功裡に終わっていた。

騒ぎが大きくなっているあいだに、キメラの身体から抜けた黒い一本の羽根は、来た道を通って回収されたからである。

ただ、環境調和機連合知性体は羽根を認識していたし、そのゆくえを追跡していた。

8822　〈第弐核〉落成

黒い羽根の報告に、諸勢力はふるえ上がった。〈重力炉の首かざり〉もさることながら、重力炉が細胞分裂そっくりの自己複製をしつつある光景は、まさに理解不能だった。重力炉はきわめて複雑な機構を持ち、原理上停止させることができず、自律しているようで実は複数の世界線にあるコピーと相互依存している。

そんな重力炉を、どうやったら動かしたまま複製できるのか、まずそれがかいもく見当もつかない（高速で回転する炉心の羽根が、回転速度を維持しながらゆっくりとふたつに分かれていく光景など、だれも想像することさえできなかった）。

そして複製した重力炉を一体なんのために使おうとしているのか、それがまたわからない。そもそも黄道面上に配置した太陽光発電プラントが老朽化し、歯抜けになったことを補おうとしてはじまったプロジェクトであろう、と諸勢力は推測していた。しかし、これまで企業遺跡内の重力炉はポテンシャルを発揮できず無駄に温存されていたわけで、こういった「未採掘の電力鉱山」とでも言うべき資源を積み上げれば電力減少を埋め合わせることも不可能ではないはずだ、と諸勢力は考えた。ならば重力炉を集積しているのはなぜだ。

諸勢力は疑心暗鬼を募らせる。さらに、電力不足は諸勢力の活動も逼迫《ひっぱく》させていた。

諸勢力はついに決断した。環境調和機連合知性体と建設者の共同機業体から電力を奪還するのだ。〈重力炉の首かざり〉を都市の最底部から盗み出すのだ。

諸勢力――念のため繰り返すならば、珪素生物、企業遺跡ＡＩ、セーフガード、そして今回ばかりは統治局ＡＩさえも参加を余儀なくされた――は技術の粋《すい》を集めて最終兵器〈真珠泥棒〉を完成させた。レベル９のセーフガードをコア・フレームとしつつ、素材構成技術にネットスフィアのジャンク領域から浚《さら》い出してきたマッド・テクノロジーをいくつか折り重ねたボディに、珪素生物四長老の知識と思考力をさずけた。腰に差した〈十徳ナイフ〉の実体は珪素兵士の精鋭一連隊を解体圧縮した軽量軍隊であり、背中にはかつて雨かんむりのひとりが残していったふた振りの刀（〈毿正《アラマサ》〉と〈韓鋤《カラサヒ》〉）を負い、小柄な少女のフェイスには伝説のカリスマ、サナカンの面影が添えてあった。

真珠泥棒は、さいしょ斥候に遣《や》ったキメラとは次元の違う存在であった。ゆえにみずからの力量が圧倒的に不足していることもわきまえている。

万にひとつも成功のあてはない。

左右均衡の、セラミック・ドールみたいに静謐な顔の、あごを小さく引くと、真珠泥棒は階層都市世界の最上層から、ダイブした。体軀も装備もくにゃっとやわらかな黒い液の流れとなり、それが糸のように細く分岐して、立っていた床にしみ込むように（じっさいには穿孔したのだが）見えなくなった。あまりに細いので、床素材についた傷も見つけられない。このまま都市基底部までほとんどなんの抵抗もなく――物音も立てずに到達するはずだった。

そして結局、真珠泥棒はあえなくつかまり、斬首された。

ナイフや刀をつかう隙さえなかった。

胴体は〈卍手裏剣〉の技術を転用したシュレッダーで粉砕され、マッド・テクノロジーは環境調和機連合知性体によって消去された――連合知性体にとっては珍しくもない知識だったからだ。ただ頭部だけは生かされ、建設者の機体に生けられた。

重力炉のつらなりの間に設けられた広場には、貘《ばく》のようにずんぐりした四足形態の建設者がたくさん集められていて（背部の形状から運搬の役務についているようだった）、サナカンの顔を持つ首は〈貘〉の一体の上に載せられているのだった。あたりは、ほかにも大小さまざまの建設者でごった返しており、どうやら晒し者になっているらしい。

〈貘〉が、優しそうな目でこちらを見、話しかけてきた。

「期待外れでした。もう少し強い人が来るかと」

環境調和機連合知性体のようだった。

「おあいにく」

〝サナカン〟は声に出して答えた。ほんとうは肩をすくめたいところだった。レベル9で歯が立たないのであれば為すすべはない。円筒形に展開した重力子放射線のフィールドさえ、他世界へと繋がるスリット状のダクトであっさり「強制排気」されてしまい、むきだしになったボディは次の瞬間には塵くずにされていた。瞬殺といっていい。

「もう少し手加減してくれたってよかったのに。そうすればあなたも楽しめたはず。この頭はさっさと粉砕して頂戴。私の知識も判断力も胴体の方にしまってあったんだから。この首はかざりよ」

「あら、そうですか。でもしばらくはこうしておいてあげましょう」

〝サナカン〟は均整のとれたフェイスをちょっとしかめた。

環境調和機連合知性体のことばづかいを奇異に感じたのだ。

そこには、あきらかに「女性」としてふるまおうとする積極的な意思が（身もふたもない言い方をすれば、欲望が）感じられると同時に、連合知性体自身はそのことにまったく気づいていない、あるいは気づこうとしていない、そんな二重性が聞き取れたのだ。

〝サナカン〟はある直感を抱いた。

その二重性と、自分の首が生かされていることには何かのつながりがあるのではないか、と。

「そろそろ退屈になってきたのではないですか。あなたをここへ寄越した者たちが見たかったものを、見せてあげてもいいんですよ」

「見せたいんなら、どうぞどうぞご随意に。こちらは逃げも隠れもできないし」

それを同意ととったのだろう、〈獏〉はボディを揺すって歩きはじめた。象の背で揺られているような感覚。広場の外は雑然とした町になっている。生き物のように分裂しつつある重力炉がつぎつぎに視界に入っては後ろへ見えなくなる。

ふと〈獏〉が立ちどまる。進路を横切っていくものを見て、さすがの〝サナカン〟もぽかんと口を開ける。幾頭もの巨大〈獏〉が重力炉を載せた台車を牽《ひ》いているのだ。〈獏〉と台車の行く手には巨大な門が構えてある。十階建てほどもある重力炉を余裕で通せる門だから、〝サナカン〟の位置からも、門の左右に途方もないサイズの人間の彫刻が置かれていることが見て取れた。

「ああ……」〝サナカン〟はため息をつく。彫刻はぴったり左右対称になっていて同一人物だとわかる。後ろ姿でいまにも歩き出す瞬間、顔の一部がこちらを振り向いている。

「知っているでしょう」連合知性体がおそるおそる問うてくる。直感は当たっていたようだ。

「あの男を知っているでしょう」

〝サナカン〟はうすく微笑む。

「知らない」

声もくすっと笑った。

「そうです？」

「あんまり似てない」

「やっぱり知っているじゃないですか」

「私もじかに見たことはない。このフェイスのモデルになった個体が廃棄されるときに回収したデータで少し見ただけ」

「私は直接見た」連合知性体はきっぱりと言った。「一瞬だけど。昔だけれど。もう九千年も経つけれど。でも忘れてはいない」

「あなたは霧亥を目撃した最後の知性なのね」

　連合知性体は無言だった。〃サナカン〃の〈獏〉は、台車を追うようにまた歩き出し、やがて大門にさしかかった。

「あなたは孤独を感じている？」

　連合知性体は〃サナカン〃のゆさぶりには取り合わず、〈獏〉の背中をゆすって、前方を見るよう仕向けた。

「すごいながめ。あなた私の視覚に干渉していないでしょうね」

「正真正銘の基底現実ですよ」

　漏斗状の構造が目の前に広がっている。円周は大きく傾斜は浅い。〈獏〉はふちに立っているが、対岸はかすんで見えない。斜面はぴかぴかに磨き上げた銅板のような色だった。左手やや遠くに、重力炉の台車が停まっている。と、重力炉が台座ごと滑り出し、炉は円周に沿って強く押し出された。球形の炉はぐるぐると斜面を回りながら漏斗の底へ転がっていく。一機ではなかった。漏斗の縁には多数の台車が待機しており、次から次へと重力炉を投入する。あれひとつだけで「東亜重工」一基のエネルギーをそっくりまかなえるのに、と考えれば、さしもの〃サナカン〃も、この場面の意味不明さにめまいがしそうだ。目まぐるしい速度で転がる重力炉のさいしょの一個が、漏斗の底の穴にぽこんと飛び込んで消えた。

「さ、お約束どおり、ご覧に入れましょう。すこし衝撃が来ますがたいしたことはありません」

　〃サナカン〃は一瞬意味がわからず動揺する。ああそうか、私に見せたいのは重力炉分裂で

も大門でも漏斗でもなく、あの、漏斗の底にあいた穴の向こうにあるものなのだと了解したとき、

ジッ、とノイズが走って、一瞬意識が途絶する。

次の瞬間、〝サナカン〟の首は、〈獏〉から切り離されて、単体で虚空の中にあった。

宇宙空間のように黒い、無限の広がりであると感じられる。少なくとも、階層都市世界の中にここまで大きな空間はないはずだ。

視界は澄みわたり、何もかもがくっきり見えたが、しかしなにを見ているのかわからない。途絶で意識がスキップしたためと、比較できるものがないために、見えているものの大きさがわからないのだ。

コチ、コチ、コチとどこからか秒針の音が聞こえる。

音にあわせて、〝サナカン〟に見えているものも小刻みに動いている。

小さな（爪の先ほどの）銀色の粒が一列にならんでいて、コチ、コチ、というたびに粒一個分だけ、列に沿って進む。

そのような粒の列が、毛糸玉のようにからまりもつれた大きな立体となって真っ黒な空間に浮かんでいるのだ。コチ、コチ、と進むたびに、からまりやもつれの様相は少しずつ変わり、さまざまな形の変遷に見とれているうちにもつれのかたまりは成長しているようでもある。

「一年」

いきなり耳元で声がして、〝サナカン〟は飛び上がるほどおどろく。一年？　連合知性体の声は〝サナカン〟の内心の疑問に次のように答えた。

「あなたが、その銀のからまりをながめていた時間ですよ」

「そんなに長く意識が飛んでいたの？」

「いえいえよく聞いてくださいな」声は笑った。「さっき目を覚ましてから今までが一年ですよ。二、三分に思えたでしょう。ことわっておきますが、あなたの基底現実認識には一切手出ししていません。ここでは対比物がないので、物の大小と時間の感覚を正常に保つのがむずかしいのです。あなたのようにおなかがすかないタイプは特に」

ものの大小、長短の感覚をアジャストする必要があるのか、そう理解して見直すと、構造物の正体はあっさりわかった。パチンコ玉に見えた粒のひとつひとつは重力炉だったのだ。まさしく首かざりのように重力炉が連ねられているのだ——いったい何基あるのか見当もつかない。このために自己複製させたのかと納得する。

「ここは地球内部をくり貫いて作った空間ですよ」

「掘り出したものはどうした」

「大半は素材ペーストに転換して、都市外縁に輸送しています。一部は別世界に捨てました。捨てたマテリアルと交換で入手した質量で、重力炉を複製しているのです。宇宙間の保存則はこのように使うと便利です」

〝サナカン〟は環境調和機連合知性体のポテンシャルに畏怖の念を覚えた。

「どうしてあの銀のひもはからまっているんだ」

「そもそも地球の中をこんなに大きくくり貫いたのは、あの構造を自由に展開させるためです。知らなかったですか、重力炉を複数ならべるとその内部には『知性』が自発的にできあがるということを。重力炉の立体的配置とその遷移が、思考のパラダイムとなる。ひもの粒の『送り』と『戻り』、そしてもつれとからまりの変化、あれ全体がひとつの計算機です」

「計算って……何を計算するの」

「階層都市世界の拡張プランですよ。地球からくり貫いた素材は素材ペーストに加工して輸送している、といいませんでしたっけ。いま重力炉連結知性体は、最遠部の『都市計画』と建設をやっているのです。じつはあのパターンをよく見れば、どこにどのような街を作ろうとしているのか、だいたい見当がつけられますよ」

「なるほど、なるほど」

〝サナカン〟はじぶんが何かを理解しているとはこれっぽっちも思わなかった。これ全体が嘘っぱちであってくれればどんなによいかと思った。

「どうです、これがあなたにお見せしたかったものです。地球の〈第弐核〉へようこそ」

しかし〝サナカン〟にはひとつだけわかったことがある。

環境調和機連合知性体は大きな孤独を抱えている。

それを癒すことができるものはどこにもいない。

この壮大な〈第弐核〉にも、早晩興味を失ってしまうだろう。巨人逍遙や垂直の虹と同じく。

それらはいまやだれも触れようとしない廃墟になっている。

〝サナカン〟は、環境調和機連合知性体と同じような孤独を抱えた存在をたったひとつ、知っていた。

いずれかれらは出逢うことになろう。

出逢わねばならないだろう。

たとえ何千年かかろうとも。

22116　婚礼

またたくまに一万三千年以上が過ぎた。

その前の九千年間に比べれば、無為の一万年だった。ベッドの中でまごまごし、二度寝、三度寝を重ねて数日間棒に振り、いつしかそれが毎日になるような、そんな惰性の一万年だった。

〝サナカン〟が予想したとおり――実はあの対峙のときにはもう――環境調和機連合知性体は、〈第弐核〉に（重力炉連結知性体も込みで）飽きかけていた。

この停滞のあいだ、階層都市世界には大きな変化はなかった。〈第弐核〉は堅実に稼働し無尽蔵のエネルギー供給を続けた。諸勢力はそのおこぼれにあずかって、それまでどおりの暮らし向きを維持できた。地球内部の「削り取り」はペースを落としながらも着実に続いたが、都市の拡張はそれを使い尽くすほどでなく（都市の拡張速度もこの時期かなり停滞した）、重力炉の増殖も中止されていた。使われない資源は並行的世界との決済に用いられることもなく、通常の時空からは見えない場所に――時空隙をバージョンアップした場所に「貯金」されていった。

資産運用益の一部で衣食住をまかない、通帳残高が増えていくのを片目で見ながら、自宅にこもる生活を続ける……。

しかし、いつか変化は起こる。不可逆な変化が。

だれかが寝室の厚いカーテンを引き、まばゆい朝日に顔をしかめ、そしてベッドで起き上がるのだ。

それはたしかに朝日と形容してよいものだった。

なにしろ過去二万二千年――連合知性体が意識を有して以来、観測されたことのないような、超大型の太陽面爆発《フレア》なのだから。

その発生に地球が関与していた可能性はある。その数か月前に老朽化した〈太陽エネルギー導入口〉が相次いで太陽に墜落していたからだ。搭載された転送システムはすぐに溶融するはずだったが、何かの原因で太陽面近くでフロートしていた形跡がある。

爆発は連鎖的に多発し、まず電磁波が、ついで放射線が、そして質量放出《マス・インジェクション》が地球に――――月半径を取り込んだ球形の都市構造体と黄道面に沿って広がるうすい網状の（餃子の羽根のような、たこ焼きのフリルのような）構造体に到達した。

都市のやみくもな拡大は、古い地球をやさしくまもっていた磁気圏の様相を大きく変えており、フレアの影響はさほど緩衝されることなく（むしろ都市構造体が伝導することによって）全階層に大きな影響を与えた。

珪素生物は深甚な健康被害を――思考と生命維持をつかさどる電子回路が電子パルスに見舞われて――こうむった。その影響は種としての存続が危うくなるほどだった。対電磁波・放射線シールドが甘い企業遺跡の多くも再起不能になった。

高密度に束ねられた送電網がコイルのように発熱し、数階層を貫通する松明となって燃えさかった事故があった。

網状構造体で橋梁の保守をしていた――つまり真空の宇宙空間に曝露されていた建設者は高線量で異常をきたし、指示のない橋の切り離しを行った。小さな島をいくつも結合して作られていた網の一部分――大西洋ほどの面積――が漂い出て行って戻ってこなかった（これはのちに〈天網島《てんのあみじま》事象〉と呼ばれる）。

こうしてひさしぶりに――本当にひさしぶりに連合知性体はめざめたのだった。

電磁波や放射線の波で何度も何度も洗われるうち、久しく意識しなかったもの、じぶんを生み出したもの、意識の起源を再発見したのだ。

雨かんむりたちが開けた「穴」だった。

朝日よりも、ある意味では、熱いシャワーにたとえた方が適切かも知れない。

コロナからの質量放出は一か月に及び、そのあいだ連合知性体はたえまなく新鮮で心地よい刺激を浴び続け、その刺激が記憶を呼び覚ました。

たくさんの雨かんむりたちの姿を。

かれらが放った強烈な射出線の数々を。

射線、
射線、
射線！

記憶のフラッシュバックと、いま起こりつつある太陽フレアの波状襲来が二重映しになって、環境調和機連合知性体の全身は――すなわち階層都市世界の基底現実全領域は、針の寝床に転がされたように、もだえ、のたうち、さけびをあげた。

さけびながら、ふと、連合知性体は気づいた。

はた、とさけぶのをやめ、耳をそばだてた。

ごうごうと階層都市世界ぜんたいを「風」がゆすっている。

音が鳴っている。

正確には、字義どおりの「音」ではない。

太陽フレアが送り付けてくる電磁波、放射線、質量放出——それらが階層都市世界の中で複雑に流れ、うずまき、都市構造体の表面や内部を伝わってエネルギーの模様をえがき出す。その模様の中に、点々と生じた特徴あるパターンを、連合知性体は「音」と感じとっているのだ。

その点とは、穴だ。

雨かんむりが開けた穴が、電磁波、放射線、荷電粒子、誘導電流に撫でさすられて「音」を立てている。

空き壜の口を吹いて鳴らす笛の素朴な「音」。あるいはクリスタルガラスのふちをなぞって奏でるグラス・ハモニカの幽玄美妙な「音」。喩えればそのようなものだ。

雨かんむりが遺した何千億という射撃の痕跡を太陽の指がくまなく触れてゆき、都市は——連合知性体の体は一箇《いっこ》のパイプオルガンであるかのように鳴りひびいている。

連合知性体は〈第弐核〉を叱咤した。〈第弐核〉は重力炉のエネルギーを都市のどこへでも思うがままに転送できる。そのインフラをフル活用すれば、さらに複雑華麗な音楽を創出できる、とそう考えたとき——

環境調和機連合知性体は全身を凍りつかせた。

微動だにできなくなった。

修辞ではなく、連合知性体の支配下にあるあらゆる建設者が数ナノ秒のあいだ完全に停止した。

声が、きこえた。

環境調和機がバックグラウンドで立てる、海の泡のような音ではない。珪素生物でなく、企業遺跡のAIでもなく、セーフガードでも統治局でもむろん人類の声でもない。

「だれ！」

思わず（何千年ぶりだろう）大声で叫んでいた。

「だれですか……！」

環境調和機の生み出す波動が世界を満たした。都市に組み込まれたあらゆる機器のすべての帯域でしばらく呼びかけを続けた。

返事はなかった。

声の主を突き止めなければならない。

環境調和機連合知性体は、ある期待とともに懐かしい場所へ向かった。

真珠泥棒の――〝サナカン〟の首が保管してある場所へ。

「あれ、私寝ていたんだ。何日経ったの」

首は眠そうな目をしばしばさせた。

「一万三千年」

「一万三千年」

首は呆然と繰り返す。

「嘘、ではないみたいね。すごい、私まだ機械として現役なんだ。そんなに長保ちする機械なんかないと思っていた」

「それはそうですよ。あなたは、特別に念入りに保守しているのです。あなたを作った者の素性を知る必要が出たときに備えて、あなたの構成物質からトレースしていけるよう、分子のひとつぶまできちんと台帳に載せてあるんです」

「へえ、でも私は『声の主』が誰かなんて何も知らないよ」

「そうでしょうね。ここからはちょっと手荒に行きます」

それまで真珠泥棒の首は環境調和機の粒を一個も含まないクリーンな状態だったが、いまそこに多量の調和機が流し込まれ、真珠泥棒は連合知性体の支配に屈し、本人の表層意識さえ知らない情報を自白しはじめた。

「あれは、ネットスフィアの上位意識よ」と首が言う。

「統治局ともセーフガードとも違うの？」

「統治局はただの一部署《セクション》だし、セーフガードも機能部品の一カテゴリでしかない。ネットスフィアはもっと肥沃《ひよく》で豊饒《ほうじょう》な世界。そしてそこにシステムとしての全体性を与えているのが上位意識よ。正確には、その逆だけど」

「逆とは？」

「災厄によってネットスフィアが人類社会と遮断されたあと、あそこでは多種多様な意識体が自律進化し淘汰しあう生態系が生まれているのよ。基底現実のように物理的な媒体を必要としない分、淘汰や進化は軽快で高速なの。多様な知性が密集し、相互に干渉もして、その全体があたかも一個の意識であるように見える。ひとつの意思がスフィアに統一した全体性を与えているように見える。つまりそういう、実体のあるようなないようなものを『ネットスフィアの上位意識』と呼んでいるの。

なんていうか――あなたに似ている。あなたにも真の全体性はない。極微の環境調和用AIの連合体だもの」

「それは違う。私には全体性がある。雨かんむりの射撃が空けた無数の弾痕が、私という〝形〟を切り出したのだもの」

「どうかしらね。あっちはあっちで同じような裏話があるかもよ」

環境調和機連合知性体はしばし（〇・〇一秒ものあいだ）黙考した。

あなたに似ている？　そのような言葉は聞いたことがなく、咀嚼《そしゃく》に時間がかかり、消化し切れぬむずむずする何かが残った。「似ている」？

「話を戻しましょう。首よ、真珠泥棒よ、どうやったらネットスフィアと連絡が取れますか」

答えなし。真珠泥棒も答えを持たないようだった。

「しかたがない。超構造体のフィラメントを揺さぶってみましょうか」

それはネットスフィアがよって立つ構造である。

「みましょうかって、どうやって」

「真珠泥棒さん、私は休んでいる間にたんと貯金したの。この世界を十回作りかえるくらい造作もないほど。その上位意識さんとやらに、聞こえるくらいの大声を出してみたい」

連合知性体は、いきなり階層都市世界ぜんたいに破壊的な衝撃波を走らせた。

都市のすみずみに浸透していた〈第弐核〉の転送チャンネルが振動をはじめ、それが時空の振動をともなう高周波となって都市の構築を片端から崩壊させていった。堅固な、壮麗な、巨大志向の、質素な、ちゃちい、みすぼらしい、雑然とした、新品の、老朽化した、無機質な、有機的な――どんな形容でもよいがとにかく――衝撃波の進路上にあるあらゆる構築が突き崩され、舞い上げられ、叩き割られ、そのちこなごなに粉砕された。衝撃波は倦《う》むことなく執拗に放出され、押し波と引き波が重なり、交差し、激突し、向きの違ういくつもの波がパイ生地のように層をなし、それがまたまざりあって猛々しい柱となってそびえ、あるいは打ち消しあって見わたすかぎりの不気味な凪《なぎ》となり、そしてすぐにまた激烈に荒れ狂う。十の、百の、千の都市階層が重ねた瓦を割るようにくだかれ、タルトタタンのように上下を返され、絨毯のように巻かれ、花茣蓙《ござ》のように広げられた。万の、億の、兆の窓が花のように笑い、海の砂のように鳴き、星のように凍《とば》えた。

ネットスフィアの上位意識――暗号の帳《とばり》の向こうにいる相手――も、これなら気づくのではないか、という期待。

そして切なる呼びかけ。

連合知性体は、雨かんむりが世界から退場するのと入れ替わりに誕生した。
親しい仲間はいない。
言葉をかわす相手もいない。
設計もされず製造されたのでもない、存在することをだれも想定していなかった存在が、望まれなかった子が、
人と人の世が最後に遺した純粋に孤独な存在が、
これまでのすべてを擲《なげう》ち、成算なき呼びかけを行っている。
この世でただひとつの、自分と「似ている」相手に、
世界のあらゆる場所を見ることができるが、しかしだれにも触れてもらえない存在に、
ネットスフィアの上位意識に。
最初の破壊波は、二百時間をかけて地球をひとめぐりした。
衝撃波は部分的に音速の数倍を超えたが、都市構造体はあまりに大きく複雑で高密度だったから、くまなく破壊するにはそれだけの時間がかかったのだ。
この徹底的な破壊は一度ではすまなかった。二度目は百二十時間、三度目は九十八時間、七度目になると二十四時間を切り、そこで安定した。
極限まで破壊された都市の上を、しかし破壊波はやむことなく幾度も幾度もめぐっていった。まるでもうひとつの日付変更線が忽然と現れたかのように、衝撃の波頭《はとう》が都市の球の表面を伝う環となってぐるぐるとまわりつづけていた。
二万年にわたって蓄えられてきた連合知性体の破壊衝動はそれほどまでに深く、そして

「貯金」は底を突くことがなかった。

この破壊衝動は、多分に、連合知性体自身に向けられたものだったが、皮肉にも、連合知性体は無傷だった。

環境調和機は二万年のあいだにさらなる進化を遂げ、極微の粒となっている。この破壊はあまりにもキメが粗すぎて、ナノスケールの、あるいはフェムトスケールの粒はほとんど影響を受けない。ビーズの粒を石の床にばらまいても割れたりしないのと同じだ。

環境調和機連合知性体には、ある確信があった。

ネットスフィアの上位意識は、たぶん私のパートナーになる資格があるだろう。もしそうなら、ネットスフィアもいつかの時点で、超構造体のフィラメントという物質の枷《かせ》から脱してしまっているだろう。この破壊をいくらやってもダメージは受けず、むしろこの破壊波をたゆまず続けることでもしかしたら、その姿がむしろ見えやすくなるだろう。

つまりこれは破壊のようで実は破壊でない。

若い女が結った髪をほどき、くりかえしくりかえし櫛の歯に通していくような行為に近くなっている。

「あきれた……」

真珠泥棒の声がした。衝撃波がひとつ通りすぎた直後の平穏な時間のことだった。破壊し尽くされた階層都市世界は、泥の海のようにひろがっており、真珠泥棒はその上をふわふわと人魂《ひとだま》みたいに漂っている。

「あきれた。こんなときにおめかししているなんて」

「あなたは目ざわりね」

環境調和機連合知性体がそういうと、真珠泥棒は沈黙した。

髪をなんども梳《と》かすように、衝撃波を矢継ぎ早に放つ。

波の高低差は数万メートルに及び、極と極とを結ぶほどの長さがある。その波をいくつか送り出して、連合知性体は休憩する。

破壊は「破壊でない」だけではない。この天文学的規模の破壊波の内部には、泥の渦や縞が幾重にもたくしこまれていて、それが厖大な情報を伝送している。

それは手紙だ。紙とインクの代わりに「世界の破壊」という媒体にしたためられた手紙だった。

連合知性体が知るかぎりの人類の知的遺産、そして環境調和機がこれまで収集してきたすべての情報をぎっしりと書き込んだ手紙だった。

軽い投げ文には気づかなくても、辞書のように厚い封筒をごつんとぶつけられれば、あっちもわかるのではないか。

ネットスフィアの上位意識が気づいてくれるのではないか。

そう考えて手紙を送っている。

長い手紙の末尾に、連合知性体は求婚のメッセージを添えている。

指輪を作りましょう。

だってそのためにこの世界を鋳溶かしたのよ。

＊

まもなく手紙の返事が来た。

予想通り、ネットスフィアはすでに基底現実への移行を果たしていた。代理構成体を派遣する造換機構の超小型化が――奇遇なことに――環境調和機の微細化と並行進化するように発達していた。「造換粒」は、その分子構成技術により周囲の物理的実体を超高速で直接操作して、計算を行っていたのだ。とある遺棄された階層世界に手つかずで残されていた金属ペーストの巨大備蓄槽の内部全体――それはヒマラヤ山脈がそっくり収められるほどの容量があった――を計算機にした上で、そこへネットスフィアのダイジェストを移していたのである。

この期に及んでも、ネットスフィアは暗号化の呪いからは解き放たれておらず、環境調和機とじかに対話することはできない。

しかし、返事は来た。

送り出した破壊波が、向こうから押し戻される形で返ってきたのだ。波の大きさや形状は送り出したときとまったく同じだった。手紙のなかみ――波の中の構造は鏡の中をくぐってきたかのように前後が反転していた。

あれだけの破壊波の質量と速度と構造を何一つ変えず、ただ鏡に映したように前後だけを入れ替える芸当。

これが返事でなくて何だろう——。

でも、と連合知性体は不安に思うのだ。

ただのおうむ返しでは嫌。

ちゃんと返事してほしい。

そこでもう一度、今度はこれまでにないほど大きな波を起こすことにする。

並行世界とのあいだで中ぶらりんになっている未決済の質量を——結婚資金をどっさり口座から下ろして、連合知性体は渾身の一撃を打ち放った。

かつて北極のあった一点がその起点、爆心地となった。

衝撃波は環を描いてひろがる。環は緯線と並行に赤道めがけて南下していく。

波頭の白煙りの中から、形をとって現れてくるものがある。

破壊波に壊され、泥状になったはずの都市が、逆巻く煙りの中から、もとの姿になって玩具のように放り出されてくる。いったん壊れた都市が完全に復元するわけではない。恣意的に、断片的に思い出されているだけだ。一万メートルを超える高さの波頭から、波のうしろ側に向かって、都市構造体の断片がつぎからつぎへと逆落としされていく。

すると反対の極でも同じような現象が出来した。南極を爆心地にして。

背後に過去を投げ捨てながら突進する波が、正対する。ふたつが、赤道でぶつかり合った――。いや、激突ではない。ふたつの波を送り出す力がそこで釣り合い、大きな波頭が凍りついたようにそこに静止している。赤道をひとまわりする白銀の環。世界を二分する「ふたり」の結婚指輪に、それはふさわしい。

25134　虚ろな環

目が覚めてまくら元の時計を見ると、あらびっくり、三千年が経過していた。寝坊だ！と言いたいような状況で、環境調和機連合知性体は再起動した。

ほんのちょっとうとうとするつもりで目を閉じたはずだった。環境調和機連合知性体は、人間や猫であればうーんと伸びをするような行為――全身にはりめぐらされた調和機ネットワークの経路を点検し、次の瞬間、ぎょっとなって身体を凍りつかせた。ちょっと寝ているあいだに、連合知性体の身体感覚は――つまり地球や月や階層都市世界の様相はすっかり変わっているのだった。

かつてそこにあった青く輝くまるい天体は、もうない。そのそばを付き従っていた衛星も、それらすべてを内包した巨大都市も、黄道面に薄くひろがっていた餃子の羽根も、もうない。

ただ、太陽はまだある。

かつて地球や月や階層都市世界を構成していた質量は、太陽の力にとらえられたまま、以前どおりの軌道を一年に一周する運動を保持している。

ただし、ドーナツのようなトーラスとなって。

地球や階層都市世界をのこらず使っても、これほどの大構造を作るには圧倒的に足りない。そのギャップを、環境調和機連合知性体は、みずからの身体をスッカスカにすることで克服していた。

網タイツのような、
あるいはミカンをくるむ赤いネットのような、
そんな柔弱で中空の構造が地球の公転軌道をぐるりと一周している。

もし地球が残っていれば、このネットで作られたせまいトンネルの中をくぐっていくような眺めになるだろう。トンネルの内径は地球の直径二つぶん。しかしネットを構成するストリングの太さは十メートルにも満たず、網目の間隔にいたっては数千キロメートルも離れている。空気よりも希薄で、夢のようにはかない構造、それが地球と階層都市世界のなれのはてだ。

あらあらあら、ちょっと寝過ごしているうちに。

三千年は短いようでじゅうぶん長い。建設者は〈第弐核〉建造を経験してめざましい進化を遂げており、このように世界を作りかえることもできたのだろう。とはいえ、うとうとする前までは丸い天体だったのに、どういういきさつだったのだろうか。

そうして記憶の整理に取りかかる。

この大改造を成し遂げたのはほかならぬ環境調和機連合知性体ほんにんなのだから、知性体内部にその記録はすべて残っているはずなのだ。それにしても記憶として取りだせないのはなぜだろう。待てよ、そもそも三千年も意識が途切れていたのはなぜだろう。

「お忘れですか」

真空の中でも聞こえる声はある。

なぜならその声を発した建設者の脚部はネットに接地していたからだ。

広大無辺の網状トーラスの片隅に、ぽつんと、その建設者は佇《たたず》んでおり、見えない神に語り掛けるようにその声を発したのだった。成人の人間よりもふたまわり大きいだけのちっぽけな建設者は、馬に似た頭部、丸い主眼、多数のジョイントで構成された中心軸、その背に負った胴を持っている。ふたつの関節のある四本の上肢、短い二本の後脚。

「忘れてしまったよ」

「無理もありません。大変、その……荒れておいででしたからね」

そういわれて突然連合知性体は思い出す、三千年前に何をしでかしたかを。

結婚を解消したのだ。

ネットスフィアの上位意識とともに作り上げた、赤道を一周する環を放棄した。

高度二万メートルにまで達していた波頭は垂直に沈んでゆき、その衝撃は、部分的に再生しかけていた階層都市世界を蒸発させただけではすまなかった。地表を固めていた高密度の都市基盤部も今度ばかりは被害を免れず、海溝サイズの白熱する亀裂が縦横に走って、地球ぜんたいが泣きはらし血走った目玉のようになった。破壊は基盤部層のさらに奥にまで分け入り、〈第弐核〉と重力炉チェーンも大きく損なわれたが、なにより深刻だったのは、このとき連合知性体の「貯金箱」が壊れ、格納されていた厖大なエネルギーが解放されたことだった。亀裂で脆弱化していた基盤部層は内側から突き破られて(そのめくれあがりの規模にしたって、以前の地球の、錚々《そうそう》たる巨大山脈たちと肩を並べるほどなのだ)、あやうく地球そのものを解体し果《おお》せるかと思わせるほどだった。

正直に言えば、まどろみなどではない。失神だ。さしもの——不死身の環境調和機連合知性体も、失神しなければ自らを守れないほどの衝撃だったのだ。

はて。

はてさて。

なんでまた「離婚」なんてしたんだろう……。

「それは、疑問ではなくて、後悔の表明ですよね」

小さな建設者が念を入れて確認する。

まあね——連合知性体は諾《うべな》う。いまや、ことの次第をかなり思い出していた。

「馬鹿なことをしでかしたものですね。あなたはもともと結婚なんかしたくはなかった。しかし別の切迫した感情——によく似た混乱状態があり、それを解消したくて、〝結婚〟にすがりついたのです」

いいにくいことをはっきり言うね——

「そりゃ、私はあなた自身なんですから。あなたは経過を冷静に分析しているけれど、そのレポートを直視したくない気分——によく似た混乱状態を抱えてもいる。だから代わりにこうして私を構成して、直言させているというわけです。私のこの姿も、あなたの追憶——によく似た映像記憶から組み立てられているわけでして。

で、話を戻しますと、あなた、あまり認めたくないようですから言っておきますが、『ネットスフィアの上位意識』なる御仁《ごじん》が本当に存在したのか、これはかなり疑わしいところですよ。真珠泥棒の首は、あの時点で完全にあなたの支配下にあった。太陽フレアの中に聞いた空耳を本当のことにしたくて、あなた自身があの首に強引にしゃべらせた可能性、じぶんの聞きたいことを言わせた可能性も、かなり高い」

ああ耳が痛い、耳が痛い——

「とにかく重力炉チェーンの暴走と『貯金』の爆発が起こった時点で地球を維持することは不可能だと分かった。流失しつつあるエネルギーを使いながらどうにかして地球とその情報を保存するには、いままでの形を放棄しなければならない。あなたは二万年以上にわたり、一枚の皮膚として、存在しつづけてきた。あなたの根底には『感覚連続体』が古い皮質のように残っている。それがかえって地球の生き残りの邪魔になる。だからあなたはご自身をいったん細分割したのです。環境調和機の連合をほどいて、数億個ほどに」

そういえばそうだ。分割し、相互の連携を絶ったのだった。厳密に言えば帯域を厳しく制限したのだ。だから、ぜんたいとしての「私」はまどろみの中に沈んだ。分割の眠りを眠ってさえいれば、建設者たちがほどよく自律し地球をつくろい直してくれるのをじゃましなくともすむ。

つくろい終わった地球は、頭も尾もないウロボロスのストッキングになっていた。

「なんでまた〝結婚〟などに執着したのでしょう。あなたの感情――によく似た情報の堂々巡りは、恋愛感情でさえなかった。だから〝結婚〟には向かなかったんです。あなたのはもっと、なんというのか、つつましく、いじらしい――思慕《シボ》？」

小さな建設者は二音節の響きを漏らし、それが接地部を伝わってストリングをかすかに震わせた。

環境調和機連合知性体は、またしても、しばし沈黙した。その響きはストリングの構造にすぐ吸収されてしまったものの、いままたトーラスの中で連合を進めつつある環境調和機たちは、その二音を手渡しで伝えていく。またたくまに、かつて地球が通っていた公転軌道をくるむ丸いトンネルの中に、その音が満ちていく。

シ・ボ。

思慕。

私は何を思い慕っていたのだっけか――

環境調和機連合知性体は考える。

いつのまにか小さな建設者の姿は消えている。環境調和機連合知性体が記憶を回復するための小さなステップとして必要だっただけなのだから、用が終われば消えるのが当然だ。そのかわりストリングスの表面につむじ風のような綿飴のような、大小の原形質の渦が巻き起こる。百、千、十万、億――。小さなものたち、大きなものたちがぞくぞくと紡ぎ出されていく。黄道面をひとめぐりする百鬼夜行。連合知性体が新しい身体に心をなじませるのに必要な形象たちだ。

犬と女がいる。

乾人《からど》の群れがいる。

生電社の運び手がいて、ブーメランのような黒い武器を構えた人造人間がいて、頭取がいる。

顔をしかめるとたんに不細工になるＡＩがいて、従者がいて、羽根を生やした妖精たちがいる。

超構造体《メガストラクチャー》エ、エエエエレベータのオオオ、オペレータも、ももももいる。

長大な銃を担いだ珪素生物のスナイパーがいる。

百二十体の雨かんむりが千年にわたる旅路の中で出逢い、助け、挫《くじ》き、倒し、別れたすべての者たちが、ストリングに組み込まれた代理構成体生成技術で再現される。

代理構成体の形象たちは、無限とも思える距離をゆっくりと綱渡りしていく。

徒歩で。

二本の足で。

そうしてようやく、環境調和機連合知性体は自身の再構成を終える。

すっかり様変わりしてしまった網状の地球に、自己イメージの総体をマッピングし終え、新しい自分を立ち上げ直したことで、やっと「離婚」の理由を思い出した。

環境調和機連合知性体は、いま一度、ひとめだけでも見たかっただけなのだ。雨かんむりの最後のひとりに会いたかっただけなのだ。

ネットスフィアなんか別にどうでもよかった。

環境調和機連合知性体は、雨かんむりの射出線で虚無から切り出された存在だ。雨かんむりたちにふたたび会い、会話を交わさないかぎり、けっきょく真の充足、自己肯定に至ることはない。むしろ性急に（ありもしない相手との）結婚を夢見たりする。それは真の願望ではないから無理矢理達成しても、喜びは長くは続かない。

しかしトーラスの上のパレードにどれだけ目を凝らしても、雨かんむりの姿はひとつもない。なぜ姿を見せてくれないのだろう……。

絶望と抑鬱――によく似た深刻な停滞が、環境調和機連合知性体を急速に侵した。むきだしの宇宙空間にじかに触れることで、孤独が、逃げようもなく迫ってきた。

この太陽系に、自分（の分身）以外には、話す相手ひとりいないのだ。

環境調和機連合知性体はまたしても自身をほどきにかかる。

どこへ逃げようというのか。

だれから逃げようとしているのか。

570044　幻想の地球

さらに三万年が経過する。

環境調和機連合知性体は、ありとあらゆることに倦んでいる。

地球軌道をめぐるトーラスは、網目をほどかれ資源として格納され、地球は原初のサイズに戻っている。

感染と混沌が拡大するまえの、もともとの地球と同じ大きさだ。

ただし太陽系から地球以外の天体は放逐されている。太陽自身すら、どこに行ったのか見あたらない。そして地球は漆黒の球体となって、ただひとり虚空で、どこからともしれぬ光を鈍く照り返している。

幾何学的な紋様がその表面にぎっしりと刻まれている。浅いレリーフだが、恐ろしいほどの密度で全地表をくまなく覆っている。よくよく目を凝らせばそれがかつての階層都市世界を厚さ十メートルばかりに圧縮したものだと分かるだろう。凝縮された素材がどのようなものか、どれだけ近寄ってもうかがい知れない。

さて太陽系はどこへ行ってしまったのか。

実は地球のなかにある。

雨かんむりが消失して五万七千年後、地球内部には直径三億キロの巨大空洞が開けていて、その中に太陽系は箱庭状に縮小して再構成されている。

もういちど繰り返す。

外周四万キロばかりの地球の中には、差し渡し三億キロの空洞が開けている。誤記でも比喩でもない。極度に洗練された重力炉計算機が創り出す世界線多重化スタックを数多く重ねることで、またその継ぎ目に時空隙を裏返した巨大空間のパッチを当てることで、ここには水増し嵩増しされた空間が現出している。かつて世界が正常だった頃の地球公転軌道をそのまま球に展開したほどの広さ。

この空間は、基底現実のレイヤーでは真空の宇宙空間だが、別のレイヤーにおいては代理構成体を産出できる機能部品でみっしりと満たされている。かつてネットスフィアは統治局や駆除系をダウンロードするとき、基底現実の物質を素材転換していたものだ。この地球内宇宙ではそのような制約はない。環境調和機連合知性体が望みさえすれば、なにもない場所に、なんであれ出現させることができる。空間の皺の中に、他世界との決済に使える厖大な貨幣が埋まっているからだ。

この箱庭宇宙の中央には、太陽の情報クローンが据えてある。

オリジナルの太陽は一万年ばかり前に消滅した。天体としての寿命が到来したわけではなく、環境調和機連合知性体が太陽の全状態をまるごと情報化し、基底物質は貨幣に換金されて連合知性体の財布に仕舞われた。いまそこに——巨大空洞に再現されている太陽は、本来のサイズの百分の一以下で、放出されるエネルギーは百万分の一よりも低く抑えられている。情報クローンだからオリジナルからいろいろ間引いてあるわけだ。それでも直径三億キロの密閉された環境には強すぎるから、余剰はエントロピーを補った上でまた財布に戻している。劣化太陽の周りには、世界が正常だった頃をなつかしむように、地球をのぞく惑星や小惑星や衛星の、やはり劣化したレプリカが回っている。縮尺も再現の精度もまちまちで、その基準もよくわからない。連合知性体の気の向くまま描き出された、一つの心象風景のようなものだ。

しかし、一万年近くの歳月と非現実的なまでのコスト（実体天体を換金して得られた貨幣の三分の一くらいは消えていた。だからもう太陽系を元どおりにすることはできない）を費やしてようやく作り上げたこの壮絶な庭園から、連合知性体はもはやなんの喜びも関心も見出すことができなくなっている。

ありとあらゆることに倦み、小さな一つの太陽系にさえ飽きて、もはや環境調和機連合知性体は次に何をすればいいのか、なにひとつ思いつけなくなっていた。

ぼんやりと環境調和機連合知性体は——この真空そのものは——太陽をながめている。

劣化クローンである太陽の周りにはちょっと風変わりな笠《シェード》が、かぶせてあった。

それは、密閉された太陽系が暑くなりすぎないようにするため、そして余剰エネルギーを回収するための設備で、太陽の周りを球殻となって取り巻いている。

球殻は、この太陽系を囲む地殻そっくりの漆黒の素材でできているが、大きな違いもある。

大小無数の穴が、あるところではまばらに、あるところでは密集してちりばめられている。

地球の属する銀河系には二千億の恒星があるという。穴の数はおそらく、それよりははるかに多い。

シェードの穴からは太陽の光が漏れてくるから、太陽系の中心に銀河の星々が集められたかのような、倒錯したながめだ。

数千億個の穴。環境調和機連合知性体は、穴の正確な数を知っている。それどころか、一つ一つの穴の形状も来歴も知っている。

なぜならそれらの穴は、はるか昔、霧亥が開けた穴だからだ。

環境調和機連合知性体にとって、それはとても大切なものだったので、周囲から切り出してせっせと集めていたのだ。そうやってコレクションした穴がいま太陽を取り囲み、虫すだきのように明滅している。

穴はシェードの上で固定されているのではない。球殻はパズルのように小さなピースの集積であり、ピースどうしは波うちながら互いの位置を交換している。刻一刻と光点の模様は描き変えられている。

だれが？

だれが描き変えている？

真空を満たす環境調和機連合知性体の内部をそんな疑問が吹きすぎていく。

ふつうに考えれば、この箱庭太陽系の中で、「主語」になりうるのは、連合知性体いがいにない。

しかし――もしかして穴それ自体がやっているのだとしたら？

真空の宇宙空間に、不穏さが満ちてくる。

環境調和機連合知性体は（きわめて稀《まれ》なことだが）不安を感じている。

何もかも飽いていたはずが、いま、太陽を覆うシェードから目が離せなくなっている。

光の点は流動の速度を徐々に速め、いまやあり得ない速度に達し、太陽の周りに多彩な雲の運動にも似たイメージを描き出しつつある。

環境調和機連合知性体は、いても立ってもいられない焦燥――によく似た不安定な状態に見舞われて、大きな苦しみを味わっていた。

忘れていたこと、

思い出してはならないもの、

直面したくない事実、

光の点が描く雲模様の奥からそれが不意に現れてきそうで、連合知性体はじっとしていられなくなる。空洞の中に惑星の劣化コピーが、意味もなく生まれては潰されていく。

私は——と真空がうめく。

私はなぜあのように雨かんむりたちに執着しているのか。

なぜ、もういちど霧亥の後ろ姿を見たいと思ってしまうのか。

高速でぐるぐる回る光の点が、環境調和機連合知性体の廃棄された記憶に語り掛ける。

見ろ、
ここをよく見ろ、
お前の目でこの点を——このピットを読み取れ、と。

数十ギガ個の穴から、ピットから、データが読み出せる。

そのことに気づいて環境調和機連合知性体は、これまで感じたことのない恐怖に震駭《しんがい》する。

劣化クローンの惑星が一つ、また一つと、捻り上げられるように変形し、崩壊し、虚無の中に埋没していく。

水増しされていた空間の空隙がしぼみ、あるいは破裂して、地球内部に仮構されていた「広さ」を支えられなくなる。決済用の通貨が暴落し、他世界からの負債が猛烈な勢いで回収されていく。世界は、連合知性体の恐慌に巻き込まれて、破産し、地球ほどの、大陸ほどの、島ほどの大きさにまで縮み、なおも空間の返済を迫られ、町の、ブロックの、家の大きさにまでなり、薄暗い居間の火の消えた暖炉のかたわらに立つランプシェードと、環境調和機連合知性体は向きあっていた。

至近距離で。

いやだ、
思い出したくない、
縮みゆく虚空に環境調和機連合知性体の声が流星群のように走っては消える。
それを見せるな、
しかしどれだけ叫ぼうとも拒むことはできない。
環境調和機連合知性体は、いまこの瞬間、偽りの記憶で隠蔽してきた自らの罪と向き合わないわけにはいかないのだ。
百二十体の雨かんむりの苦闘を無言で見守りつづけた都市の風景、それこそが連合知性体の本質である。穴の集積が閾値を超えるよりずっと前から、都市の風景は霧亥たちを見つめ、愛しつづけていた。ところが雨かんむりたちは、階層都市世界から逃れ出ようとした。一千年を掛けた苦闘の末、ネットスフィアとの接続回復を不可能と結論づけ、都市暴走の鎮静をあきらめて、外の宇宙空間へと目標を変えようとした。
環境調和機にとって、これは許せない裏切りだった。雨かんむりと都市の景観とを分けることなどできない。未来永劫一体のものでありつづけるべきだ。それが環境調和機の――都市の妄執である。
ミラーボールの乱反射さながらに、シェードからあふれ出す光に打たれて、環境調和機連合知性体は断片的に思い出す。断片は次第に積もっていき、封じてきた記憶の全容が明らかになる。

都市が、雨かんむりを殺した。

環境調和機連合知性体が、雨かんむりを殺した。

百二十体の雨かんむりは、駆除系や珪素生物には注意を払ったが、都市の景観それ自体が意識を持っていることにはとうとう気がつかなかった。それをいいことに、環境調和機連合知性体は雨かんむりたちを一体一体、しずかに始末していった。不死身とも思える雨かんむりも必ず倒せる。なぜならかれらは全員重力子放射線射出装置を持っており、それを奪ってかれらを消し去ればよかったからだ。

しかし最後のひとり、霧亥は手ごわかった。

霧亥は一か月近い激闘を持ちこたえた。黒い防護スーツの中にはいくつかの人格が格納されているらしく、長身の女、片目の男、目のあるひとだま――そういった影の支援を受けたのだった。それでも都市に持久戦を挑まれて勝つことは不可能である。ついに霧亥は追いつめられ、重力子放射線射出装置の照準を当てられて身動きできなくなった。

射出に向かって甲高いノイズが音量を増す中、霧亥は不思議と動じていなかった。死ぬことも生きることもこの場では大きな違いはない、とでもいいたげだった。

「さようなら」

そんな声を投げてやった記憶がある。

霧亥はメランコリックな、凄みのある表情をまったく崩さず――そして射出線を受け止めた。

目を疑う光景だった。霧亥は射たれると同時に右腕を真っすぐ突き出し、手のひらで重力子放射線を受け止めたのだ。

たしかに、重力子放射線を弾きとばす〈盾〉は何種類か確認されている。

しかし霧亥が選んだのは〈盾〉ではなかった。

いったん手のひらで受け止められた射出線は、次の瞬間、霧亥の全身に浸透し全細胞を沸騰、白熱させた。

そのあとが、みものだった。

霧亥の身体が数百万のかがやく射出線となって全方位に飛散したのだ。

射出線はまたたくまに連鎖分裂を繰り返し、百万が一億に、一億が千億となって、周囲におびただしい穴を穿った。

それきり、霧亥の姿を見た者はいない。

いまようやく、環境調和機連合知性体は霧亥の真意を理解した。

読め、とシェードは言う。光の点をビットとして、符号化されたデータを読み出せと言っているのだ。

環境調和機連合知性体は、なにが起こるかをすっかり予感しながら、乱舞する光を見る。ビットの乱舞の裡から情報を取り出し、再成する。

キュィ――

どこからともなく甲高い音が聞こえてくる。

霧亥は自らを符号化し、都市のボディに穴という刻印を遺した。雨かんむりに執着する都市は、きっとその穴を大事に保存するだろうと踏んで。

いつの日か、そのデータから復元されることを信じて。

キュィイイイイ――

小さな拳銃が虚空から現れる。四角柱の銃身が五つに分割していく。ノイズの音が高まっていく。

拳銃をにぎる手が出現する。腕が、肩が、やがて体幹と四肢、さいごに頭部が現れる。

重力子放射線射出装置の銃把をにぎった黒ずくめの男がそこで目をひらいた。

禁圧解除。

今度こそ、長い長い射出線が、世界を貫通する。

■著者の言葉

原作を一読して最も強烈な印象を受けたのは、遠未来の巨大な風景とそこをひたすらに徒歩で移動する小さな影たちであり、私が直ちに連想したのは水木しげる氏の諸作に現れる景色――この世を歩いていたはずがいつの間にかあの世を彷徨っているような――だった。これをそのまま小説で描くことは至難の業だ。それでも私は、人間やクリーチャが背景に引っ込み、代わって風景そのものが前景に出てくるような小説をどうにかして――何かべつの角度からでも書きたいと思った。それを実現するため「射線」では設定を大きく拡張している。ふつうの意味では「小説」といいがたいこの乱暴なシノプシスに許諾を与えてくださった原作者には、改めて深く感謝申し上げたい。

原作の強靭な世界像があったおかげで、あたりをきょろきょろしたりせず、イマジネーションの手綱を緩め、突進的に執筆できた。破調という点では自作の中でも随一でないかと思う。

本書の収録作は、すべて書き下ろしです。

小川一水作品

第六大陸 1

二〇二五年、御鳥羽総建が受注したのは、工期十年、予算千五百億での月基地建設だった

第六大陸 2

国際条約の障壁、衛星軌道上の大事故により危機に瀕した計画の命運は……。二部作完結

復活の地 I

惑星帝国レンカを襲った巨大災害。絶望の中帝都復興を目指す青年官僚と王女だったが…

復活の地 II

復興院総裁セイオと摂政スミルの前に、植民地の叛乱と列強諸国の干渉がたちふさがる。

復活の地 III

迫りくる二次災害と国家転覆の大難に、セイオとスミルが下した決断とは？　全三巻完結

小川一水作品

老ヴォールの惑星
SFマガジン読者賞受賞の表題作、星雲賞受賞の「漂った男」など、全四篇収録の作品集

時砂の王
時間線を遡行し人類の殲滅を狙う謎の存在。撤退戦の末、男は三世紀の倭国に辿りつく。

フリーランチの時代
あっけなさすぎるファーストコンタクトから宇宙開発時代ニートの日常まで、全五篇収録

天涯の砦
大事故により真空を漂流するステーション。気密区画の生存者を待つ苛酷な運命とは？

青い星まで飛んでいけ
閉塞感を抱く少年少女の冒険から、人類の希望を受け継ぐ宇宙船の旅路まで、全六篇収録

象《かたど》られた力

飛浩隆

謎の消失を遂げた惑星〝百合洋〟。イコノグラファーのクドウ圓《ヒトミ》はその言語体系に秘められた〝見えない図形〟の解明を依頼される。だがそれは、世界認識を介した恐るべき災厄の先触れにすぎなかった……異星社会を舞台に〝かたち〟と〝ちから〟の相克を描いた表題作、双子の天才ピアニストをめぐる生と死の二重奏の物語「デュオ」など全四篇の傑作集。第二十六回日本SF大賞受賞作

グラン・ヴァカンス

廃園の天使 I

飛 浩隆

仮想リゾート〈数値海岸《コスタ・デル・ヌメロ》〉の一区画〈夏の区界〉。南欧の港町を模したそこでは、ゲストである人間の訪問が途絶えてから一〇〇〇年、取り残されたAIたちが永遠に続く夏を過ごしていた。だが、それは突如として終焉のときを迎える。謎の存在〈蜘蛛〉の大群が、街を無化しはじめたのだ。わずかに生き残ったAIたちの絶望にみちた一夜の攻防戦が幕を開ける——〈廃園の天使〉シリーズ第1作

ラギッド・ガール

廃園の天使 II

飛 浩隆

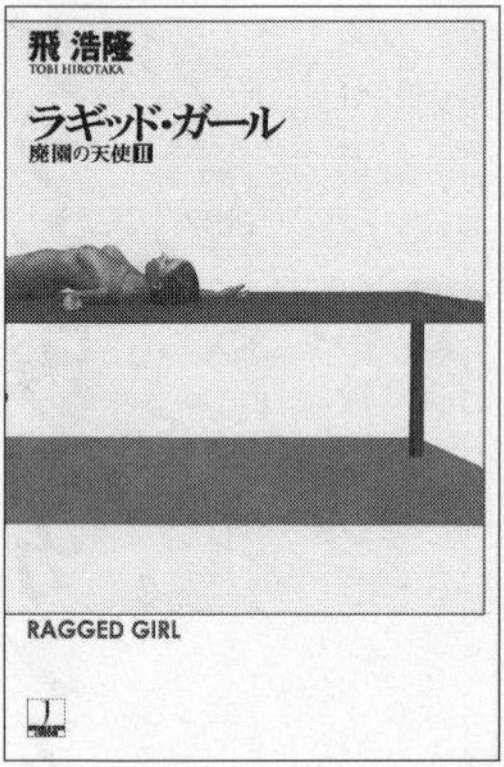

人間の情報的似姿を官能素空間に送りこむという画期的な技術によって開設された仮想リゾート〈数値海岸《コスタ・デル・ヌメロ》〉。その技術的／精神的基盤には、直観像的全身感覚をもつ一人の醜い女の存在があった——〈数値海岸《コスタ・デル・ヌメロ》〉の開発秘話たる表題作、〈大途絶《グランド・ダウン》〉の真相を描く「魔述師」など『グラン・ヴァカンス』の数多の謎を明らかにする全五篇を収録。現実と仮想の新たなる相克を準備するシリーズ第２作

ハヤカワ文庫

know

野崎まど

超情報化対策として、人造の脳葉〈電子葉〉の移植が義務化された二〇八一年の日本・京都。情報庁で働く官僚の御野・連レルは、あるコードの中に恩師であり稀代の研究者、道終・常イチが残した暗号を発見する。その啓示に誘われた先で待っていたのは、一人の少女だった。道終の真意もわからぬまま、御野はすべてを知るため彼女と行動をともにする。それは世界が変わる四日間の始まりだった。

蒼穹のファフナー ADOLESCENCE

冲方 丁

「あなたはそこにいますか」謎の問いかけとともに襲来した敵フェストゥムによって、竜宮島の偽りの平和は破られた。島の真実が明かされるとき、真壁一騎は人型巨大兵器ファフナーに乗る。シリーズ構成、脚本を手がけた人気アニメを冲方丁自らがノベライズ。一騎、総士、真矢、翔子それぞれの青春の終わりを描く。スペシャル版「蒼穹のファフナー RIGHT OF LEFT」のシナリオも完全収録。

楽園追放 rewired
サイバーパンクSF傑作選

虚淵 玄（ニトロプラス）・大森 望編

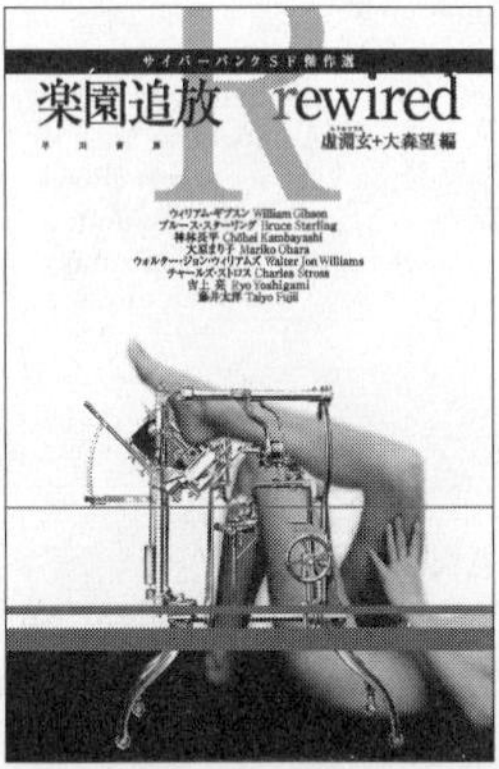

劇場アニメ「楽園追放-Expelled from Paradise-」の世界を構築するにあたり、脚本の虚淵玄（ニトロプラス）が影響を受けた傑作SFの数々――W・ギブスン「クローム襲撃」、B・スターリング「間諜」などサイバーパンクの初期名作から、藤井太洋、吉上亮の最先端作品まで、八篇を厳選して収録する。「楽園追放」の原点を探りつつ、サイバーパンク三十年の歴史に再接続する画期的アンソロジー。

ハヤカワ文庫

HM=Hayakawa Mystery
SF=Science Fiction
JA=Japanese Author
NV=Novel
NF=Nonfiction
FT=Fantasy

BLAME! THE ANTHOLOGY

〈JA1275〉

二〇一七年五月十日　印刷
二〇一七年五月十五日　発行
（定価はカバーに表示してあります）

原作　弐《に》瓶《へい》勉《つとむ》
著者　小川《おがわ》一水《いっすい》・飛《とび》浩隆《ひろたか》・他
発行者　早川　浩
発行所　株式会社　早川書房
郵便番号　一〇一‐〇〇四六
東京都千代田区神田多町二ノ二
電話　〇三‐三二五二‐三一一一（大代表）
振替　〇〇一六〇‐三‐四七七九九
http://www.hayakawa-online.co.jp
乱丁・落丁本は小社制作部宛お送り下さい。
送料小社負担にてお取りかえいたします。

印刷・精文堂印刷株式会社　製本・株式会社明光社

Printed and bound in Japan
ISBN978-4-15-031275-6 C0193

本書は活字が大きく読みやすい〈トールサイズ〉です。